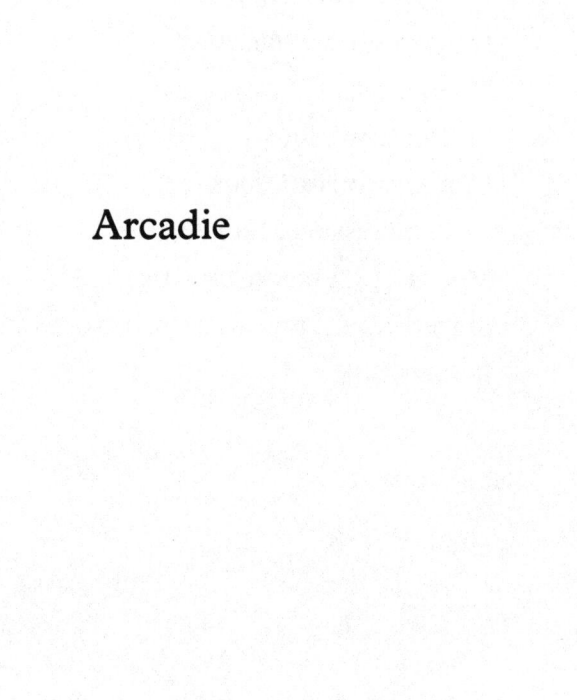

Arcadie

DU MÊME AUTEUR

Chez le même éditeur

RAI-DE-CŒUR, 1996

TOUT CE QUI BRILLE, 1997

PAUVRES MORTS, 2000

HYMEN, 2003

LE TRIOMPHE, 2005

UNE FILLE DU FEU, 2008

LA PRINCESSE DE., 2010

MON PÈRE M'A DONNÉ UN MARI, 2013

SI TOUT N'A PAS PÉRI AVEC MON INNOCENCE, 2013

JE VIENS, 2015

Emmanuelle Bayamack-Tam

Arcadie

Roman

P.O.L
33, rue Saint-André-des-Arts, Paris 6e

© P.O.L éditeur, 2018
ISBN : 978-2-8180-4600-5
www.pol-editeur.com

Pour Célia, Céline, Geneviève et Philippe, les membres du seul club qui vaille.

« Une vraie communauté est le produit d'une loi intérieure, et la plus profonde, la plus simple, la plus parfaite et la première des lois est celle de l'amour. »

Robert Musil, *L'Homme sans qualités*

1. Il y eut un soir et il y eut un matin : premier jour

    Nous arrivons dans la nuit, après un voyage éprouvant dans la Toyota hybride de ma grand-mère : il a quand même fallu traverser la moitié de la France en évitant lignes à haute tension et antennes-relais, tout en endurant les cris de ma mère, pourtant emmaillotée de tissus blindés. De l'accueil reçu le soir même et de mes premières impressions quant aux lieux, je ne me rappelle pas grand-chose. Il est tard, il fait noir, et je dois partager le lit de mes parents parce qu'on ne m'a pas encore prévu de chambre – en revanche, je n'ai rien oublié de mon premier matin à Liberty House, de ce moment où l'aube a pointé entre les rideaux empesés sans vraiment me tirer du sommeil.
    Allongés sur le dos, les mains mollement nouées dans leur giron, un masque de satin sur leurs visages de cire, mes parents me flanquent

comme deux gisants paisibles. Cette paix, je ne l'ai jamais connue avec eux. De jour comme de nuit, il a fallu que je fasse avec les souffrances de ma mère et les soucis torturants de mon père, leur agitation permanente et stérile, leurs visages convulsés et leurs discours anxieux. Du coup, bien que je sois impatiente à l'idée de me lever et de découvrir mon nouveau foyer, je reste là, à écouter leur souffle, à me faire petite pour mieux jouir de leur chaleur et partager voluptueusement leurs draps.

Du dehors, des trilles guillerets me parviennent comme si des nichées de passereaux invisibles s'associaient à ma joie d'être en vie. C'est le premier matin et je suis neuve aussi. Je finis par me lever et m'habiller sans bruit pour descendre l'escalier de marbre, notant au passage l'usure des marches en leur milieu, comme si la pierre avait fondu. Je m'agrippe respectueusement à la rampe de chêne, elle-même assombrie et polie par les milliers de mains moites qui l'ont empaumée, sans compter les milliers de cuisses juvéniles qui l'ont triomphalement enfourchée pour une propulsion express jusque dans le hall d'entrée. Au moment même où j'effleure le bois verni, je suis assaillie de visions suggestives : *Mädchen in Uniform*, kilts retroussés sur des jambes gainées de laine opaque, chevelures nattées, rires aigus des filles entre elles. Il y a là quelque chose qui tient aux lieux eux-mêmes, à leur imprégnation par un siècle d'hystérie pubertaire et d'amitiés saphiques – mais je n'en comprendrai la raison que plus tard, quand j'aurai connaissance de la destination première de la bâtisse où je viens tout juste d'emménager. Pour l'heure, je me contente de descendre l'escalier à petits pas et de humer comme une odeur de religion dans le grand hall au dallage bicolore. Oui, ça sent l'encaustique, le parchemin, la cire fondue et la dévotion, mais je m'en fous complètement : ouste, à moi la liberté, l'air vivifiant du dehors, l'évaporation de la rosée, le petit matin rien que pour moi.

Arcady me surprend sur le perron majestueux et surmonté de sa marquise à la ferronnerie compliquée, immobile, interdite face à tant de beauté : la pinède en pente douce, les plants de myrtilliers, le soleil que les arbres filtrent en faisceaux poudreux, l'appel voilé d'un coucou, le détalement furtif d'un écureuil sur un lit de mousses et de feuilles.

– Ça te plaît ?
– Oui ! C'est trop bien !
– Prends, c'est à toi.

Je ne me le fais pas dire deux fois, et je détale moi aussi sous les grands arbres, en direction du poudroiement magique de la lumière, à la recherche de cet oiseau invisible dont les roucoulements rencontrent si bien ma propre émotion. Moyennant quoi, je ne tarde pas à tomber sur ma grand-mère, plongée dans la contemplation perplexe d'un gros tumulus de terre meuble au pied d'un pin. Elle jette à peine un regard dans ma direction :

– C'est quoi, tu crois ? Une tombe ? On dirait que quelqu'un a creusé récemment. Ça ne me dit rien qui vaille, moi, ce truc, cette maison, cet Arcady...

Je serais toute disposée à me prêter au jeu des élucubrations macabres si ma grand-mère n'était pas nue comme un ver sous la feuillée. Naturiste dans l'âme, elle ne perd pas une occasion pour se désaper, mais j'espérais quand même qu'elle attendrait un peu avant de tomber sa robe à sequins. Pour ma part, je suis habituée à voir Kirsten déambuler dans le plus simple appareil. Un de mes premiers souvenirs, c'est de m'être trouvée nez à nez avec sa vulve alors que je sortais de ma chambre. Mon regard arrivait à peu près à la hauteur du piercing industriel qui transperçait l'une de ses grandes lèvres, une sorte de rivet doré du plus bel effet, et je n'ai pas pu m'empêcher d'y porter la main pour m'en emparer fermement, suscitant des hurlements compréhensibles :

– Lâche ça, Farah, ce n'est pas un jouet !

Comme je devais avoir trois ans, j'ai tiré de plus belle sur cet objet fascinant. Bang, premier souvenir, première gifle. J'ai hurlé moi aussi, suscitant l'irruption affolée de mes parents. Prenant illico la mesure du drame qui venait de se jouer, Marqui m'a hissée dans ses bras avec une dignité réprobatrice :

– Kirsten, quand même, allez enfiler quelque chose, je ne sais pas moi, une culotte, un tee-shirt ! Vous êtes fatigante !

– Nous sommes en famille ! Je ne vais quand même pas me gêner avec ma propre famille ! Et c'est qu'elle m'a fait mal, en plus, cette petite dinde !

– Bien fait pour vous : la prochaine fois vous éviterez de provoquer les enfants en bas âge avec votre quincaillerie !

Contrite ma grand-mère a battu en retraite, mais la leçon n'a pas porté et elle persiste à exhiber une anatomie osseuse et boucanée, dont il faut bien reconnaître qu'elle n'a rien d'obscène pour la simple raison qu'elle n'a plus rien d'humain. Il faut beaucoup d'imagination pour se figurer que ce pubis déplumé, ces téguments ocre, ces affaissements livides, ce réseau veineux devenu serpentiforme jusque dans son aspect écailleux, ont appartenu non seulement à une femme mais à une des plus belles de sa génération. Et sa poitrine... Ayant toujours clamé que le soutien-gorge était la mort des seins, elle ne semble pas réaliser que les siens coulent désormais parallèlement à son thorax, mamelons en bout de course à trente centimètres de leur lieu de naissance et battant la breloque au moindre mouvement.

Comme il est inutile de chapitrer mon ingouvernable grand-mère, je m'accroupis docilement devant la tombe fraîchement creusée et émiette quelques mottes de terre avant de formuler une hypothèse :

– Ça peut pas être une bête qui a fait ça ?

– Mais quel genre de bête ? Une taupe géante ?
– Je vais demander à Arcady.
– Ouais c'est ça, va demander à ton gourou.

Je sais à peine ce qu'est une taupe et encore moins ce qu'est un gourou, ce qui fait que je reste coite, comme très souvent avec Kirsten, qui a des idées sur tout, et qui assène à tout bout de champ ses opinions bien arrêtées. Concernant Arcady, la mienne n'est pas encore faite, mais comme il vient de sauver ma mère d'une mort certaine, d'une extinction à petit feu dans les souffrances atroces de l'électro-hypersensibilité, j'aimerais que Kirsten lui laisse sa chance, et je me risque quand même à lui demander :

– Ben, pourquoi t'es venue avec nous si t'aimes pas Arcady ?
– Je veille au grain.

Elle tourne les talons en direction de Liberty House. Les années n'ont rien enlevé à son allure altière, et elle marche toujours comme si elle arpentait les podiums, probablement inconsciente du spectacle qu'offrent le ballottement grumeleux de ses triceps et la fonte de ses fesses. Arrivée en vue de la maison, elle se drape vaguement dans sa robe à sequins – mais je comprendrai très vite que je n'ai pas à m'inquiéter de l'impression que pourrait créer la nudité de ma grand-mère entre les murs de Liberty House, dont les habitants vivent dans la nostalgie du paradis d'avant la chute.

Je reste seule avec le mystère irrésolu du tumulus et l'autre grand mystère qu'est pour moi cet arpent de forêt méridionale, ses troncs squameux, ses frondaisons bruissantes, ses odeurs de résine, et sa faune à l'affût de mes moindres mouvements. Elle est à moi, cette forêt, Arcady me l'a donnée. Qu'il ne s'agisse guère que d'un grand parc domanial, voilà qui m'échappe tout à fait : pour moi c'est une jungle inexplorée dont je prends l'administration très au sérieux. Je balise mes sentiers, je marque mes arbres et je recense mes sujets : les pipistrelles, les capricornes, les vrillettes, les mésanges, les chenilles, les renards, les orvets... Pas une journée ne passe sans que je fasse une nouvelle découverte féerique : champignons rouges à pois blancs, lapins figés par la surprise, myrtilles et fraises des bois, nuées de moucherons en suspension dans le chemin, plume de geai parfaitement rayée de bleu et de noir que j'empoche comme un talisman.

Quant au mystère du tumulus, il s'éclaircira quelques jours plus tard, quand nous serons conviés, ma famille et moi, à la pose d'une stèle au pied du grand cèdre, les chiens de Liberty House ayant droit à leur sépulture. Dommage, j'aurais aimé mener l'enquête, procéder à une exhumation nocturne, mettre à jour des ossements humains ou à défaut un trésor en pistoles et doublons. Cela dit, trop de mystères restent entiers à Liberty House pour que je perde mon temps à déplorer qu'on m'ait donné la clef de celui-ci. Mon enfance vient de prendre un tour nouveau, inespéré et enchanteur, je le sens, et au-dessus de la tombe de ce chien inconnu, c'est un sentiment de jubilation et d'attente heureuse qui monte en moi. Et je n'ai qu'à regarder le visage de ma mère, enfin débarrassé de ses voiles d'apicultrice et de ses tics de douleur, pour me sentir confortée dans mes grandes espérances.

2. N'ayez pas peur

Il était temps : ma mère souffrait de migraines, de pertes de mémoire, de troubles de la concentration et d'exténuation chronique. Mon père se portait comme un charme mais empathie aidant, il était tout aussi affecté que sa Bichette et lui cherchait activement un havre, une maison de santé, une tanière où elle pourrait soustraire aux ondes son hypersensibilité légendaire. Je sais quel mépris rencontre ce diagnostic et j'ai moi-même l'air d'ironiser sur les symptômes présentés par ma mère, mais je peux témoigner qu'avant sa première cure en zone blanche, elle vivait un enfer.

Dans les souvenirs que j'ai de cette période éprouvante, elle porte en permanence une sorte de combinaison apicole, une capeline de protection, un foulard anti-rayonnements et des gants tressés de fils de cuivre. Cet accoutrement lui vaut d'être un objet de suspicion tandis que je m'attire au contraire des regards attendris et compatissants, moi dont la mère s'est convertie à un islam si rigoriste qu'elle ne dévoile plus un centimètre carré de chair ou de chevelure rassurantes. Et qui sait si elle ne va pas se radicaliser et se faire exploser, bardée de TATP et de boulons tout prêts à cribler les infidèles, qui sont légion dans le voisinage ? Autant dire que nos rares promenades tournent régulièrement au psychodrame, avec retour précipité à la maison d'une Bichette éplorée sous son niqab. Du coup, elle ne sort plus : elle gît sur les coussins de son canapé Mah-jong, parle d'une voix chavirée et agite des mains dolentes en direction de son staff : Marqui, Kirsten et moi, respectivement époux, mère et fille de cette élégante épave.

Nous vivons calfeutrés. Des occultants métallisés sont venus remplacer nos beaux rideaux de velours : chargés de renvoyer les ondes, ils divisent par trois le champ électromagnétique, ce qui n'empêche pas Bichette d'éprouver une vive sensation de brûlure quand elle passe à proximité des fenêtres. À la décharge de Marqui, je dois reconnaître qu'il s'est mis en quatre pour isoler notre domicile, à commencer par la chambre parentale : papier peint de blindage, biorupteurs, émetteurs de champs vitaux censés transformer la pollution électromagnétique en effets bénéfiques, plantes détoxifiantes, tout a été fait pour que Bichette trouve un peu de repos. Peine perdue : elle dort trois heures par nuit, et généralement dans la baignoire, désertant le lit conjugal, pourtant ceinturé d'un baldaquin anti-ondes. Inutile de dire que nous n'avons plus d'ordinateurs, plus de téléphones portables, plus de plaques à induction. Même la cafetière électrique a été jugée indésirable. Nous en sommes revenus au téléphone filaire, à la cafetière italienne en inox et aux ampoules LED. Oui, mais voilà, sur dix de nos voisins, six ont le wi-fi. Sans compter que nous vivons évidemment à proximité d'une antenne-relais. Marqui a beau avoir sanctuarisé notre appartement, Bichette dépérit, et la liste de ses symptômes s'allonge : céphalées, douleurs articulaires, acouphènes, vertiges, nausées, perte de tonus musculaire, démangeaisons, fatigue oculaire, irritabilité, troubles cognitifs, angoisses incoercibles, et j'en passe.

Cela dit, il me semble que je n'ai jamais connu ma mère autrement que neurasthénique et aboulique. Les médecins consultés ne se sont d'ailleurs pas privés de suggérer que son déficit moteur et le ralentissement de ses fonctions mentales relevaient sans doute davantage de la dépression que d'une quelconque sensibilité à la pollution électromagnétique. Sauf que la dépression est un diagnostic que Bichette juge offensant, ce qui fait qu'elle décoche au carabin son regard de lys brisé – car ma mère n'est pas le sosie de Lillian Gish pour rien, et même si la plupart des gens ignorent tout de cette star du muet, on peut compter sur elle pour en perpétuer le souvenir. Notez bien que Lillian Gish est morte centenaire et qu'il en ira sans doute de même pour Bichette, comme il en va de toutes les princesses fragiles et surprotégées. Je le dis avec d'autant moins d'acrimonie que j'aime profondément ma mère et qu'elle mérite amplement cet amour, vu que sa beauté n'a d'égale que sa gentillesse. Elle serait même drôle et gaie si la dépression, ou l'EHS, comme on voudra, lui en laissait le loisir. Oui, autant s'accoutumer à ces sigles qui ont envahi notre vie familiale, car en plus d'être hypersensible aux ondes électromagnétiques, ma mère est atteinte de MCS, hypersensibilité chimique multiple, et de PCIE, pneumopathie chronique idiopathique à éosinophiles – sans compter qu'elle souffre du syndrome du côlon irritable, mais à bien y regarder, tout ça n'est jamais qu'une seule et même pathologie : l'intolérance à tout. Dieu sait qu'elle ne tient pas ça de sa mère, l'insubmersible Kirsten qui, de son propre aveu, n'a jamais connu une minute de vague à l'âme en soixante-douze ans d'existence, et ne comprend absolument pas ce qui arrive à sa Bichette. Et autant s'habituer aussi aux surnoms, car en entrant à Liberty House, chacun se voit tenu d'abandonner son état civil.

– Eh oui, tonne Arcady, ici c'est comme dans la Légion : on se fiche de ce que vous étiez avant !

Ce qui compte, c'est ce que Liberty House va faire de vous !

Arcady a donc débaptisé à peu près tout le monde, multipliant les diminutifs et les sobriquets. Mon père est devenu Marqui, qu'il persiste à écrire sans « s » en raison d'une dysorthographie sévère ; ma mère est Bichette, Fiorentina est Mrs. Danvers, Dolores et Teresa sont Dos et Tres, Daniel est Nello, Victor est tantôt M. Chienne, tantôt M. Miroir, Jewel est Lazuli, et ainsi de suite. Je n'ai pas eu droit à ce rituel d'intronisation, mon très jeune âge rendant sans doute superflue cette renaissance symbolique. L'honnêteté m'oblige toutefois à préciser qu'Arcady double généralement mon prénom de mots incompréhensibles : Farah Facette, Farah Diba, Princesse Farah, Farah impératrice, etc. Certes ces titres me flattent, mais je ne vois pas bien ce qui chez moi peut suggérer la moindre idée de noblesse ou de suprématie.

Quoi qu'il en soit, nous avons été heureux à Liberty House. Nous y avons mené très exactement l'existence pastorale promise par Arcady, avec Arcady lui-même dans le rôle de sa vie, celui du bon berger menant paître son troupeau ingénu. Je le dis avec d'autant plus de force qu'aujourd'hui ce bonheur est menacé, voire irrémédiablement compromis. Mais il y a quinze ans, alors que nous étions en train d'inaugurer cette stèle absurde sous le ciel bleu de juin, nous nous sentions légers, délivrés de nos angoisses, confiants en l'avenir, et c'était la première fois depuis longtemps – et en ce qui me concerne, la première fois depuis toujours puisque j'avais toujours vu mes parents repliés frileusement autour de leurs inquiétudes et incapables d'affronter le monde extérieur. À six ans, j'étais déjà le pilier de ma petite famille nucléaire, celle qu'on envoyait slalomer entre dangers réels et imaginaires : prendre le courrier, descendre la poubelle, acheter le pain ou le journal. Kirsten se chargeait des courses hebdomadaires comme des formalités administratives, et le moins qu'on puisse dire, c'est qu'elle a accueilli notre décision d'emménager à Liberty House avec circonspection :

– C'est bien joli, les zones blanches, mais tôt ou tard il va y avoir des antennes-relais dans le coin. Et si ça se trouve, y'a déjà des lignes électriques à très haute tension ! Ou une centrale nucléaire pas loin, et vous n'êtes même pas au courant ! Et puis cette baraque, elle a au moins cent cinquante ans : entre le plomb, l'amiante et les moisissures, je vous donne pas trois ans !

Trois ans, dans l'esprit de ma grand-mère, c'était à peu près l'espérance de vie que nous laissaient tous ces composés organiques volatils. Car sans partager intégralement les phobies de sa fille et de son gendre, elle était tout de même d'accord avec eux pour reconnaître que nous étions une espèce en voie d'extinction. Nous avions peur et nos peurs étaient aussi multiples et insidieuses que les menaces elles-mêmes. Nous avions peur des nouvelles technologies, du réchauffement climatique, de l'électrosmog, des parabènes, des sulfates, du contrôle numérique, de la salade en sachet, de la concentration de mercure dans les océans, du gluten, des sels d'aluminium, de la pollution des nappes phréatiques, du glyphosate, de la déforestation, des produits laitiers, de la grippe aviaire, du diesel, des pesticides, du sucre raffiné, des perturbateurs endocriniens, des arbovirus, des compteurs Linky, et j'en passe. Quant à moi, sans bien comprendre encore qui voulait nous faire la peau, je savais que son nom était légion et que nous étions contaminés. J'endossais des hantises qui n'étaient pas les miennes mais qui frayaient sans peine avec mes propres terreurs enfantines. Sans Arcady, nous serions morts à plus ou moins brève échéance, parce que l'angoisse excédait notre capacité à l'éprouver. Il nous a offert une miraculeuse alternative à la maladie, à la folie, au suicide. Il nous a mis à l'abri. Il nous a dit : « N'ayez pas peur. »

3. L'*adoration perpétuelle*

Je suis faite pour l'adoration. Elle est le climat dans lequel je m'épanouis. Et personne ne mérite mieux l'adoration qu'Arcady. Si je ne l'avais pas rencontré, j'aurais pu passer ma vie à idolâtrer des gens médiocres, et ce faisant je l'aurais gâchée. J'ai eu cette chance inestimable que notre sauveur soit aussi un homme hors du commun, mille fois digne du culte que je lui ai immédiatement et définitivement voué. Avant de faire sa connaissance, j'avais déjà une propension notable à la vénération, mais elle ne trouvait pas à s'employer : mes parents suscitaient plutôt ma pitié et mon vif désir de les protéger; quant à ma grand-mère, je l'aimais beaucoup tout en la supportant mal. Arcady a tout de suite cristallisé ma ferveur, ma volonté forcenée de suivre et de servir, histoire de m'oublier dans cette servitude. Il m'a trouvée sur ses talons dès les premiers jours de notre vie à Liberty House.

— Tu fais quoi, là, Farah Facette?
— Je viens avec toi.
— Ah bon, si tu veux.

Il a vite pris l'habitude de ma compagnie, me gratifiant des mêmes caresses distraites que sa meute de chats et de chiens – ce qui ne l'empêchait pas d'être attentif à mon développement personnel comme personne ne l'avait été jusque-là, pas plus mes pauvres parents ou ma grand-mère que mes enseignants de maternelle ou de primaire, ces derniers s'étant contentés de noter ma disgrâce physique et l'ostracisme dont je faisais l'objet de la part de mes pairs, ostracisme que maîtres et maîtresses avaient l'air de juger inévitable voire dans l'ordre des choses : on n'est pas aussi laid sans l'avoir un peu mérité, devaient-ils se dire.

Eh oui, ma naissance est venue mettre fin à une longue lignée d'individus remarquablement beaux et dépourvus de tares. Dans ma famille maternelle, on se transmet la beauté en héritage à défaut d'autres qualités et d'autres ressources. Du côté de mon père, c'est moins sensationnel, mais sur trois générations de photos jaunies, je n'ai pu découvrir que des morphologies harmonieuses et des visages avenants, très éloignés du spectacle que je peux offrir avec mon hypercyphose dorsale, mes yeux tombants, mon nez plat, mes lèvres mal définies et l'implantation animale de mes cheveux. La puberté n'a fait qu'aggraver les choses : je suis devenue osseuse et massive, ma pilosité a pris un tour exubérant, et au lieu de pousser avec l'impudence attendue, mes seins se sont étalés sur mon torse en une sorte de gelée hésitante, à peine saumonée aux aréoles. En cas de compétition sexuelle, je suis foutue, disqualifiée d'avance. Heureusement pour moi, Liberty House accueille essentiellement les laissés-pour-compte de la grande parade et les soustrait aux impitoyables rigueurs du monde social. De tous les hôtes d'Arcady, je ne suis même pas la plus mal lotie : entre les obèses, les dépigmentés, les bipolaires, les électrosensibles, les grands dépressifs, les cancéreux, les polytoxicomanes et les déments séniles, je peux même faire bonne figure. En tout cas, j'ai pour moi ma jeunesse et ma santé mentale. C'est en substance ce que me dit Arcady le jour où je me tourne vers lui pour en avoir le cœur net :

— Tu me trouves jolie ?

J'imagine que c'est une question que les filles posent à leur mère, mais comment la poser à la mienne dont la splendeur incontestable est célébrée depuis l'âge le plus tendre ? La quarantaine approchant et pressentant le déclin de sa propre carrière de mannequin, Kirsten a en effet décidé de capitaliser les charmes de son unique enfant, dont elle a fait très tôt une bête à concours, une sorte de mini-miss avant l'heure. Certes, ma mère a trop de problèmes à régler pour faire état de ses attributs ensorcelants, ou pour qu'ils lui inspirent une vanité quelconque, mais s'il s'agit d'obtenir une évaluation de mon physique, je préfère quand même m'adresser à Arcady, moins intimidant sous ce rapport. Je dois reconnaître qu'il prend ma question très au sérieux, et nous nous campons de concert devant une psyché mouchetée de rouille. Tandis qu'il me fait pivoter, de façon à m'observer successivement de face, de profil et de trois quarts, je reprends vaguement espoir : Arcady est un magicien qui peut escamoter mes disgrâces ou les transformer en atouts inattendus – mais c'est compter sans son honnêteté et sa franchise impitoyables :

– Tu es un peu… épaisse. Et tes yeux ont l'air de se fuir mutuellement. Et puis tes cheveux sont plantés trop bas, ça te donne un air obtus. Ouvre la bouche. Ouais, tes dents pourraient être pas mal, elles sont saines en tout cas. Dommage que tes incisives…

– Quoi mes incisives?

– Elles se chevauchent. Et tu es légèrement prognathe.

– Quoi?

– Bah, c'est pas grave. Je préfère ça à toutes ces dentitions hypercorrigées : le même sourire pour tous, très peu pour moi!

Je sais bien qu'Arcady est contre l'orthodontie, mais moi, je n'aurais vu aucun inconvénient à porter des bagues, comme tout le monde. Et même un corset, ça ne m'aurait pas dérangée, puisque comme Arcady me le fait remarquer, je suis bossue – alors que des bossus, on n'en voit plus en France depuis des décennies.

– Quand même, les dents, je veux bien, mais ce truc, là, ton dos, tes parents auraient quand même pu…

Il ne termine pas sa phrase, histoire de ne pas blâmer Bichette et Marqui, histoire aussi de ne pas se déjuger, lui qui professe qu'il faut s'accepter tel que l'on est, avec ses tares éventuelles, son nez trop gros, ses rides, sa cellulite, ses dents en avant, ses oreilles décollées, tout ce qu'une certaine chirurgie se fait fort de corriger, réparer, aligner. Entre l'incurie de mes parents biologiques et les dogmes de mon père spirituel, je ne suis pas près d'avoir le dos droit, et je me considère avec désespoir dans ce miroir, pourtant flatteur en raison de sa vétusté.

– Je suis ratée.

Là aussi, si je m'attendais à un démenti, c'est peine perdue : Arcady acquiesce.

– Oui, ils t'ont légèrement loupée. Légèrement, hein, ne me fais pas dire ce que je n'ai pas dit!

J'ai déjà fort à faire avec ce qu'il a dit pour ne pas lui prêter de propos encore plus désobligeants. Je me contente de soulever légèrement ma lourde frange, histoire de dégager mon front et d'offrir mon visage à l'examen sans complaisance d'Arcady, à qui je ne peux que donner raison : on sent que quelque chose a foiré dans mon embryogenèse, envoyant mon œil droit trop loin de mon œil gauche, aplatissant mon nez, alourdissant ma mâchoire. Je suis passée à deux doigts, voire un seul, d'une laideur pathologique. Comme je soupire et m'apprête à tourner les talons, il attrape mon bras et m'attire à lui :

– Tu as quel âge ?
– Quatorze.
– Tu as tes règles ?
– Non.
– Bon, on va attendre un peu, mais d'ici deux, trois ans, si tu ne trouves pas de petit copain et que tu as envie de sauter le pas, viens me voir.
– Pour quoi faire ?
– Je sais pas : ce sera à toi de me le dire.
– Tu veux être mon petit copain ?
– Pourquoi pas ?
– Mais tu as déjà un petit copain...

C'est une objection que j'avance pour la forme, car je ne verrais aucun inconvénient à ce qu'Arcady trompe l'affreux Victor, surtout si c'est avec moi. D'ailleurs, Victor ou pas, la seule idée qu'Arcady et moi ayons des relations sexuelles m'affole complètement. Il me tient toujours dans ses bras et me regarde avec une sorte de perplexité tendre :

– Ça te pose un problème, que j'aie déjà un amant attitré ?

– Non, non, pas du tout !

Qu'il n'aille surtout pas s'imaginer que j'ai des scrupules, et qu'il ne revienne pas sur l'espèce de promesse qu'il est en train de me faire, par pitié ! J'ai quatorze ans, mais je sais déjà que je l'aime et que je le désire, bien qu'il en ait cinquante et soit à peine mieux doté que moi sur le plan du physique : petit, grassouillet, avec des yeux clairs à fleur de tête et une sorte de renflement simiesque entre le nez et la lèvre supérieure, Arcady est loin d'être un parangon de beauté. Il resserre son étreinte et me souffle à l'oreille :

– Farah, je serai toujours là, O.K. ? Et on fera comme tu veux : on couchera ensemble si tu as envie qu'on couche ensemble, mais on n'est pas obligés.

– Je te plais ?

Il hausse les épaules et ouvre de grands yeux, comme si ma question était oiseuse ou comme si la réponse allait de soi :

– Mais oui, bien sûr !

– Alors pourquoi tu as dit que j'étais loupée ?

– Parce que tu as une tête et un corps bizarres. Mais bon, ça peut s'arranger avec le temps. Et même si ça s'arrange pas, je m'en fous complètement : je te trouve sexy.

– Ben alors, pourquoi on le fait pas tout de suite ?

– Je préférerais que tu fasses ça avec quelqu'un que tu aimes vraiment. Pour commencer.

– Mais moi, c'est toi que j'aime !

Il rit, attrape ma tignasse à pleines mains, tire dessus et la torsade comme s'il s'apprêtait à me faire un chignon. Son regard est désormais dépourvu de tendresse, mais ce que j'y lis me plaît tellement que je m'efforce de mettre dans le mien toute ma force de persuasion. À quoi bon attendre ? Personne ne me fera jamais l'effet qu'il me fait. Je voudrais parler mais je me méfie de ce que je pourrais bien lui dire et qui ne sera jamais à la hauteur de l'émotion qu'il suscite en moi. Comment fait-on, à quatorze ans, pour convaincre l'homme de sa vie de vous faire l'inestimable cadeau d'une défloration en bonne et due forme ? Car il me semble que c'est à peu de chose près ce qu'il vient de me proposer, tout en renvoyant ça aux calendes grecques. Du coup, je reprends ses propres mots, un peu laborieusement :

– Je ne trouverai jamais de petit copain ! Je le sais… Et j'ai envie de… sauter le pas. Maintenant.

– Mais t'as même pas atteint l'âge de la majorité sexuelle ! Tu veux que j'aille en prison, ou quoi ?

Il a beau dire, il est tenté, je le sens, et j'accentue la poussée de mon bassin contre le sien. D'un coup de reins, il s'arrache à moi, mais j'ai l'impression que ça lui coûte.

– Farah, chérie, on en reparle, d'accord ? Je t'assure que tu es trop jeune.

– Je suis pas trop jeune : je suis trop moche !

Mine de rien, ça fait neuf ans que je fréquente Arcady et que je bois passionnément son évangile. Je sais très bien que le meilleur moyen de l'émoustiller, c'est encore de revendiquer une laideur à laquelle il ne croit pas, ni pour moi ni pour personne. Avec Arcady, tout le monde a sa chance, les bossus, les obèses, les bigles, les vieilles décrépites ou les vieux beaux. Il soupire :
– Tu es parfaite. Donne-toi le temps de la réflexion au lieu de te jeter dans les bras du premier venu.
– Tu n'es pas le premier venu ! Je te connais !
– Ça aussi, c'est dommage : il vaudrait mieux un inconnu, ce serait plus excitant pour toi.
– Mais tu m'excites !
– Qu'est-ce que tu peux bien connaître à l'excitation ?

Comment lui dire qu'avec la honte et l'affolement, l'excitation est le sentiment qui m'est le plus familier ? Et puis pourquoi persiste-t-il à me résister alors qu'il a couché avec tout le monde ici, y compris mes parents – mais ils sont si faciles à harponner que ça ne compte pas : il suffit de leur parler avec un peu de fermeté pour qu'ils disent oui à tout. Mais même en exceptant mes pauvres parents, le tableau de chasse d'Arcady reste impressionnant. Seule ma grand-mère n'y figure pas, mais il faut dire qu'Arcady n'est pas du tout son genre. Le genre de ma grand-mère ? Des femmes à problèmes, généralement plus jeunes qu'elle de quinze ou vingt ans. Kirsten ne s'est mariée que pour procréer. Une fois son objectif atteint, elle s'en est tenue à ce qu'elle aimait le mieux, et j'ai vu défiler les Laurence, les Valérie, les Roxane et les Malika, autant de créatures froufroutantes et embaumant la vanille ou le mimosa.

C'est drôle, la vitesse à laquelle la plupart des gens se spécialisent : à vingt ans c'est plié, non seulement ils aiment les hommes à l'exclusion des femmes, ou l'inverse, mais encore ils vont préférer les bruns aux blonds, les sportifs aux intellos, les Noirs aux Arabes, etc. Je sais de source sûre qu'Arcady a entrepris ma grand-mère et de source non moins sûre qu'elle l'a envoyé bouler au nom de ces goûts ridiculement spécifiques que je viens d'évoquer. Pour des raisons qui m'échappent, elle a la virilité en horreur. Les filles un peu hommasses dans mon genre n'ont aucune chance de lui plaire. En revanche, les caniches ont la leur si j'en juge par sa prédilection pour les petites choses bouclées dont Malika reste à ce jour le meilleur exemple – en même temps qu'un record personnel pour ma grand-mère, vu qu'elles ont vécu ensemble près de trois ans, quand les autres dépassaient rarement les trois mois. Bref, Arcady se serait bien tapé ma grand-mère, mais il fait la fine bouche devant les appas juvéniles que je mets à sa disposition de si bon cœur. Par quelque bout que je le prenne, c'est inquiétant. J'ai envie de pleurer, mais je me retiens. Je suis trop chevaline pour les larmes. Au lieu de laisser libre cours à mon chagrin, je m'efforce d'obtenir des garanties :

– Bon, mais quand j'aurai quinze ans, tu voudras bien ?

– D'accord, à condition que je ne sois pas ton premier.

– Mais c'est nul, ça, comme condition ! Justement je veux que ce soit toi et qu'on fasse une espèce de fête, tu vois, comme une cérémonie.

Là, je sens que je l'ai ferré : personne n'aime plus les fêtes qu'Arcady. On en organise tout le temps à Liberty House. L'inconvénient, c'est que je ne souhaite pas non plus donner trop de publicité à ma défloration, mais bon, il faut ce qu'il faut. Plus que huit mois à tenir. D'ici là, j'aurai épilé mon duvet labial, fait aligner mes dents et redresser mon dos : je serai la plus belle. Arcady surprend mon regard désolé à la psyché :

– Arrête de te regarder comme ça ! Tu ne te rappelles pas ce que je vous ai dit sur les miroirs ?

Dès qu'il s'agit de lui, je me souviens de tout, et son prêche sur les miroirs fait partie de ceux qui m'ont enthousiasmée. Il faut savoir qu'Arcady nous réunit une fois par mois pour nous haranguer sur les sujets les plus divers. Par « nous », j'entends les pensionnaires de Liberty House, dont le nombre avoisine généralement la trentaine, avec des fluctuations tout à fait marginales, plus fréquemment imputables à des décès qu'à des départs volontaires. Quelle personne sensée quitterait de son propre chef un abri aussi sûr, un lieu aussi dépourvu de ce qui fait du monde extérieur une chausse-trape permanente, à savoir une fosse ouverte pour que nous y tombions et y agonisions notre vie durant, si on peut appeler ça une vie – ce qu'Arcady ne se prive pas de nous dire : la vie telle que l'entendent la plupart des gens ne ressemble que de très loin à une destinée humaine pleinement accomplie ; les gens vivotent, les gens végètent, les gens meurent en s'attendant à ce que la vie commence d'un moment à l'autre, mais ce moment n'arrive jamais. Pour qu'ils commencent à vivre, il faudrait d'abord qu'ils commencent par se soustraire à tout ce qui les tue à petit feu, mais ils n'en ont même pas l'idée et en auraient-ils l'idée qu'ils n'en ont pas la force.

Je vois bien que je m'éloigne de mon sujet, à savoir le sermon d'Arcady sur les miroirs, mais pour y revenir, il faut que je m'en éloigne de nouveau, et ce pour aborder un chapitre qui me coûte, à savoir celui qui tient aux amours d'Arcady et Victor – car j'aimerais qu'il en soit autrement, mais je suis bien forcée d'admettre que l'homme de ma vie a plusieurs vies et que dans l'une d'elles, il est l'amant de Victor Ravannas, qui ne le mérite pas mais qui y a droit quand même alors que je me morfonds.

4. *Le miroir des âmes simples*

Je voudrais décrire Victor de façon à rendre compte de ces caractéristiques répugnantes. Suis-je objective ? En aucune manière, mais la subjectivité est la seule façon d'y aller, sauf à vouloir se perdre en précautions oratoires et circonlocutions tièdes : Victor est un être immonde et le dire autrement revient à travestir la réalité. Qu'il parvienne à duper Arcady sur sa nature profonde, voici qui constitue pour moi un motif d'étonnement autant que d'affliction. À moins qu'Arcady ne soit sa propre dupe, incapable qu'il est d'imaginer l'existence d'une âme noire. C'est le risque avec les êtres supérieurs : ils ont du mal à concevoir qu'on puisse être bas et bassement motivé.

Je dois reconnaître à Victor Ravannas une certaine prestance et une urbanité qui peuvent le rendre agréable à fréquenter. Déjà, il en impose physiquement : grand et gros, il ne se déplace jamais sans une canne à pommeau dont l'utilité est discutable mais qui a le mérite de frapper les esprits. Son pommeau octogonal en ivoire massif s'inscrit dans une stratégie beaucoup plus mûrement étudiée qu'il n'y paraît, mais je m'y connais en apparences, elles jouent suffisamment contre moi pour que je m'y laisse prendre, et il ne m'a pas échappé que Victor cherchait à créer autour de lui une atmosphère de noblesse et de fin lignage : rien n'est dit, mais tout s'emploie à le suggérer, depuis sa canne jusqu'à sa chevelure savamment argentée et annelée, en passant par les manches bouffantes de ses chemises et la fausse négligence de ses babouches. Je pourrais lui pardonner ses coquetteries s'il les compensait par des qualités de cœur, mais de cœur, il n'en a pas, ou plutôt le sien n'est qu'un organe bardé de graisse qui s'échine à battre en dépit des vœux que je formule quotidiennement. Après tout, l'obésité réduit notablement l'espérance de vie et il n'y a rien de mal à souhaiter que l'inévitable se produise. Malheureusement, déjouant tous les pronostics, Victor fait chaque jour une apparition théâtrale et pimpante à notre table, pour y donner le spectacle d'une gloutonnerie qui n'avoue pas son nom. À Liberty House, les repas sont pris en commun dans le réfectoire, de loin la pièce favorite de Victor, qui en apprécie la majesté, à commencer par celle de la voûte en croisée d'ogives sous laquelle il engloutit des quantités faramineuses de nourriture – non sans tamponner délicatement sa bouche affreuse d'un mouchoir à monogramme, car chez lui tout est posture, tout est contorsion affectée et programmée.

Avant d'être un refuge pour freaks, Liberty House était un pensionnat pour jeunes filles et la maison garde de multiples traces de cette vocation initiale : le réfectoire, la chapelle, les salles d'étude, les dortoirs, et surtout d'innombrables portraits des sœurs du Sacré-Cœur de Jésus, toute une série de bienheureuses et de vénérables qui n'ont de bienheureuses que le titre à en juger par leur teint de pulmonaire et leur regard chagrin. Je ne sais pas quel ramassis d'évêques, de théologiens et de médecins a statué sur leur cas, mais ils ont visiblement confondu le martyre avec l'aigreur et la frustration. Heureusement que je suis moins facile à intimider qu'autrefois, parce qu'à mon arrivée ici tous ces chromos édifiants avaient plutôt pour effet de me démoraliser. Je redoutais tout particulièrement une congrégationniste du Kerala dont les joues jaunes et les yeux fous me guettaient dans un corridor du premier étage. Pour passer devant elle, je rasais le mur opposé et retenais ma respiration mais ça ne m'empêchait pas de percevoir la rémanence de son acrimonie et l'exhalaison de toutes les fièvres mauvaises dont elle avait brûlé en ces lieux mêmes. Contrairement à moi, Victor raffole de Marie-Eulalie du Divin Cœur, et il a longtemps projeté de faire peindre une fresque la représentant, bras ouverts, sourire extatique, prunelles levées en direction du cœur couronné d'épines auquel elle a voué toute son existence pathétique. Consultés, les sociétaires de Liberty House ont heureusement refusé à une courte voix de prendre tous leurs repas sous cette sainte égide – car c'est évidemment le réfectoire qui aurait eu l'honneur douteux d'une peinture murale de l'illuminée du Kerala.

De fait, non content d'être hypocrite et vaniteux, Victor est un bigot de la pire espèce. Je dois toutefois reconnaître que sa dévotion à Marie-Eulalie n'est rien en comparaison du culte qu'il voue à son homonyme le plus fameux, à savoir Victor Hugo. Eh oui, Victor le petit idolâtre Victor le grand. C'est même grâce à l'auteur des *Châtiments* qu'Arcady et lui se sont rencontrés – si tant est qu'on puisse parler de grâce à ce sujet. En tout cas, le coup de foudre s'est produit alors qu'ils étaient tous deux en train d'admirer un buste de Hugo dans ses appartements parisiens de la place des Vosges. Si je déplore qu'ils soient tombés amoureux, je ne peux que me féliciter des suites heureuses de leur rencontre et de leur amour : ce projet de phalanstère qu'ils ont conçu et porté à deux, la mégalomanie de l'un fécondant celle de l'autre, sous le patronage de l'illustre maître, lui-même expert en folie des grandeurs. Car Liberty House a beau avoir abrité des pensionnaires à nattes et à rubans, cornaquées par des nonnes confites en dévotion, Arcady et Victor en ont fait un lieu d'inspiration hugolienne, plus proche de Hauteville House que du couvent des oiseaux – ne serait-ce qu'en matière de décoration intérieure.

Le moins qu'on puisse dire, c'est qu'ils n'ont mégoté sur rien. Buffets et fauteuils gothiques sont venus se substituer au mobilier fruste des sœurs du Sacré-Cœur, tandis que tapis de la Savonnerie et tentures damassées faisaient leur apparition un peu partout. Quant aux miroirs, ils sont la marotte de Victor qui les chine et les décline avec l'obstination d'un dément. Miroirs trumeaux, psychés, triptyques de barbier, miroirs de sorcières, miroirs soleils des années 1970, miroirs vestiaire, miroirs dorés à la feuille, miroirs marquetés, miroirs cernés de rotin tressé, de corde, de bambou, de laiton, de bois cérusé, de fer forgé, miroirs asymétriques, ovoïdes, octogonaux, rectangulaires, biseautés : on ne peut pas faire un pas dans Liberty House sans tomber nez à nez avec son reflet consterné. Enfin consterné, je parle pour moi, car Victor semble toujours ravi de se mirer. Il a fait du grand salon une véritable galerie des glaces où il se pavane à longueur de temps, histoire de vérifier et ajuster ses petits effets : la canne à pommeau d'ivoire, la pochette carmin, les boutons de manchette, l'empilement ajusté de ses boucles neigeuses. Malheureusement pour lui, tous ces efforts de toilette sont ruinés par ses pantalons informes à taille coulissante, seuls à même de circonscrire une panse qui lui dégringole jusque sur les genoux. J'ai beau connaître la tolérance d'Arcady en matière de monstruosité, je me pose quand même des questions sur leur vie sexuelle. Toujours est-il que le surnom de Victor à Liberty House est précisément « Monsieur Miroir ». On me pardonnera donc d'avoir cru que la diatribe d'Arcady contre ces mêmes miroirs était une façon de blâmer le narcissisme effréné de son amant. Il faut dire aussi qu'il a rarement été plus virulent et plus convaincant que le jour où il nous a rassemblés dans la chapelle pour nous interdire de nous regarder dans quelque surface réfléchissante que ce soit. Sa voix vibrait de passion, ses joues s'empourpraient, son poing s'envolait vers les nues ou retombait sur son pupitre de chêne massif pour y marteler son indignation :

– Non seulement les miroirs contribuent à vos souffrances psychiques, mais je ne vois pas ce que vous cherchez à y apprendre ou à y vérifier ! Les miroirs ne peuvent rien vous enseigner, rien ! Ne serait-ce que parce qu'ils ont leur propre réalité géométrique ! Essayez un peu de lever la main gauche devant votre miroir, vous verrez si votre reflet ne lève pas la droite !

Le regard d'Arcady balaye l'assistance, toutes ces bouches bées et tous ces chefs branlants qui n'aspirent qu'à une chose : être rassurés sur leur capital beauté. Sans doute ont-ils oublié que Liberty House recrute essentiellement chez les moches. À l'exception notable de ma mère, qui est ravissante, et de mon père, à qui chacun reconnaît du charme et des traits réguliers, tous les autres, dont moi, sont affreux, et n'ont effectivement aucune consolation à attendre de la fréquentation des miroirs. Arcady poursuit :

– Sans compter qu'il n'y a rien de plus froid et de plus lisse qu'un miroir ! Qu'est-ce qu'un miroir peut bien capter de votre chaleur, de vos aspérités, de votre intériorité, c'est-à-dire précisément ce qui fait que vous êtes vous et pas un autre ? Vous savez quoi ?

L'assemblée frémit, respire avec lui et suspend son souffle dans l'attente de ce qu'elle a à savoir. Arcady plisse le front, rapproche les sourcils et prend cet air impérieux qui le rend absolument irrésistible à mes yeux :

– Nous allons voiler ou retourner tous les miroirs de la maison ! Tous ! Y compris ceux que vous avez dans vos chambres ou vos salles de bains : c'est compris ? Faisons de Liberty House une zone *mirror free* !

Ses ouailles opinent du bonnet, mais Arcady n'en a pas fini :

– Je me suis laissé dire que certains avaient même des miroirs grossissants ! C'est peut-être pousser le vice un peu loin, non? Car dites-moi, franchement, qu'est-ce qui, chez vous, chez moi, chez nous, mérite le grossissement? Sans rire?

À quelques chaises de moi, je perçois un début d'agitation, des crissements de tissu et des ahanements : Dadah s'apprête à intervenir et ça lui prend toujours un certain temps, comme si son cerveau et son corps rabougris avaient besoin d'un tour de chauffe, d'un grand remue-ménage préalable à toute opération. Son râle furibond s'exhale, ses falbalas s'agitent, ses dents grincent, sa main tapote impatiemment l'accoudoir, ça y est, elle est prête :

– Arcady...

Virilisée par presque un siècle de tabagie, sa voix s'élève sous la voûte en croisée d'ogives, saisissant tout le monde – à l'exception d'Arcady, que rien n'impressionne. Il faut dire que Dadah, Dalila Dahman pour l'état civil, a toujours parlé pour être obéie et crainte – et si crainte et obéissance n'entraient pas dans ses intentions, elle les a obtenues quand même et sans rien exiger, comme à peu près tout ce qui lui est échu depuis sa naissance. Née richissime dans une famille de marchands d'art, Dadah n'a rien trouvé de mieux que de s'enrichir encore, au-delà du raisonnable – et même de l'imaginable, car quelle intelligence humaine est capable de concevoir l'ampleur d'une fortune qui se chiffre en millions? Il faut reconnaître à Dadah qu'elle a su dépenser son argent, et que contrairement à ce que prétend une sagesse populaire inepte, cet argent a beaucoup fait pour son bonheur. Si les maux du grand âge ne la clouaient pas à sa chaise roulante, elle continuerait d'ailleurs à être aussi heureuse et aussi indifférente aux malheurs des autres que possible. Aujourd'hui que l'arthrite et l'emphysème l'empêchent de sauter dans son jet privé, le monde s'est rétréci pour elle aux dimensions de Liberty House, dont elle est la principale bienfaitrice. Mais alors qu'elle pourrait subventionner avec munificence des dizaines de fondations caritatives comme la nôtre, Dadah se montre aussi chiche dans ses donations qu'elle est prodigue en discours récriminant notre ingratitude – et elle nous fait chèrement payer chaque euro dépensé en frais de chauffage et entretien du parc. Qu'on se le dise, les riches peuvent être pingres, et Dadah est quand même la seule personne de ma connaissance qui réutilise les emballages alu et préconise de se servir de l'eau de cuisson des pommes de terre pour arroser les plantes ou pour faire la vaisselle. Bref, la voici lancée, et je ne doute pas qu'elle ait son mot à dire concernant le magnifique discours d'Arcady sur les miroirs :

– Arcady, le miroir grossissant, c'est tout de même bien commode pour se maquiller, surtout à nos âges !

Avec ses quatre-vingt-seize ans, Dadah est de très loin la doyenne du phalanstère, mais elle a la manie de parler comme si Liberty House était une résidence pour seniors. Or, à part ma grand-mère, qui n'a jamais que soixante-douze ans, et Victor qui fait semblant d'en avoir cinquante, la plupart des pensionnaires sont dans la fleur de l'âge. Mais ça arrange Dadah de faire comme si tout le monde était guetté par la sénilité. En chaire, Arcady rassemble ses notes, une liasse de feuilles jaunies qui a sans doute peu de rapport avec son thème du jour – mais il aime asseoir son éloquence sur un support visuel et nous en imposer avec des signes ostentatoires d'érudition. Dalila Dahman n'a qu'à bien se tenir.

– À quoi bon le maquillage ? Avez-vous déjà vu quelqu'un que le fond de teint ou le rouge à lèvres ait rendu plus beau ? C'est l'inverse qui se produit : à chaque coup de pinceau, à chaque goutte de vernis, à chaque passage de houppette, vous vous éloignez un peu plus de la vérité et de la beauté, croyez-moi !

Cramponnée aux accoudoirs de son fauteuil roulant électrique à sept mille euros, Dadah frémit sous l'affront en même temps que du plaisir anticipé de jouter avec son coach de vie – puisque tel est le rôle qu'elle assigne à Arcady. En arrivant ici, elle a remis son âme entre ses mains, et lui en a abandonné la gouvernance avec soulagement. Ça ne l'empêche pas de ruer dans les brancards pour des broutilles, histoire de rappeler qu'à tout moment elle peut reprendre sa liberté – et son argent. La voilà donc qui se lance dans un plaidoyer pour le mascara et le blush, qu'elle persiste à appeler rimmel et fard à joues, mais enfin on la comprend, d'autant qu'elle abuse de l'un comme de l'autre, vivante illustration des artifices qu'Arcady dénonce : pommettes asymétriques et badigeonnées de safran, bouche turgescente et luisante, rides emplâtrées, cils englués. À côté d'elle, au sens figuré, bien sûr, car elles se détestent et se gardent de toute promiscuité, ma grand-mère a l'air aussi fraîche et nette qu'une meule de reblochon. Il faut dire que Kirsten n'a pas attendu Arcady pour se méfier de l'industrie cosmétique, et qu'elle préfère arborer ses joues couperosées et son décolleté froissé que d'avoir recours à quelque crème que ce soit – sans parler du bistouri ou de la silicone.

Arcady n'écoute Dadah que d'une oreille distraite, voire impatiente. Il a beau être gérontophile, il est vite exaspéré par les ratiocinations séniles dont Dadah est coutumière. Malheureusement pour lui, elle tient son sujet et ne le lâchera pas de sitôt. Contrairement à Arcady, qui dispose d'une tribune et d'un public captif à chaque fois qu'il lui prend l'envie de s'exprimer, Dadah ne rencontre plus la même écoute complaisante que du temps de sa splendeur. Certes, elle est toujours effrayante et riche, mais sa lucidité connaît de telles éclipses que même ses courtisans les plus flagorneurs ne lui accordent qu'un minimum d'attention. Mais si Dadah fuit du carafon, il lui reste assez de connexions neuronales pour s'apercevoir que sa parole est dévaluée. Du coup, dès qu'elle a une occasion de pérorer, elle en profite à fond et ignore superbement toute interruption ou signe d'agacement. Au contraire, boostée par l'adversité, elle oscille voluptueusement dans son fauteuil et module les inflexions dramatiques de son contralto :

– Mais enfin, c'est tout de même incroyable qu'on n'ait plus le droit de se faire belle tant qu'on le peut encore ! Gommer les petites imperfections, ça me paraît la moindre des politesses ! On trouve des fonds de teint anti-âge vraiment bluffants ! Si, si, je vous assure !

Aussi étrange que cela puisse paraître, Dadah croit encore que sa peau ne présente que de petits défauts, une tache brune par-ci, un vaisseau dilaté ou une ride d'expression par-là, rien qu'on ne puisse camoufler à coups de crèmes anticernes ou de stylo illuminateur. La voici d'ailleurs qui lève un doigt tremblant en direction de ses traits ravagés, comme si elle voulait nous prendre à témoin des miracles accomplis par la cosmétologie sur sa propre personne – alors qu'elle est la preuve de son inefficacité. Tandis qu'elle laisse passer trente secondes de silence triomphant, Arcady s'empresse de reprendre le fil de son discours et d'en venir au « seul miroir qui vaille ». En bon orateur, il brode un moment et ménage le suspense, de façon à ce que chacun puisse se creuser la tête et se demander ce dont il s'agit. J'ai moi-même le temps d'envisager toutes sortes d'hypothèses mièvres : les yeux, la conscience, les sources, les fontaines, les flaques, le ciel, que sais-je encore. Mais il s'avère que je n'y suis pas du tout car voici qu'Arcady se redresse de toute sa petite taille derrière son pupitre et proclame que *Le Miroir des âmes simples et anéanties et qui seulement demeurent en vouloir et désir d'amour* sera désormais notre miroir à tous. Un silence respectueux succède évidemment à cette déclaration, mais de rapides coups d'œil jetés à droite à gauche me permettent de constater que personne n'a rien compris, à part Victor, dont les airs satisfaits et entendus me portent à croire qu'il est l'inspirateur de cette référence livresque. Car s'il s'agit d'un livre, on peut être sûr que l'idée ne vient pas d'Arcady, qui a la lecture en horreur.

J'ai mis du temps à m'en rendre compte, vu qu'il professe l'amour de la littérature en général et du grand Victor en particulier ; vu aussi qu'il a amplement pourvu Liberty House en vitrines et en étagères susceptibles d'abriter des centaines de livres dorés sur tranche. J'ai moi-même passé des heures à les feuilleter, assise dans un rai de soleil, à même les tapis d'Aubusson de la bibliothèque, parfaite allégorie de l'érudition juvénile mais aussi vivante image de la perplexité – car il s'agissait pour la plupart de vieux traités d'arithmétique ou d'agronomie, achetés au mètre par un Arcady plus soucieux d'assortir des reliures à nos fauteuils que de proposer de vrais livres à notre soif de connaissances. Les grimoires décoratifs étant venus s'ajouter au fonds hagiographique des sœurs du Sacré-Cœur, la littérature a en définitive peu de place chez nous – un rayon, tout au plus. Non, j'exagère, car Victor a beau être un affreux poseur, il n'en est pas moins sincèrement féru de poésie et possède sa propre bibliothèque. Hélas, non seulement elle se trouve dans la chambre qu'il partage avec Arcady, mais il s'agit d'une magnifique vitrine néogothique à trois vantaux qu'il prend soin de cadenasser, ce qui fait que je n'y ai jamais eu accès, malgré mes incursions secrètes dans leur suite nuptiale.

J'aime Arcady et je le tiens pour un parangon de grandeur d'âme, mais je dois reconnaître que Victor et lui se sont adjugé des appartements somptueux, tandis que les sociétaires de Liberty House se voyaient attribuer des cellules quasi monastiques ou des alcôves résultant de la subdivision des dortoirs. Moi-même, je ne dispose que d'un cagibi de cinq mètres carrés, et mes parents sont à peine mieux dotés. Cela dit, je m'en fous. Au contraire, j'aime l'idée d'être petitement logée et je me sens à l'abri dans mon antre à fenestron. D'autant que ledit fenestron donne sur la ramure d'un cèdre de l'Atlas, et que je suis heureuse de sa simple proximité, de l'odeur exhalée par ses pignes, du frottement insistant de ses branches contre la façade, du joyeux tintamarre des oiseaux qui y nichent et me réveillent chaque matin – chaque matin comme un premier matin. Avant de venir habiter Liberty House, je vivais dans un état de privation sensorielle dont je n'avais même pas idée. On devrait punir très sévèrement les parents qui élèvent un enfant à plus de cent mètres d'un nid de fauvettes ou d'un buisson de ciste. Les miens ont commis cette erreur et j'ai failli grandir sans connaître le plaisir de défroisser mes pétales au soleil, de plaquer ma joue contre un tronc empégué de résine, ou celui de courir au-devant de l'orage.

Arcady se lance dans une exégèse vibrante des meilleures pages de son *Miroir des âmes simples et anéanties et qui seulement demeurent en vouloir et désir d'amour*, mais je cesse de l'écouter, frappée par cette évidence : l'âme simple et anéantie, c'est moi ; le désir d'amour, c'est mon seul désir – et d'ailleurs je n'ai jamais bien su ce qui distinguait l'amour de l'anéantissement. Tandis que l'homme de ma vie disserte avec jubilation de Marguerite Porète et de la confrérie du Libre Esprit, je laisse mon propre libre esprit faire usage de sa liberté et parcourir les sentes embaumées de mon domaine. C'est là, dans la stridulation lyrique des cigales, que je jouis de m'anéantir et de sentir mon être se disperser au vent comme une tête de pissenlit.

– « Personne ne peut être homme plus annulé ! »

Arcady me regarde comme s'il devinait mes pensées et me destinait cette phrase définitive, sans doute une citation de la remarquable Marguerite Porète, dont je décide illico de me procurer l'œuvre complète – à moins qu'elle ne figure déjà entre deux tomes du *Palmier séraphique*, ouvrage qui présente l'avantage de concilier à la fois les goûts d'Arcady pour les reliures en demi-maroquin et les aspirations spirituelles des sœurs du Sacré-Cœur. J'aime beaucoup le titre du *Palmier séraphique* et je l'ai commencé plusieurs fois, mais à chaque tentative, rien à faire, le volume me tombe des mains dès que j'en arrive à la vie édifiante de Jean Parent, surnommé, « Le Maître des larmes », ce qui aurait dû me mettre la puce à l'oreille depuis longtemps : rien de plus ennuyeux que les gens qui pleurent. Bref, moi aussi je suis annulée, entièrement adonnée à mes contemplations bucoliques, aigrette de pissenlit sans substance ; ou encore consumée dans l'adoration exclusive d'Arcady, disciple zélée, groupie, presque soubrette – ce qu'il voudra. Et pourtant, je le sens bien, quelque chose en moi résiste à la dislocation, quelque chose tient bon. C'est ténu mais tenace, comme une promesse de resurgissement après les ardeurs de l'été ou les rigueurs de l'hiver, comme une saison fragile qui n'aurait pas de nom, à part le mien peut-être.

 Arcady en a fini avec son sermon et nous envoie vaquer à nos occupations. Chacun s'ébroue sur sa chaise avec soulagement. Seul Victor reste sur la sienne, mais il faut dire qu'il a besoin d'aide pour s'en extraire et qu'il n'est pas question que je lui rende ce service, que j'endure ses geignements d'effort et le tangage de sa panse d'un bord à l'autre, hop, je me défile bien qu'il me cherche du regard et fasse clinquer sa chevalière sur le pommeau de sa canne. Qu'il se débrouille : j'ai fait vœu d'esclavage mais il n'est pas mon maître.

5. *Fleurissent, fleurissent*

À Liberty House, tous les adultes bien portants travaillent – ce qui ne fait pas grand monde puisque la maison accueille précisément des invalides en tous genres. Ma mère, par exemple, est dispensée de toute activité en raison de sa fatigabilité et de son terrain migraineux. Eh oui, faute d'ondes électromagnétiques, il a bien fallu que sa fragilité trouve à s'exprimer. Et puis son corps s'était habitué à certains symptômes : l'en priver aurait été presque aussi cruel que de la laisser exposée à la pollution technologique. Tout en allant beaucoup mieux, elle reste donc sujette aux crises de panique, aux céphalées et aux chutes de tension. En revanche, mon père s'est mis à la culture et à la vente des fleurs, se découvrant pour ce faire des trésors de patience et de goût.

Bien avant notre arrivée et sous l'impulsion d'Arcady, Liberty House s'est constitué en unité de production de fruits et légumes bio. Nous avons donc un verger et un potager, sur lesquels je me sens des droits, bien qu'ils ne fassent pas partie du domaine expressément confié à mon administration. Le verger ne m'intéresse pas suffisamment pour que je le dispute aux guêpes, que les pommes et les poires suries rendent impudentes voire franchement agressives, mais le potager est un endroit délicieux avec ses travées de choux montés en graine, ses pieds de fraises Belrubi, ses lourdes courges, et l'odeur des feuilles de tomates, exaltée par le soleil comme par la pluie.

Mon père a commencé timidement, avec des capucines et des dahlias, puis, grisé par le succès que rencontraient ses bouquets sur les marchés alentour, il s'est diversifié : glaïeuls, iris, tulipes, œillets, jonquilles, soucis, marguerites, il est devenu incollable en matière de graines, de semis, d'engrais et d'insecticides naturels. Il rentrait du jardin et des serres, ébloui, remué, intarissable quant au bouton floral de l'anémone du Japon; intarissable aussi quant aux parfums du lys ou du freesia. Or les fleurs sont un excellent sujet de discussion : faites le test, tout le monde a quelque chose à dire à leur sujet; tout le monde a sa fleur préférée, ou au contraire celle qui l'insupporte par une odeur trop entêtante ou des airs de supériorité. Si, si! Il se trouve toujours quelqu'un pour trouver l'héliotrope prétentieux ou la pivoine imbue de sa petite personne ébouriffée : en même temps qu'un sujet, mon père avait trouvé un public, des gens pour l'écouter enfin, lui qui était jusque-là douloureusement conscient de la faiblesse de sa conversation. Un jour qu'il pérorait un peu à la table du déjeuner, le rouge aux joues, l'élocution précipitée, Marqui tel que personne ne l'avait jamais vu, il a attiré l'attention de Victor le Petit, pourtant très occupé à lamper son velouté de courge. Le repas terminé, il a entraîné mon père dans la bibliothèque et en a extrait deux livres à reliure de percaline bleue, legs d'une certaine Odette Garnier à la communauté du Sacré-Cœur, à en juger par l'ex-libris soigneusement apposé sur chacun : *La Botanique des dames*, volumes I et II.

– Puisque tu as l'air de t'y intéresser, tiens, jette un œil là-dessus ! Les fleurs ont un langage, figure-toi !

De langage, mon père peinait précisément à en avoir, ce qui fait que contrairement à ses habitudes bien ancrées de paresse intellectuelle, il a lu jusqu'au bout les livres conseillés par Victor – et il n'a plus jamais été le même homme.

Pour qu'on puisse mesurer l'ampleur de sa métamorphose, je dois revenir sur le passé scolaire de ce pauvre Eros Marchesi – à savoir mon père. De ses années de maternelle, il ne conserve qu'un souvenir diffus, mais pour autant qu'il le sache, il donnait alors toute satisfaction, plein d'enthousiasme pour chanter en chœur, renvoyer des balles ou sauter dans des cerceaux ; sage comme une image le reste du temps, tirant juste une langue appliquée pour tracer les quatre lettres tremblantes de son prénom. C'est au cours préparatoire que ça s'est gâté. Le petit Eros y était entré avec son sourire confiant, sa bonne volonté inlassable et sa conviction qu'elle devait suffire à bien faire. Mais non justement : il avait beau vouloir, il faisait mal. Ou plus exactement, il échouait dans ce qui semblait précisément être le gros morceau de sa première année d'école primaire : l'apprentissage de la lecture. Tant qu'on ne lui avait pas demandé de les assembler, les lettres ne lui avaient posé aucun problème. Il récitait l'alphabet comme un petit perroquet et pointait sans difficulté le *X* ou le *M* sur un abécédaire au point de croix qui lui venait de sa grand-mère maternelle. Les mots, c'était une autre histoire, sans parler des phrases – et justement, il avait beau ouvrir des yeux épouvantés, on ne lui parlait que de ça, de lettres qui faisaient des mots qui faisaient des phrases, pour tout le monde sauf pour lui. Non, j'exagère, au mois de janvier, ils étaient trois sur les trente élèves que comptait sa classe à n'avoir pas pigé le truc : mon père, une petite primo-arrivante qui ne parlait que le shikomor, et un enfant étrange, à qui son crâne en pain de sucre laissait peu de chance d'avoir un cerveau.

Dès le matin, mon père se préparait à recevoir l'enseignement dispensé par Mme Isnardon. Il disposait méthodiquement ses affaires sur son petit bureau, ouvrait son manuel de lecture, croisait les bras et ouvrait grand les oreilles. Peine perdue. Tout de suite, les lettres se mettaient à bouger sur la page et les explications stridentes de Mme Isnardon ne faisaient qu'ajouter à sa panique. Daniel amenait la mule dans l'écurie, la servante posait sur la table du rôti fumant et des mandarines, Valérie se blessait avec un silex, les oies allaient vers la mare, et rien n'avait jamais de fin. Heureusement que les vignettes sépia du manuel l'éclairaient un peu sur la vie bucolique menée par Daniel et Valérie, car autrement il aurait éclaté en sanglots. Quand il était interrogé, il y allait au petit bonheur, s'aidant des images, identifiant un mot par-ci par-là, tombant juste une fois sur mille, s'attirant les regards apitoyés de Mme Isnardon et les ricanements moins charitables de ses condisciples. Au mois, d'avril, même la petite Comorienne avait compris de quoi il retournait et ânonnait avec des regards de triomphe dans sa direction : « Daniel tape le rat avec une rame et le tue » – car Daniel était cruel, mais elle ne l'était pas moins.

Mon père avait maille à partir avec toutes sortes de difficultés. La première tenait à ce que pour lui, certaines lettres avaient des couleurs, et que personne, jamais, n'y faisait allusion. Lorsqu'il s'était risqué à parler du *a* comme de la lettre rouge, Mme Isnardon avait ouvert des yeux ronds et repris comme si de rien n'était le fil de son discours patient : « r-a, ra, comme dans rat, comme dans rame, tu vois. » Non, il ne voyait rien, si ce n'est que l'affreux Daniel avait écrabouillé le rat à coups de rame. Car c'était là un autre de ses problèmes, il ne savait pas quel degré de réalité accorder aux phrases que tout le monde s'employait à claironner autour de lui. À force, il s'était attaché à Valérie, sa tresse blonde, sa poupée, ses petites robes ; la mule, la chèvre et les oies lui semblaient tout aussi dignes d'affection et il tremblait de les voir se précipiter bêtement à la rivière, où elles couraient le risque de se noyer – sans compter que Daniel les y attendait avec sa rame implacable. Sur la page du manuel, tout finissait par se mêler, les jeux inoffensifs de Valérie, les gambades du troupeau d'oies et les agissements de l'affreux Daniel. Il se concentrait, écarquillait les yeux, mouillait son index pour suivre la ligne, mais au bout de son doigt, les mots prenaient des allures de chenilles processionnaires, avec çà et là le clignotement trompeur d'une voyelle : le bleu du *e*, l'orange du *o*... Il s'arrêtait et levait un œil découragé sur Mme Isnardon. Il sentait bien que quelque chose avait fondu sur lui, qu'un système existait, gigantesque et magmatique – sauf que les autres s'y retrouvaient, donnaient forme à l'informe, décodaient les messages cryptés envoyés par Daniel et Valérie depuis leur petite exploitation agricole, et en restituaient le sens secret.

Alertés par la maîtresse, mes grands-parents avaient fini par prendre la mesure des difficultés rencontrées par leur fils et ils s'étaient employés à y remédier, multipliant les leçons de lecture domestiques, le petit garçon sur leurs genoux et le manuel grand ouvert sur la table du salon. Hélas, Eros échouait tout aussi piteusement à la maison qu'à l'école. *Mais qu'est-ce qu'il a cet enfant ? Il est bouché ?* Telle était la question anxieusement formulée par mes grands-parents à l'issue de ces séances éprouvantes pour tout le monde. Et sans doute mon père était-il effectivement bouché, bien que doté d'un Q.I. normal, qui lui permettait d'effectuer des opérations arithmétiques ou de retenir trois strophes d'un poème – à condition qu'on le lui lise, évidemment. Q.I. normal ou pas, il avait dû repiquer son cours préparatoire l'année suivante, tandis que la cohorte de ses camarades filait droit vers le cours élémentaire. L'enfant au crâne en pain de sucre était là aussi, à sa place habituelle au fond de la classe, et d'un imperceptible clignement de ses yeux de lézard, il avait signifié à son compagnon d'infortune sa connivence et sa commisération. Mortifié par ce compagnonnage, Eros était bien décidé à mettre les bouchées doubles, mais la nature de ce qu'il devait avaler lui échappait toujours. Heureusement pour lui, l'enfant au crâne en pain de sucre était mort dès le mois de novembre, là, d'un coup, droit sur sa chaise de classe, et sans que rien n'y paraisse. Sans doute aussi atrophié que son cerveau, son cœur avait refusé un tour de roue supplémentaire et mis fin à la petite vie de Jean-Louis, puisque tel était son prénom. Seul Eros avait fini par s'apercevoir que Jean-Louis avait pris une rigidité anormale et que ses yeux de lézard s'étaient opacifiés. Que faire ? Surmontant sa timidité, il s'était faufilé jusqu'au bureau de Mme Isnardon, pour lui souffler à l'oreille :

– Maîtresse, Jean-Louis est mort !

Contrairement à ses attentes voire à ses craintes, Mme Isnardon avait éclaté d'un bon rire, sensible à ce qu'elle prenait pour une tentative de plaisanterie, et surtout, incapable d'imaginer qu'un enfant de sept ans puisse décéder brutalement dans un endroit aussi peu fait pour ça :

– Mais non, voyons, il n'est pas mort ! Tu sais bien qu'il est toujours comme ça, Jean-Louis : sage, tranquille ! Ce n'est pas comme certains !

Elle en avait profité pour fusiller du regard le petit groupe des bavards impénitents – car ce n'était pas tous les jours qu'on pouvait ériger en exemple ce pauvre Jean-Louis. Mais au même moment, le malheureux était enfin tombé de sa chaise, dans un éparpillement d'objets divers et inquiétants : un sécateur, des écrous, une grenade fumigène et des mignonnettes de rhum. Ce que révélait cette mort inopinée, c'est que Jean-Louis avait sans doute eu sa vie intérieure, et qu'il était même en train de préparer sa petite version personnelle de la tuerie de Columbine, écœuré par des mois d'insuccès et d'humiliations scolaires. Et qui sait, peut-être le stress des préparatifs avait-il précipité sa disparition ? En tout cas, ce décès avait fait à Eros l'effet d'un coup de rame géante assené par l'affreux Daniel. Là où aucune leçon, aucune méthode, aucun manuel n'avaient réussi, la mort de Jean-Louis était un vrai succès : les lettres avaient cessé de clignoter, les syllabes de s'intervertir, les mots de se télescoper. Brutalement et tragiquement dessillé, il lisait. Entre-temps, ses parents avaient bénéficié du diagnostic éclairé de leur médecin de famille : leur petit garçon était dyslexique et dysorthographique au plus haut point. Il échapperait peut-être à l'illettrisme, mais le langage écrit resterait toujours pour lui une chausse-trape béante.

On comprend donc pourquoi, quarante ans plus tard, il saute sur l'idée de se passer des mots et d'avoir recours aux fleurs pour communiquer. Péniblement déchiffrés, les deux volumes de *La Botanique des dames* s'avèrent être une mine de renseignements précieux. Certes, il a bien conscience que cyclamens et géraniums le cantonnent à l'expression des sentiments et des émotions, mais c'est déjà ça, et il ne désespère pas de mettre au point un code floral plus élaboré que celui dont il a pris passionnément connaissance grâce à Odette Garnier, Victor Ravannas et l'heureusement prénommée Roselyne Saniette, auteur de sa nouvelle bible.

Sur les marchés, il vend désormais des bouquets tout faits auxquels il adjoint un rectangle de cartoline calligraphié par ses soins en dépit des difficultés qu'on lui connaît. Ainsi une botte d'amaryllis rouges, d'hortensias blancs et d'anémones bleues va-t-elle signifier : vous êtes trop coquette et vos caprices me peinent, mais je vous conserve ma confiance ; tandis qu'iris et giroflées couleur de feu débordent du bonheur d'aimer – aujourd'hui plus qu'hier et bien moins que demain.

Mon père est également en mesure de se plier à la vie sentimentale compliquée de ses clients et de leur proposer des arrangements floraux personnalisés. Demandes d'excuses ou de rendez-vous, incitations à la prudence, déploration d'une indiscrétion ou d'une calomnie : les fleurs peuvent tout dire et ne s'en privent pas. Très vite, d'ailleurs, il se trouve un peu débordé, car non contents de passer commande, les clients s'épanchent.

– Vous voyez, Monsieur Marchesi, je n'ai vraiment pas de chance : je tombe toujours sur des hétéros qui veulent juste voir ce que ça fait de coucher avec un mec, comme ça, une fois, en passant. Mais moi, je m'attache, on ne peut quand même pas m'empêcher de m'attacher, hein ?

– Ça non, on ne peut pas.
– Et du coup, j'en prends plein la gueule à chaque fois.
– Je vais vous mettre des campanules. Et des gentianes jaunes.

À force, le bouquet finit par ressembler à une prescription plutôt qu'à une tentative de communiquer avec l'être aimé : anthémis roses pour l'amant incompris, coréopsis jaunes pour le rival malheureux, gueules-de-loup de toutes couleurs pour celui qui souhaite être rejoint au plus tôt. Avec les âmes en peine, la douceur et la patience de mon père font merveille, et il y a foule sur son étal tous les dimanches. Chargée de le seconder, je fais bouquet sur bouquet, nouant aux tiges des arums, des capucines ou des jacinthes leur petite traduction simultanée : *écoutez votre âme, vous ne pouvez plus aimer, l'espoir que vous me donnez me ravit*. Pendant ce temps, mon père tient la main d'un client éploré et l'adjure de se soigner par les fleurs. Finalement, il a trouvé sa voie et une nouvelle source de profits pour Liberty House : entre les bouquets cryptés et les séances de psy, mon père reverse à la communauté des sommes de moins en moins négligeables. On verra toutefois que c'est loin de suffire. Or, comme nous le serine notre chef spirituel, tout le monde n'est pas capable de travailler mais tout le monde est capable de gagner de l'argent – et je vois bien qu'il faut que j'en vienne à un autre des sermons mémorables d'Arcady.

6. Les escadrons de l'amour

Ce jour-là dans la chapelle, les radiateurs de fonte fleurie s'activent à nous réchauffer, à grand renfort de borborygmes et bruits de ruissellement divers. Ma grand-mère vient de rentrer d'un séjour à Formentera et elle est dans une forme éblouissante. À côté d'elle, ma mère est plus émaciée que jamais, mais ne nous y trompons pas : elle va on ne peut mieux et nous enterrera tous, moi y compris, vu qu'elle s'épargne désormais tout effort et tout souci. Arcady monte en chaire avec une expression préoccupée qui m'alarme un peu, vu qu'insouciance et gaieté sont dans sa nature. Au lieu de la liasse jaunie de ses pseudo-notes, il tient une sorte de grand registre, qu'il pose sur son pupitre sans se départir de son air grave.

– Les comptes ne sont franchement pas bons. Si ça continue comme ça, je vois mal comment nous pourrions continuer.

L'incongruité de sa phrase lui échappe comme elle semble échapper à l'assistance, qui lui accorde son habituelle attention flottante. Je suis bien la seule à me faire du souci. Ma grand-mère gratte une croûte sur son tibia bronzé, Victor polit son pommeau, la tête chenue de Dadah dodeline déjà, et Daniel baye aux corneilles. Daniel ? Eh oui, il est là, armé de sa rame et prêt à écrabouiller tous les rats du monde. Sauf qu'il n'y a pas de rats à Liberty House, et que notre Daniel n'est pas du tout celui du manuel de lecture, celui de la ferme, celui de la mule, celui des oies et de la petite Valérie. Non, il s'agit du filleul de Victor, un grand garçon maussade et dégingandé. Je n'ai jamais trop su ce que Victor mettait derrière ce parrainage, probablement des pratiques érotiques plutôt que des visées purement édifiantes. En tout cas, Daniel traîne sur les talons de son parrain avec une sorte de langueur lascive et ostentatoire, comme s'il sortait à l'instant de leur couche nuptiale. Je trouve ça plutôt désobligeant pour Arcady, mais il ne viendrait pas à l'esprit d'Arcady de revendiquer l'exclusivité amoureuse. J'en reviens à l'amour, qui est justement mon sujet, ou plutôt celui d'Arcady en cette matinée de décembre. Pour l'heure, il en est au bilan comptable, mais on sent bien que ça l'emmerde et qu'il a hâte d'en arriver au fait. Ça y est : son regard se fiche dans le mien, mais j'ai à peine le temps de m'en réjouir qu'il fusille Dadah

de sa prunelle claire, avant de passer à Bichette, Gladys, Epifanio, Daniel, Kinbote, Coco, Jewel, Salo, et tous les autres, toutes ses brebis blotties dans la même torpeur laineuse :
— Omnia vincit amor !

Aucun de nous n'est latiniste, mais la devise virgilienne nous est familière vu qu'Arcady se l'est fait tatouer entre les omoplates et la serine à tout bout de champ. L'amour triomphe de tout, c'est entendu, mais il semblerait qu'Arcady ait décidé d'en faire un engin de guerre, une arme non létale mais une arme quand même, histoire de rallier la société à nos vues éclairées.

À Liberty House, nous baignons dans l'amour : celui qu'Arcady nous donne et que nous lui rendons bien, mais aussi celui que nous éprouvons les uns pour les autres malgré l'exaspération que suscite immanquablement la vie en communauté. *Nous...* Je prétends pouvoir le dire sans ridicule, sans que ce pronom renvoie à une structure exsangue et atrophiée comme le couple ou la famille. Je prétends même que mes débuts dans la vie font de moi une spécialiste du *nous*, contrairement à la plupart des gens qui n'y entravent que dalle et passent toute leur vie sans imaginer qu'on puisse être autre chose que soi. J'ai été *nous* dès l'enfance : ça aide. Non seulement j'ai partagé le gîte et le couvert avec pas moins de trente personnes de tous les âges et de tous les horizons, mais j'ai dû renoncer à avoir une relation privilégiée avec mes parents et ma grand-mère, très vite accaparés par de nouvelles combinaisons sentimentales, et enchantés par une subite déréglementation de leur vie sexuelle – sans compter qu'il m'a fallu accepter l'idée qu'Arcady était à tout le monde. Voilà pourquoi je peux dire *nous* sans présomption ni incongruité. Voilà pourquoi aussi le nouveau prêche d'Arcady ne me surprend pas plus que ça. Car en somme, que nous propose-t-il si ce n'est de mettre en pratique à l'extérieur de notre colonie ce qui s'y expérimente intra-muros, à savoir le don de soi, la jouissance sans entraves ni conditions, l'amour qui ne peut être que complètement libre et absolument fou ? Ayant laissé ma pensée vagabonder, je fixe de nouveau mon attention sur l'orateur – qui est aussi l'homme de ma vie même s'il refuse de l'entendre, et même si cette expression n'a aucun sens pour lui. Arcady en est à la marche du monde, et justement le monde marche sur la tête, faute d'avoir compris qu'il suffirait d'aimer, d'être un peu attentif et bienveillant, de prodiguer partout où c'est possible la force irrésistible du désir, pour annihiler définitivement la barbarie.

– Quand je pense à tous ces pauvres gens qui s'entre-tuent…

Le regard se fait lointain, la voix distraite, le propos évasif. Nous ne saurons pas s'il pense aux récents attentats, ou à la guerre en Syrie, pays dont il est pourtant originaire. À moins qu'il ne se soit contenté d'y naître, vu qu'il n'en parle quasi jamais et laisse le flou régner quant à sa généalogie et son histoire personnelle, comme si elle avait commencé avec Victor et Liberty House. Avant ça, rien ou pas grand-chose : il est né en Syrie, a vécu au Liban, en Suisse, en Pologne – c'est-à-dire nulle part, ou plutôt dans des pays dont personne ne sait que penser. Sa patrie, de toute façon, c'est l'amour, c'est Liberty House, c'est nous. C'est pour ça que mon cœur bat très fort en le regardant et en l'écoutant, à l'unisson avec ses propres émotions, son indignation, sa pitié, son infinie tristesse quant aux lois ineptes qui régissent l'existence. Je suis en lui comme il est en moi et comme le sont tous les membres de notre petite confrérie libertaire. L'amour triomphe de tout, je le sais d'autant mieux que j'ai assisté à son triomphe sur la folie de mes parents, sur leur sociopathie, leur aboulie, leurs humeurs suicidaires, leurs états dépressifs, leurs phobies polymorphes, leur incapacité à élever une enfant comme à se projeter dans quelque avenir que ce soit. Aimés par Arcady et guidés par lui, je les ai vus défroisser leurs petites âmes roulées en boule jusqu'à devenir des adultes fréquentables – encore que leur maturité laisse beaucoup à désirer, mais bon, je m'y suis faite et j'ai de la maturité pour trois.

Nous avons beau vivre à l'abri des nouvelles technologies, il ne faut pas croire, l'actualité nous arrive quand même : ses vagues viennent mourir aux pieds des murailles de pierres sèches qui enclosent le domaine. Victor se fait livrer tous les jours une presse écrite éclectique, et consacre sa matinée à la lecture du *Monde*, de *La Croix* et du *Figaro* – oui, son éclectisme s'arrête à ces trois titres, dont nous avons le droit de disposer une fois que M. Miroir les a consciencieusement parcourus, non sans en froisser et maculer les pages. Non qu'il soit particulièrement sale ou omette de s'essuyer les mains, mais il exsude en permanence une sorte de buée grasse. Rien que pour ça, je me contente souvent des commentaires des autres pour m'informer des nouvelles du jour. D'autant qu'au collège, j'ai facilement accès à Internet et que je ne me prive pas de me connecter. Après tout, moi, je ne suis hypersensible à rien du tout, et même si je ne l'avouerais pour rien au monde à mes coreligionnaires et encore moins à mes pauvres parents, je ne suis pas franchement ravie de vivre dans une zone blanche et je donnerais un bras pour avoir un iPhone. Mais bon, habiter Liberty House offre de telles compensations que je ne vais pas pleurer sous prétexte qu'on ne me facilite pas l'accès aux réseaux sociaux. J'ai mes propres réseaux. Ils serpentent sous les hêtres et les frênes, ils croisent le chemin des étourneaux et des écureuils, ils longent des prairies, des futaies, des colchiques déployant innocemment leurs étamines toxiques, des mûriers tendant tout aussi innocemment le piège de leurs ronces noires. Je suis heureuse : je n'ai pas besoin de Periscope, de WhatsApp ou de Snapchat.

Pendant que j'ai une fois de plus laissé mes pensées s'égarer, Arcady a formulé son ordre de mission : nous sommes adjurés d'aller dans le monde pour inonder d'amour toutes les âmes en peine que nous ne manquerons pas d'y trouver. Bien qu'il ait l'air simple et généreux, ce programme est en réalité une campagne de recrutement, et les riches sont notre cœur de cible. Certes on peut aimer tous azimuts, et Arcady ne s'en prive pas, lui qui baise sans distinction de sexe ni d'âge, mais si nous voulons préserver notre hôtel collectif et notre petite vie agreste, nous devons apprendre à être un peu sélectifs. L'idéal, ce serait de rallier à notre cause des veufs richissimes ou des héritiers disgraciés, qui trouveraient auprès de nous l'emploi utile de leur grande fortune. On pourra m'objecter que nous avons Dadah, mais Dadah ne reverse à la communauté qu'une part infime de ses richesses et refuse obstinément de coucher Arcady sur son testament – sans compter qu'elle menace constamment de nous abandonner pour aller combler de ses largesses on ne sait quel neveu aussi vénal qu'ingrat. La pérennité et la prospérité du phalanstère passent par une diversification de ses sources de revenus, et tous, autant que nous sommes, pouvons aider à cette diversification.

– Vous êtes mes escadrons de l'amour, rugit Arcady. Allez-y, foncez ! Répandez-vous dans les rues et sur les places, abordez les gens, parlez-leur de ce que nous essayons de faire ici ! Ils n'attendent que ça : qu'on leur parle d'amour, qu'on s'intéresse à leur âme, qu'on leur rappelle qu'ils en ont une ! Eux-mêmes l'ont oublié, si ça se trouve !

Il n'a pas tort. Dans le monde extérieur, au collège, sur le marché, personne, jamais, ne me parle de son âme ou de la mienne. À côté de moi, Daniel se tortille, soupire, et me prend à témoin de son impatience : « C'est la messe, ou quoi ? » chuchote-t-il à mon oreille complaisante. Eh bien oui, c'est un peu la messe, et alors ? Moi qui n'y suis jamais allée, j'ai fini par m'imprégner de liturgie catholique à force de tomber sur des reliquaires, des vies de saints, ou des photos de nonnes en béatitude. Soixante ans après sa désaffection par les sœurs du Sacré-Cœur, les murs de Liberty House embaument encore la dévotion, et Arcady lui-même a été élevé dans les rites de l'Église syriaque orthodoxe. Bien qu'il y fasse rarement allusion, il en garde un certain goût pour les dorures, les barbes annelées, les chasubles pourpres et la prestidigitation : chassez la religion, elle revient au galop. L'année dernière, suite à une invasion de pucerons dans notre potager, Arcady a même prononcé un exorcisme tout droit tiré d'un manuscrit bilingue gréco-arabe relié en chagrin noir estampé d'or, qui lui vient d'une grand-tante cycladique. Au nom des chérubins et des séraphins, vingt espèces de bestioles malfaisantes ont été sommées de fuir aubergines et choux chinois, et je dois reconnaître que les nuisibles ont décampé illico, probablement effrayés par la véhémence d'Arcady – à moins que nos vaporisations de savon noir n'y aient aidé aussi.

En tout cas, j'ai reçu ma feuille de route, comme les autres : si je croise un riche, j'ai comme consigne de le séduire et de l'emmener à Liberty House, où Arcady se chargera d'enfoncer le clou. Vu mon absence flagrante de charisme, il vaut effectivement mieux que d'autres achèvent la besogne à ma place. Je note que Daniel est tout aussi dubitatif que moi quant à ses propres charmes. Il faut dire que nous nous ressemblons beaucoup et qu'il n'est pas rare qu'on nous prenne pour frère et sœur : grands, chevalins, osseux et noirauds tous les deux, nous partageons aussi une androgynie qui jette le trouble. Pour optimiser nos chances, nous avons d'ailleurs décidé de draguer de concert. Avec ma carrure de lutteuse et mon début de moustache, j'ai l'air d'avoir vingt ans alors que je vais à peine sur mes quinze, âge auquel j'ai décidé qu'on célébrerait ma défloration en grande pompe – sauf si Arcady décline le rôle actif que je lui réserve en cette occasion, auquel cas je remettrai mon dépucelage à plus tard et me contenterai de mon anniversaire. De son côté, Daniel a seize ans mais il est complètement dépourvu de fraîcheur adolescente. Au contraire, avec sa démarche traînante, son front soucieux, son teint plombé et son regard mourant, on lui donne facilement dix ans de plus. Qu'à cela ne tienne : il va m'accompagner au marché du dimanche. Pendant que Marqui vendra fleurs et conseils en développement personnel, nous appâterons le chaland – pour peu qu'il renvoie quelques signes extérieurs de richesse. Nous aussi, nous avons quelque chose à vendre : notre jeunesse, bien sûr, mais aussi notre petit évangile libertaire. Les témoins de Jéhovah, eux aussi très présents entre les étals, n'ont qu'à bien se tenir avec leurs brochures désuètes et leurs promesses de Royaume. Le Royaume, nous y vivons Daniel et moi : il existe, il est là, à quelques kilomètres de ce marché méridional ; nous n'avons pas à le promettre, juste à y emmener nos proies consentantes, tous ces rentiers oisifs qui ne savent que faire de leur argent, de leur temps, de leur vie. Heureux les riches, car tout sera à eux s'ils veulent se donner la peine de prêter l'oreille à notre bonne parole, notre message incandescent, cette langue ardente qui dit que nous sommes prêts à les aimer éperdument pour peu qu'ils allongent la maille, le nerf de la guerre que nous menons contre les injustices et les aberrations de ce monde.

Et ça marche : dès le premier dimanche nous engrangeons les adhésions. Il faut croire que Daniel et moi formons un couple irrésistible en dépit de notre absence de grâce. Il faut dire aussi qu'Arcady nous a fourni des éléments de langage convaincants : la fin du monde, la vanité de tout, les sept miroirs de l'âme, la grande idée de l'amour. Quand les mots me manquent, Daniel vole à mon secours avec une verve inédite. Je ne le connaissais pas sous ce jour-là et je dois dire qu'il me bluffe complètement. D'où tient-il cet humour goguenard et cette lueur lubrique dans la prunelle, lui qui ne décoche d'ordinaire que des regards las et désabusés ? Ce jour-là, nous rentrons à Liberty House dans l'estafette de mon père, tout émoustillés de notre succès : une certaine Nelly Consolat, petite-fille d'astronome à l'en croire, mais surtout millionnaire autoproclamée, s'est déclarée très intéressée par nos propositions. Aussi blonde que Dadah est brune, mais surtout beaucoup plus valide en dépit d'un âge similaire, cette Nelly nous semble à tous une recrue de choix, et Arcady se propose de mettre les petits plats dans les grands pour les recevoir :

— On va lui faire notre feuilleté de tofu à la crème de truffe, et notre flan de betterave à l'écume de mascarpone, O.K. ? Et nos ravioles de sauge et butternut : elle va adorer !

Comme à chaque fois qu'il est question de bouffe, Victor dresse l'oreille et a son mot à dire :

— Et pourquoi pas des tranches de tempeh à la menthe et aux airelles ? Et un sabayon jasmin-framboises pour le dessert !

La nourriture, c'est comme les fleurs : un sujet de conversation idéal pour les gens qui n'ont rien dans la tête ou rien à se dire, ce qui va sans doute de pair. Et là aussi, je vous invite à en faire l'expérience et à lancer le thème, comme ça en passant. Vous serez étonnés de voir les visages s'éclairer, les langues se délier et de quasi-autistes prendre la parole pour divulguer leur recette de gâteau au chocolat ou faire état de leur préférence pour la viande ou le poisson – préférence qui n'a pas de sens chez nous vu que nous sommes strictement végétariens, d'où le tempeh et le tofu. Nous avons échappé au véganisme, mais de justesse, suite à des débats houleux et un vote qui ne l'était pas moins. Si Fiorentina n'avait pas veillé au grain, la consultation se serait sans doute terminée par la victoire des sans gluten, un petit lobby très actif entre nos murs. Mais voilà, Fiorentina a pesé de tout son poids dans la balance, et je vais illico réparer mes torts envers elle en lui rendant l'hommage qu'elle mérite.

7. Le jardin des supplices

Si je n'étais pas déjà amoureuse d'Arcady, je le serais sûrement de Fiorentina, en dépit de son âge avancé – encore qu'il soit difficile de le déterminer précisément. Elle était là avant tout le monde, voilà au moins une certitude. Il semblerait même qu'elle ait compté au nombre des pensionnaires du Sacré-Cœur, du temps où Liberty House était encore un internat pour jeunes filles. Arcady et Victor l'ont trouvée là et l'ont achetée, en même temps que la maison et le domaine dont elle assurait l'intendance spectrale. En vertu des lois non écrites qui régissent notre vie à Liberty House, elle a écopé d'un surnom tout aussi énigmatique que les miens, à savoir Mrs. Danvers. Elle s'en accommode comme elle s'accommode du reste, les foucades d'Arcady, les lubies de Victor, l'activisme des végétaliens, les inconséquences des uns et les défaillances des autres. Elle s'en accommode d'autant mieux qu'elle n'en fait qu'à sa tête. Comme elle a l'air d'une allégorie de la docilité, avec son tablier et ses airs doux, les gens mettent du temps à détecter sa force d'âme – mais en fait de docilité, Fiorentina apprécie surtout celle des autres. Il suffit de la voir dans sa cuisine, où elle n'accepte d'être secondée qu'à la condition expresse que les seconds restent à leur place, simples exécutants de ses décisions souveraines. Face à un caractère aussi bien trempé, les sans gluten n'avaient aucune chance. Non, je me trompe, et je vois bien que l'amour m'aveugle – ce qui est dans la nature même de l'amour. Je me trompe car en dépit de ses tendances autocrates et de son cœur d'airain, Fiorentina a essuyé une défaite terrible le jour où elle a dû renoncer à nous servir son *vitello tonnato*. Il faut dire aussi que Fiorentina est piémontaise : pour elle, un repas s'organise forcément autour de la daube de sanglier, avec carpaccio en entrée et polenta en accompagnement – ou à la rigueur, une poêlée de cèpes frits. L'intérêt des desserts lui échappe totalement, et elle les prépare sans plaisir ni zèle, ce qui n'empêche pas sa *crostata di castagne*, son *semifreddo al torroncino* ou sa *sbriciolata fragole e panna* d'être dignes des plus grandes tables.

À ses débuts, Liberty House ne comptait qu'une poignée de sociétaires, et cherchait à la fois son inspiration, son mode de fonctionnement et son règlement intérieur. C'est dire si Fiorentina a pu se déchaîner aux fourneaux et soumettre tout le monde à son régime carné, alternant *arrosticini*, foie à la vénitienne, pains de viande et effilochées de joue de bœuf – sans compter sa célèbre daube de sanglier, évidemment. Je n'étais pas là, et je le regrette, car Daniel, qui a goûté son *fritto misto* d'abats de veau, m'en parle avec des larmes dans les yeux. Seulement voilà, patatras, après deux ou trois ans d'un règne sans partage, Fiorentina a dû s'incliner. Non qu'on soit venu lui disputer son titre et ses fonctions, non, elle est restée la reine indiscutable de nos cuisines, mais en revanche, Arcady a fait de l'égalité entre hommes et bêtes l'un des sept piliers de sa sagesse, nous privant à vie d'osso bucco et de lapin à la moutarde. En ce qui me concerne, je mange de la viande à la cantine, bien que mes parents aient adressé aux services d'intendance du collège force courriers antispécistes. Quant à Fiorentina, je la soupçonne de déroger elle aussi à nos statuts et de consommer mélancoliquement son *vitello tonnato* dans le secret de sa gigantesque cuisine médiévale.

Arcady n'est pourtant jamais aussi éloquent que quand il parle des animaux, et là, j'aurais du mal à m'appuyer sur un seul sermon, vu qu'il y en a eu des dizaines sur ce seul sujet – et qu'en plus je ne veux pas lâcher le mien, de sujet, à savoir Fiorentina. Mais bon, que dire de plus sur cette sphinge italienne – que Daniel appelle Metallica, sobriquet qui présente l'avantage de la limpidité et rend parfaitement compte de l'armature inoxydable qu'elle dissimule sous ses airs placides, son teint de cire, et son roucoulement piémontais ? Fiorentina a une fille et une petite-fille, mais ni mari ni gendre. À croire que dans la vallée de la Maira, les femmes se reproduisent entre elles. Fille et petite-fille surgissent parfois entre nos murs, histoire d'y tenir de longs conciliabules en italien. D'où viennent-elles et où vivent-elles en dehors de leurs apparitions fantomatiques à Liberty House ? Mystère, autre mystère, dans une vie qui n'est que secrets bien gardés, et devoir de réserve en toutes circonstances. On lui passerait sur le corps que Fiorentina ne livrerait pas pour autant la clef de son âme fortifiée.

Elle a sa chambre à côté de la mienne, dans l'aile la plus isolée de la maison, mais je compte sur les doigts de la main les fois où en dix ans j'ai pu apercevoir son couvre-lit en chenille de velours, sa penderie de bois sombre et la photo du pape Benoît XVI – soit elle n'est pas encore passée à François, soit elle nourrit contre lui un grief aussi obscur que le reste de sa vie psychique. Bref, à côté du crucifix et du rameau de buis, seul Benoît sourit largement et lève une main pontificale. Fiorentina, elle, ne sourit jamais et rit encore moins. Non, j'exagère et me laisse emporter par le goût des formules, car elle a ses moments de gaieté – encore faut-il être là pour les surprendre. Ils surviennent de façon inopinée et pour des motifs impénétrables, même si à la longue j'ai pu repérer quelques constantes. Ainsi les animaux la font-ils rire aux larmes, surtout quand ils sont jeunes et irréfléchis – car être carnivore n'a jamais empêché personne d'être sensible aux grâces pataudes d'un chaton ou d'un veau.

Malheureusement pour Fiorentina, notre amour des bêtes est d'une autre nature que le sien et interdit leur dégustation. Fiorentina l'a bien compris et s'abstient de manifester sa réprobation, mais je la sens jusque dans sa façon de battre les œufs, de tronçonner un céleri branche, ou de touiller sa semoule de maïs, autant de gestes qu'elle maîtrise à la perfection mais qui ne lui permettent pas de donner la pleine mesure de ses talents. Faute de mieux, elle nous sert des flans de bourrache, des tians d'aubergines, des minestrones, des pestos de roquette ou des fricassées de girolles, mais le cœur n'y est pas. Si elle n'était pas à ce point attachée aux lieux, voire incapable de vivre ailleurs depuis le temps, sans doute serait-elle allée proposer ses services à des gens moins déraisonnables. Malheureusement pour elle, les sociétaires de Liberty House ont l'antispécisme chevillé au corps, et la réintroduction de la viande à notre table vaudrait à Fiorentina le bannissement à vie, autant dire la mort compte tenu de son âge et de sa méconnaissance du monde actuel. À moins que son mental d'acier ne lui permette la survie en milieu hostile ? Et qui sait d'ailleurs si elle n'a pas déjà survécu au pire ? Entre sa misérable vallée natale et la folie militante des sœurs du Sacré-Cœur, on ne me fera pas croire qu'elle a eu une enfance facile. L'âge adulte a dû être un soulagement, et je peux comprendre qu'elle ait peu de commisération pour le sort de poules et de cochons dont elle a sans doute partagé l'ordinaire, masure de planches disjointes et brouet de châtaignes. Les autres habitants de la maison n'ont pas cette dureté de cœur, et les souffrances animales leur sont insupportables. Moi, je serais plutôt du côté de Fiorentina, à considérer que le destin d'un lièvre est de finir en civet. J'ai appris à faire comme si les animaux étaient mes frères et sœurs, mais je n'en pense pas moins.

Je ne sais de quand date la conversion d'Arcady et Victor au végétarisme. Quand ma famille est arrivée au phalanstère, il était déjà acquis que l'on n'y mangeait plus ni viande ni poisson. Les discussions étaient en cours concernant les œufs et les produits laitiers, mais comme j'ai eu l'occasion de le rapporter, Fiorentina a triomphé de l'intégrisme vegan et des fantasmes orthorexiques des sociétaires.

À Liberty House, nous vivons en bonne intelligence avec toutes sortes d'animaux : chiens et chats, bien sûr, mais aussi toute une flopée de volatiles, et même un modeste cheptel de vaches et de chèvres que nous trayons à tour de rôle en essayant d'éviter leurs ruades poussives et leurs pétarades nauséabondes. Je comprends tout à fait que nous n'ayons pas le droit de les tuer pour le seul plaisir d'en consommer le jarret ou la basse côte, mais de là à leur accorder la même considération qu'aux humains, il y a un pas que je ne suis pas près de franchir, et la fréquentation de notre basse-cour dégénérée ne fait que me renforcer dans la conviction de ma supériorité. À part pondre et s'égosiller, poules et pintades n'ont aucune compétence notable et ne sont même pas particulièrement sympathiques. Les chiens, au moins, sont amicaux et je comprends tout à fait qu'on ne mange pas ses amis, mais un poulet ? Dieu sait que j'aime Arcady, mais quand il monte en chaire pour défendre la cause animale, ma vue se brouille, mes oreilles bourdonnent, je m'évade en pensée, je dévale mes raidillons, je grimpe aux arbres, je me roule dans l'herbe émaillée de colchiques, j'attends que cesse la régurgitation des fadaises claudéliennes. Eh oui, Arcady, qui lit peu mais se pique de littérature, a fait de Victor Hugo, de Marguerite Porète et de Paul Claudel ses auteurs de prédilection, et il les pille à tour de bras pour étayer ses sermons nébuleux, au lieu de compter sur ses seules ressources intellectuelles, qui sont pourtant considérables – comme si sa belle intelligence comportait un point aveugle, un angle mort inaccessible à ses facultés de raisonnement mais propice aux délires animaliers et à la promulgation d'interdits alimentaires aussi absurdes que mortifiants.

J'invite tous ceux qui s'élèvent contre le gavage des oies à passer une demi-heure en leur compagnie. Quelques coups de bec plus tard, sans doute auront-ils moins de scrupules à savourer leur foie gras. Sans compter que l'oie est un animal horrible, avec ses yeux cernés de jaune, ses pattes squameuses et le cou qu'elle étire comme s'il s'agissait de battre un record jusque-là détenu par le cygne ou l'autruche – qui sont tout aussi laids et tout aussi méchants. Pour couronner le tout, notre basse-cour compte un couple de paons. Passe encore pour la paonne, qui ne fait pas sa maligne dans son plumage terne, mais le paon est insupportable avec ses cris affreux, ses effets de jabot, et le déploiement courroucé de son croupion d'apparat. Comme on pouvait s'y attendre, Victor a fait du paon son animal totem : il figure en filigrane sur ses cartes de visite et jusque sur sa chevalière, bijou qu'il arbore comme un héritage ancestral alors qu'il a fait fondre des boucles d'oreilles dépareillées et sa gourmette de naissance pour qu'on la lui fabrique. Mais n'est-ce pas le propre du paon que de se parer et de se pavaner, animal inutile par excellence, si l'on compte pour rien sa fonction ornementale ?

Plus je fréquente le monde animal, moins je comprends le renoncement d'Arcady à exercer sa suprématie sur des créatures inférieures, et à tirer d'elles le meilleur profit possible. Je le dis d'autant plus sereinement que j'aime les bêtes et ne suis jamais plus heureuse que quand je croise un hérisson, surprends un renardeau, ou une buse à l'œil farouche. Et bien sûr, j'ai une passion pour notre meute de chiens et de chats estropiés. Car non content d'accueillir des inadaptés sociaux, Liberty House est aussi un refuge pour animaux, Arcady et Victor passant leur temps à sauver des lapins de laboratoire, des brebis vouées à l'équarrissage ou des roquets abandonnés en bordure de route. Nos chiens et nos chats sont évidemment nourris de croquettes végétariennes, même si les chats s'assurent leur ration de protéines animales en décimant les mulots du domaine, préalablement et longuement disséqués de leur vivant. Et là aussi, il suffit d'avoir vécu quelque temps en la compagnie d'un chat pour savoir qu'il est le plus cruel et le plus désinvolte des vivisecteurs, la cruauté étant la chose du monde la mieux partagée dans le monde animal, homme compris, bien sûr, mais pas seulement.

Avant de pleurnicher sur l'injustice qui est faite à nos amis les bêtes, je propose à tous un stage d'observation dans le monde de la jungle, sachant que la jungle commence à nos portes. Dans n'importe lequel de nos jardins suburbains, dans n'importe laquelle de nos coulées vertes, on trouve toute une population de petits tortionnaires à plumes ou à poils. Et je ne parle pas des insectes, mais dans l'histoire universelle de la cruauté ils mériteraient un chapitre à eux tous seuls. Tout jardin est d'abord un jardin des supplices, perpétrés dans le secret de l'humus ou le bruissement anodin d'un feuillage. Et les crustacés ne sont pas en reste. Si vous les croyez inoffensifs et tout juste bons à finir dans vos assiettes avec de la mayonnaise, c'est que vous n'avez pas encore entendu parler du cymothoa exigua, qui dévore progressivement la langue du vivaneau jusqu'à la remplacer complètement, cramponné au moignon par ses pattes griffues. Et que dire de la sacculine, autre crustacé, bien connue pour exercer son sadisme sur le crabe vert, dont elle oppresse les organes génitaux, entre autres sévices de même acabit? Quand les antispécistes affirment que le pire a lieu en mer, ils ne savent pas à quel point ils ont raison, même s'ils ne pensent qu'aux méfaits occasionnés par la pêche au chalut, et ignorent complètement ce que les animaux marins s'infligent entre eux. Du coup, Arcady a beau pérorer sur le remarquable cerveau des poulpes, ou la solidarité entre singes, je m'en fous complètement : je sais ce que je sais, et je continuerai à manger mon cheeseburger, contrairement aux membres de ma famille élargie et à leur insu, rentrant chaque jour au bercail avec la mine franche et la pupille languide d'un végétarien bon teint – car je suis un serpent, et dans notre Éden, ce n'est pas peu dire. Tant pis. J'assume mes forfaits, mes parjures, et leur dissimulation, si c'est la condition d'une existence à peu près tranquille dans ce que les miens s'obstinent à considérer comme le jardin des délices, incapables de lire les pages de meurtre et de sang qui s'y écrivent tous les jours.

8. J'ai quinze ans et je ne veux pas mourir

Je suis arrivée ici en partageant les craintes irrationnelles de mes parents, mais les années passant, les miennes ont pris le pas sur les leurs. Je vais avoir quinze ans, on ne peut plus m'effrayer avec des histoires de phtalates ou de rayonnement électromagnétique : loin de moi l'idée d'en contester le caractère nocif, mais à vrai dire je suis davantage préoccupée de ce que l'homme inflige à l'homme que des perturbateurs endocriniens et des substances carcinogènes. S'il faut mourir de quelque chose, je préfère encore une longue maladie à une balle de kalachnikov : avec une longue maladie, j'aurai le temps de voir venir, le temps de me faire à l'idée, le temps de choisir les amis dont je m'entourerai, et l'endroit précis où j'attendrai la mort – au cœur du cœur de mon royaume, je connais une combe, non même pas une combe, juste un petit affaissement de terrain, tapissé d'herbe tendre et ceint d'un boqueteau de noisetiers, qui fera parfaitement l'affaire. Encore faut-il que je ne meure pas avant, fauchée par une rafale d'arme automatique ou par l'explosion d'une bombe au TATP. Et même si dans mon cas la probabilité d'une mort violente est extrêmement faible, je ne peux pas m'empêcher d'y penser dès que je laisse derrière moi le mur d'enceinte de Liberty House, qui n'aurait rien de dissuasif en cas d'invasion, mais qui a le mérite de matérialiser ce qui nous sépare de ceux qui n'ont pas choisi la voie de la sagesse en sept étapes.

Ce qui nous en sépare, je le prends dans la gueule tous les jours de la semaine. Il me suffit de monter dans le car qui procède au ramassage scolaire le long d'une rivière dont je tairai le nom. J'ai beau m'asseoir à l'avant et plaquer mon front contre la vitre, en moins d'une demi-heure j'engrange suffisamment de propos débiles ou insultants pour tenir une vie entière. Non que j'en sois la cible, d'ailleurs – ni moi ni personne. Ils s'échangent presque machinalement d'un collégien à l'autre, et le reste est à l'avenant : les rictus, les crachats, les doudounes à capuche de fausse fourrure, les sacs à dos avec la même étiquette noire et rouge, la même laideur pour tous – il n'y a que moi qui aie la mienne. Passons sur le fait que je sois rattrapée tous les matins par la mesquinerie et la grossièreté de mes congénères : s'il ne s'agissait que de supporter mes années collège, je me ferais une raison, d'autant qu'elles touchent à leur fin. Non, ce qui m'inquiète c'est que je ne sens pas plus de gentillesse chez les adultes que chez les enfants – et ne parlons pas des adolescents, chez qui la méchanceté est une seconde nature. En dehors de ma petite confrérie secrète, les gens n'ont pas envie d'être bons, pas plus qu'ils n'envisagent de se grandir, de s'élever, de s'éclairer. Leur ignorance crasse leur convient très bien. Et s'ils ont l'occasion de me tirer dessus, ils le feront. Pas besoin de raison pour ça : la folie suffit. Dans le monde extérieur, c'est tous contre tous et chacun pour soi – non, même pas : chacun procède d'abord à sa propre tuerie intime, parce qu'il faut être mort avant de partir en guerre.

Mon éducation ne m'a finalement préparée ni à comprendre ni à subir la violence – et encore moins à l'infliger. Il ne suffit pas d'observer la façon dont les chats mettent à mort les souris, ni de prendre un car de ramassage scolaire pour devenir experte en barbarie, et le problème, avec tous ces gens qui m'entourent, à commencer par mes parents, c'est que leur gentillesse fait d'eux des faibles. En cas d'attaque, ils seraient incapables d'une riposte efficace. Heureusement que la maison est d'un accès difficile : une seule route y menant, nous verrons l'ennemi arriver de loin – ça nous laissera le temps de nous retrancher à défaut de prendre les armes. Ensuite, advienne que pourra : il y a suffisamment de provisions dans le cellier pour soutenir un siège de plusieurs mois, et on sait que la patience n'est pas la qualité première des terroristes.

La terreur ne m'empêche pas de m'aventurer jusque dans la ville la plus proche, que je ne nommerai pas non plus. Sachez juste qu'il s'agit d'une commune transfrontalière à taille humaine, et qu'on y trouve suffisamment de rues, de boutiques, de cafés et de terrasses animées, pour qu'une fille de quinze ans puisse s'y perdre et jouir de s'y perdre, frôlée par des passants qui pourraient bien devenir des amis. Il faut croire que je ne désespère pas complètement de la nature humaine puisque je crois au miracle qui me fera distinguer un visage entre tous, une trouée de clarté dans la foule opaque, un ami inconnu dont j'emporterai le souvenir jusque dans mon château suspendu. C'est ça, aussi : à force d'être biberonnée à l'amour fou, à force d'entendre parler la langue ardente du désir, je ne pense qu'à ça. C'est pourquoi en dépit de ma peur panique des agressions et des attentats, je continue à chercher l'âme sœur au milieu des lumières de la ville, quitte à rentrer dare-dare me réfugier dans ma chambre sous les toits ; quitte à courir me blottir dans ma combe secrète, ou à la fourche d'un noyer ; quitte à rejoindre mon père dans sa serre embaumée par les freesias, là où rien ne peut m'arriver. Sauf que justement, je veux que quelque chose m'arrive, alors je ne sais plus si je dois me souhaiter la tendresse des miens, les panneaux de verre embués par le souffle des fleurs, le roucoulement italien de Fiorentina dans sa cuisine, le dandinement grotesque mais inoffensif de Victor, les coulures de résine vitrifiée sur le tronc de mes pins, l'odeur entêtante de l'été, la trouée de ciel bleu au milieu des nuages métallisés par la tempête, les troupeaux invisibles mais tintinnabulants, l'obstination d'un chat à me suivre sur mes chemins secrets – ma zone à défendre, envers et contre tout, à commencer par mes propres désirs d'égarement. Car je vois bien que je menace Liberty House de l'intérieur avec les convulsions inévitables de ma jeunesse.

J'ai quinze ans et je ne veux pas mourir, c'est entendu, pas sous la mitraille ni sous les gravats d'un aéroport soufflé par une bombe, en tout cas. Mais je ne veux pas non plus être complètement et perpétuellement épargnée, ou pour le dire autrement : j'ai quinze ans et je veux bien mourir, mais pas avant d'avoir été aimée, pas avant qu'un pouce se soit posé sur ma pommette. Oui, je sais, cette formulation est très bizarre, et il faut l'avoir vu pour comprendre, avoir vu Arcady caresser le visage de Victor avec un pouce inquisiteur et tendre pour comprendre que oui, c'est vrai, l'amour triomphe de tout, et que je peux le dire haut et fort parce que j'ai été le témoin de cette victoire, de ce sauvetage in extremis de tout ce qui allait sombrer, se perdre, s'abîmer. Mais maintenant c'est à mon tour d'être sauvée et de voir certaines promesses être tenues :

— J'aurai quinze ans la semaine prochaine. Tu te rappelles ce que tu m'as dit ?

— Pas du tout.

— Que quand j'aurai quinze ans, tu coucheras avec moi.

— J'ai dit ça ?

— Oui.

— Tu as tes règles ?

— C'est une obsession, cette histoire de règles, ou quoi ? Non je ne les ai pas, et alors ?

— Tu es bien gentille, Farah Facette, mais j'aimerais autant coucher avec une vraie femme.

— Mais tu avais dit qu'il fallait juste attendre ma majorité sexuelle !

— C'est sûr que c'est mieux, mais bon, si ton corps est celui d'une enfant, la majorité sexuelle ne veut pas dire grand-chose.

— Mais j'ai des seins, regarde !

En même temps, il a suffisamment d'occasions de me voir à poil pour que j'aie besoin de lui montrer quoi que ce soit : nos douches sont collectives, et notre règlement intérieur stipule la pratique de la nudité en commun. Mais entre ceux qui vont nus par tous les temps, comme ma grand-mère LGBT, et ceux qui portent des bas au plus fort de l'été, à l'instar de Fiorentina, toutes sortes de pratiques sont représentées au sein de la communauté. Moi-même, je me balade en short ou culotte dès que le temps le permet, négligeant de dissimuler ma poitrine modeste. Au contraire, j'aime l'exposer au soleil, histoire qu'elle perde ses vilaines couleurs d'hiver, globes blafards et mamelons violacés.

— Et j'ai des poils, aussi !

Arcady jette un œil sceptique à l'élastique de mon bas de pyjama, mais s'abstient de vérification. Il a tort. Mes poils sont ce que j'ai de plus luxuriant.

— Pas de règles à quinze ans, ça vaudrait peut-être le coup de consulter. Note que je connais pas grand-chose à la puberté des filles... Les filles de ta classe, elles les ont ?

Les filles de ma classe ne sont plus des filles depuis longtemps. Toutes sont mamelues et réglées comme des horloges depuis la cinquième. Je suis la seule dont le corps hésite encore. Nous convenons qu'Arcady m'accompagnera bientôt chez un gynécologue, mais ça ne règle pas mon affaire, qui est quand même de trouver l'amour. Enfin non, pas exactement, puisque l'amour se tient en face de moi, dans un survêtement tricolore qui rendrait laid n'importe qui, mais pas lui — lui qui professe une totale indifférence à l'apparence physique en général et aux codes vestimentaires en particulier. Arcady, mon amour... Les choses seraient tellement plus simples si tu acceptais de rendre hommage à ma féminité naissante au lieu de me proposer des remplaçants :

– Pourquoi tu ne fais pas ça avec Nello ? Il est mignon, Nello.

Nello, autrement dit Daniel, n'est pas mal, mais il ne fait aucun effort pour se rendre désirable, et se trimballe toujours avec l'air de souffrir mille morts. Avant de tenter quoi que ce soit avec lui, il faudrait que je lui fasse passer cette expression douloureuse.

– Ou Salo ? Pourquoi pas Salo ?

Salomon est notre bipolaire, alors je ne sais pas trop comment je dois prendre la suggestion d'Arcady. Ai-je envie d'un homme à idée fixe ? Parce que tel est Salo : il a ses marottes et peut en parler des heures durant, indifférent aux signes d'exaspération ou aux tentatives de dérobade de son interlocuteur. Il semble d'ailleurs n'avoir qu'une très faible conscience de l'existence d'autrui. Vous me direz que c'est le cas de beaucoup de gens tout à fait sains d'esprit, mais on ne m'empêchera pas de souhaiter que mon premier amant fasse un peu attention à moi, pour changer. La vie en communauté, l'amour collectif, c'est bien joli, mais j'aimerais un peu d'exclusivité. Or à Liberty House, l'amour est diffus et indifférencié : chacun en a sa part et tous l'ont tout entier – ce qui me convient mieux en théorie qu'en pratique. Depuis mon arrivée ici, je partage tout avec tous : les douches, les repas, les corvées ménagères, les soirées au coin du feu, ou les salutations au soleil. Même mes parents ont cessé de m'appartenir, et je les surprends parfois à poser sur moi un regard perplexe, comme s'ils avaient complètement oublié mon existence, absorbés qu'ils sont par la leur. Quant à leur autorité parentale, ils l'ont complètement déléguée à Arcady, comme ils se sont déchargés du reste, de toutes leurs responsabilités et préoccupations d'adultes. Quand je leur tombe dessus au détour d'un couloir ou dans les allées du potager, ils répondent à mes caresses de chiot haletant d'assez bonne grâce, mais toujours avec une pointe d'étonnement, comme s'ils se demandaient ce qui leur vaut une telle démonstration de tendresse.

On comprendra donc que j'aie envie d'inspirer à quelqu'un des sentiments plus passionnés et une prédilection plus marquée que l'affection sans ferveur que me dispensent les membres de ma confrérie, parents et tuteur compris. J'essaierais volontiers les sites de rencontre, mais le CDI de mon collège en bloque l'accès, comme s'il était complètement exclu qu'un adolescent veuille chercher l'amour. Non, si Arcady persiste à ne pas vouloir de moi, ma seule chance de tomber sur un partenaire à la hauteur de mes aspirations, c'est de continuer à arpenter les rues de la ville, ces rues qui clignotent sous la pluie comme pour me dire de ne pas désespérer : patience, l'amour viendra.

9. *L'amour viendra et il aura tes yeux*

Certains engagements étant plus faciles à tenir que d'autres, Arcady m'emmène comme promis chez le gynécologue. Mais s'il croit que ça le dispense de me dépuceler, il se fourre le doigt dans l'œil et ne perd rien pour attendre. Le gynécologue s'appelle Mme Tourteau, et même si je soupçonne que ce nom offre un rapport secret avec sa spécialité, je suis trop stressée pour trouver lequel. Je ne sais pas à quoi m'attendre, mais je redoute l'examen de mes organes génitaux et le pétrissage de ma glande mammaire hypotrophiée. Il s'avère que j'ai tort d'avoir peur, car Mme Tourteau est charmante et ne marque aucun étonnement de me voir accompagnée par mon directeur de conscience. Cela dit, il se présente comme mon père, dont il agite la carte Vitale sous le nez du bon docteur.

– Alors, qu'est-ce qui t'amène, Farah ?

– Ben, j'ai pas mes règles.
– Ah bon. Depuis quand ?
– Depuis quand quoi ?

Elle me regarde avec un air de patience lassée :
– Tes règles ? Depuis quand tu ne les as pas eues ? Tu as peur d'être enceinte, c'est ça ?
– Ça risque pas : je suis vierge !

Je ne peux pas m'empêcher de vérifier du coin de l'œil l'effet de cette proclamation sur Arcady, mais il ne se départ pas de son air paternel et satisfait, tandis que Mme Tourteau débite son laïus sur les irrégularités du cycle menstruel chez la très jeune fille.

– Il n'y a vraiment pas lieu de s'inquiéter. A fortiori si tu n'as jamais eu de rapports sexuels.

À son tour, elle jette un regard oblique à Arcady. Sans doute se demande-t-elle dans quelle mesure je peux dire la vérité devant mon père. Tout en posant une main protectrice sur ma clavicule, celui-ci s'empresse de dissiper le malentendu :

– Farah n'a jamais eu ses règles. Du tout. C'est pour ça qu'on vient vous voir. À quinze ans, normalement...

Mme Tourteau nous rassure avec enthousiasme :

– En France, l'âge moyen des premières règles, c'est douze ans et demi ! Mais il y a des filles qui les ont à huit ans, d'autres à seize, et puis voilà !
– Oui, mais les filles de ma classe...

– Tss, tss, je vais quand même t'examiner, mais je suis formelle : ne pas avoir ses règles à quinze ans, ça n'a rien d'anormal. Déshabille-toi. Tu veux que je fasse sortir ton papa ?

Hors de question que je reste seule avec Mme Tourteau. Elle a l'air gentille mais on ne sait jamais, ou plutôt on ne sait que trop bien : en tout cas, moi je sais par expérience que j'ai le don de susciter le pire chez les autres, pulsions sadiques et bouffées délirantes. Papa va rester.

Les pieds passés dans des étriers, j'endure sans mot dire que Mme Tourteau introduise un objet métallique dans mon vagin et y fouraille sans ménagement mais avec un entrain faiblissant. Ça me semble interminable, mais elle finit par retirer son instrument de torture et jeter ses gants en latex poudré. Arcady toussote avec diplomatie :

– C'est bien indiqué, le spéculum, pour une vierge ?

Elle lui retourne un regard offensé :

– Monsieur, pour examiner le vagin et le col utérin, on n'a encore rien trouvé de mieux que le spéculum. Sans compter qu'il permet de réaliser des tas de prélèvements. Cela dit, dans le cas de votre fille...

Elle s'interrompt, le laissant imaginer en quoi le cas de sa fille s'avère infiniment plus épineux que le tout-venant de sa consultation gynécologique :

– Je vais lui faire une échographie. Vous savez ce que c'est ?

Je constate que tout se passe désormais entre Arcady et Mme Tourteau, comme si je ne gisais pas en décubitus dorsal au milieu de la pièce, nue comme au jour de ma naissance. Ne me demandez pas pourquoi, mais Arcady a l'air de s'y connaître parfaitement en imagerie médicale, de sorte que la gynéco et lui se retrouvent à parler ondes, ultrasons et effet piézoélectrique, pendant qu'elle balade sa sonde sur mon ventre englué de gel, et que des images pulsatiles et bleutées nous adressent leur signal énigmatique. Je m'attends presque à voir un fœtus en 3D apparaître sur l'écran, mais non, bien sûr. Le temps passe. Mme Tourteau semble multiplier les prises de vues et les mesures, criblant les clichés de lignes pointillées tout aussi mystérieuses que le reste, ces entonnoirs de lumière où flottent des masses sombres aux contours mal définis.

– Bon...

C'est tout sauf *bon*, évidemment, mais je m'essuie le ventre et me rhabille en vitesse, histoire que le diagnostic ne me surprenne pas les quatre fers en l'air. Mais je pourrais tout aussi bien rester à poil, vu que la gynéco ne m'adresse pas un regard : quand elle ne compulse pas ses clichés, elle tripote son Montblanc, ou adresse à Arcady des débuts de phrases embarrassés :

– C'est assez étrange, parce que d'habitude...
Enfin je ne dis pas... Mais quand même, on se

serait attendu… Bon, il faudrait voir si… Ce qu'on va faire, c'est…

Même les débuts de phrases ont une fin, ce qui fait qu'elle se retrouve à court de précautions oratoires et pointe son stylo dans ma direction :

– Il semblerait que Farah n'ait pas d'utérus. Et pas vraiment de vagin non plus.

Je suis bien placée pour savoir que j'ai un vagin, et elle-même y a fourré son nez et son spéculum pendant dix bonnes minutes, alors de qui se moque-t-on ?

– Enfin, elle n'a qu'une cupule vaginale de trois centimètres. En gros, il lui manque les deux tiers supérieurs du vagin. À mon avis, on est en face d'un MRKH, un syndrome de Rokitanski, si vous préférez.

Je ne préfère rien du tout, et je me fous des appellations : je veux juste qu'on me rende mon utérus et les deux tiers manquants de mon vagin. Car on ne m'enlèvera pas de l'esprit qu'avant de pénétrer dans le cabinet de Mme Tourteau je les avais encore, ou du moins je vivais avec l'idée que je les avais, ce qui revient strictement au même vu le peu d'usage qu'une fille de quinze ans fait de l'un et de l'autre. Certes, j'avais déjà envoyé un doigt dans ma cavité vaginale et trouvé que l'exploration tournait un peu court, mais ne sachant rien du vagin des autres, je m'en étais tenue à la stimulation clitoridienne sans me poser davantage de questions.

Mme Tourteau est maintenant lancée. Visiblement grisée par l'ivresse du diagnostic, elle nous parle maintenant avec pétulance des malformations associées à mon aplasie utéro-vaginale :
— Vous entendez bien ?
— Euh, oui.
— Vous êtes sûre, hein ? Et vous n'avez pas de problème de dos, par hasard ? Pas de déformation de la colonne vertébrale ? Pas de scoliose ?
— J'ai une hypercyphose dorsale.
— Eh bien voilà ! Voilà, voilà ! Le tableau est complet ! Les MRKH ont souvent des problèmes de croissance osseuse. Il va falloir aussi aller regarder du côté de vos reins, passer une IRM.
— J'aurai mes règles quand ?
— Jamais. Vos ovaires ont l'air fonctionnels, mais vous n'aurez pas de règles.

Arcady sort de la stupeur dans laquelle l'a plongé l'annonce de ma maladie orpheline — puisqu'il s'avère que c'en est une, et que c'est la première fois que Mme Tourteau reçoit un syndrome de Rokitanski dans son cabinet cosy, jusque-là dévolu aux méthodes contraceptives, aux suivis de grossesse, et aux traitements hormonaux de substitution — peut-être un cancer du sein de temps en temps, et encore.
— Elle pourra avoir des enfants ?
— Sans utérus ni col ? Impossible. Déjà bien beau si elle arrive à avoir des relations sexuelles !

– Comment ça ?
– Votre fille est impénétrable. Trois centimètres de vagin, vous pensez !

À ce moment-là de la consultation, elle semble réaliser enfin la cruauté de son propos, son visage s'empourpre et elle n'aura désormais de cesse qu'elle ne se débarrasse de nous, griffonnant à toute vitesse des lettres pour des confrères plus chevronnés qu'elle en MRKH, et multipliant les formules lénifiantes :

– On vit très bien sans utérus, vous savez. Et les règles, c'est plus un désagrément qu'autre chose. J'ai des patientes qui paieraient cher pour ne plus les avoir.

Alors qu'elle nous raccompagne à la porte, bardés de courriers confraternels et de prescriptions diverses, elle est rattrapée par le démon du diagnostic et attrape ma mâchoire d'une main inquisitrice pour la faire pivoter sous la lumière :

– Non, vous voyez, ce qui m'étonne, c'est l'hirsutisme. Normalement, les MRKH ont un phénotype féminin. Extérieurement, elles sont normales, avec des seins et une faible pilosité : le pubis, les aisselles, c'est tout. Mais on dirait que Farah commence à avoir de la moustache...

Arcady s'empresse de me pousser dehors avant que Mme Tourteau ne nous déclare tout de go que je suis en voie de virilisation à l'extérieur comme à l'intérieur, mais le mal est fait et nous regagnons la voiture à petits pas accablés.

– Tu veux qu'on fasse un tour ? Qu'on aille sur le port ?

Contrairement à mes parents qui ignorent tout de ma vie en dehors de Liberty House, Arcady est parfaitement au courant de mes escapades urbaines.

– Non. Je veux rentrer.

– Allez, viens, Farah, on va boire un coup. Il y a un café super aux Sablettes. Je connais la serveuse, et en plus ils ont un prosecco incroyable. Tu vas adorer.

Je ne doute pas qu'il connaisse la serveuse de ce café et de bien d'autres, vu sa propension à socialiser avec tout le monde et en tout lieu, mais je n'ai pas envie de noyer mon chagrin dans le *spumante*, fût-il exceptionnel. Non, mon chagrin j'ai envie de l'éprouver, de le retourner sous toutes ses coutures avant de lui faire rendre gorge. Sauf qu'Arcady ne l'entend pas de cette oreille.

– On y va.

Manque de bol, nous sommes début décembre, et son café super a fermé pour la saison, comme tous ceux qui longent la plage. Nous nous retrouvons comme deux cons à donner des coups de pied dans le sable tout en nous pénétrant de la désolation ambiante.

– Farah, on s'en fout que tu n'aies pas d'utérus. Je n'en ai pas non plus.

– Oui, mais toi, tu es un homme. Je pensais être une fille, figure-toi. Jusqu'à aujourd'hui.

— Mais tu en es une !

— Mais non ! Je n'ai pas d'utérus et pas de vagin.

— Mais c'est des conneries tout ça ! Regarde Daniel !

— Quoi Daniel !

— Il n'a ni poils ni pomme d'Adam : ça ne l'empêche pas d'être un garçon !

— Excuse-moi, mais Daniel est un très mauvais exemple !

— Pourquoi ?

— Parce que justement Daniel est comme moi : ni garçon ni fille !

Nous nous asseyons sur un remblai de sable humide, face à une mer grise, moutonnante, sans charme – à mille lieues de ce qu'elle peut être quand le soleil en fait un miroir à sa gloire.

— Mais qu'est-ce que ça change que tu n'aies pas d'utérus ?

— Je n'ai pas de vagin non plus.

— Prenons les problèmes les uns après les autres : l'utérus, ça sert à quoi ?

Je ne sais quel imbécile a défini la santé comme le silence des organes, mais je suis formelle : la santé, c'est d'abord et avant tout leur présence, fussent-ils bruyants et douloureux. Moi qui n'ai pas d'utérus, je suis atteinte du syndrome de Rokitanski. Voilà. C'est ma maladie. Elle est peut-être orpheline mais elle me définit totalement. Arcady m'écoute déblatérer en ouvrant des yeux ronds :

– Non, mais t'es sérieuse, là?
– Tout ce qu'il y a de plus sérieuse. Tu vois, tu avais raison quand tu disais que mes parents m'avaient loupée. Y'a quelque chose qui a déconné pendant mon embryogenèse.
– Mais y'a toujours quelque chose qui déconne. Si c'est pas pendant l'embryogenèse, c'est après.
– N'empêche que j'ai pas d'utérus. Et pour répondre à ta question, l'utérus ça sert à avoir des enfants.
– Tu as quinze ans! Tu veux avoir un enfant? Tu es toi-même une enfant!
– J'en veux pas pour l'instant, mais comment je ferai quand j'en voudrai un?
– Tu te feras greffer un utérus. Ta mère te filera le sien : il lui sert plus à rien.
– Et pour mon vagin, on fait comment?
– Mais le vagin non plus ça sert à rien!
– Parle pour toi!
– Ben oui, justement, je parle pour moi et en connaissance de cause : si la sexualité se résumait à la pénétration vaginale, ça se saurait!
– Arcady, tu as entendu ce que disait Mme Tourteau? J'ai une cupule vaginale! Une cupule!
– Comment tu l'appelles?
– Une cupule.
– Non, la gynéco!
– Mme Tourteau?

— Mme Toretto, pas Mme Tourteau, enfin! Tu sais ce que c'est, un tourteau? Eh tiens, si on allait se faire une assiette de fruits de mer sur le port?
— T'es pas végétarien?
— Si, mais si ça peut te remonter le moral, je suis prêt à zigouiller autant de tourteaux, de bigorneaux et de crevettes qu'il faudra.

Je suis sensible aux efforts qu'il fait pour changer de sujet; sensible aussi au fait qu'il soit prêt à transgresser des interdits alimentaires qu'il a lui-même promulgués au sein de notre petite communauté, mais il me semble que mes malformations anatomiques méritent qu'on s'y attarde.

— Tu sais ce que c'est, une cupule? Moi, la seule cupule que je connaisse, c'est celle du gland : tu vois à quoi ça ressemble, la cupule d'un gland?

Il le sait d'autant mieux que c'est lui qui m'a appris à faire des sifflets avec, m'enseignant le mot en même temps que la technique : on ferme le poing, on place la cupule entre index et majeur, et on souffle. Ça produit un son suraigu et puissant, capable de réveiller tous les animaux de la forêt, et très utile en cas de détresse. La détresse, c'est ce que je lis sur son visage tandis que je détaille avec fureur tout ce dont je vais être privée du fait de mon aplasie utéro-vaginale :

— Déjà que je suis pas une bombe, tu imagines la tête des mecs quand ils vont s'apercevoir qu'ils peuvent pas me pénétrer! Et si j'arrive à trouver un mec que ça fasse pas fuir et que ça devienne sérieux entre nous, qu'est-ce que je vais lui dire? Chéri, si tu veux un enfant, ça peut pas être avec moi parce que moi je tomberai jamais enceinte, même si tu t'acharnes pendant des heures dans ma cupule? Parce que si j'ai bien compris, non seulement mon vagin fait trois centimètres, mais en plus, c'est un cul-de-sac, c'est ça, hein? Pfft, je suis dégoûtée!

– Farah, je t'assure que ça compte pas, ces histoires d'utérus et de vagin. Des mecs, t'en auras plein. Ou des nanas! Entre elles, les nanas sont pas trop regardantes; et le vagin, de toute façon, elles s'en foutent : elles s'arrêtent avant.

– Mais tu dis vraiment n'importe quoi! Va raconter ça à Kirsten, que le vagin, les meufs s'en foutent!

J'ai toujours entendu ma grand-mère LGBT se vanter des satisfactions qu'elle tirait du sien, et du plaisir qu'elle avait à pénétrer celui de ses amoureuses, à en éprouver l'élasticité et l'innervation. Comme Arcady reste coi, je reprends :

– C'est pas une zone érogène, le vagin, peut-être?

– C'est pas sûr du tout, ça, Farah : ça dépend des femmes, je crois. Y'en a qui sont strictement clitoridiennes.

– Ouais, ben j'ai intérêt à l'être.

– Écoute, tu sais quoi? On va organiser une grande fête pour tes quinze ans, la semaine prochaine. Une quinceañera, comme au Mexique. Tu veux ?

— Je m'en bats les couilles de ta quinceañera.

Des couilles, on va bien finir par m'en trouver, exploration médicale aidant. Si ça se trouve, elles se planquent dans mon abdomen, guettant le moment opportun pour descendre dans mes grandes lèvres et les transformer en un scrotum rouge, pendouillant et plissé – vu la propension masculine à l'exhibition, je m'y connais en scrotums, et ceux de Liberty House n'ont pas plus de secret pour moi que l'éponge pectorale de nos dindons, à laquelle ils ressemblent beaucoup. Seul Victor maintient un pan de chemise sur son système reproducteur, ce qui constitue l'un de ses rares bons côtés. Bref, mon ventre a l'air normal, comme ça, mais je sais désormais qu'on ne peut pas se fier à cette normalité et qu'il me réserve sans doute d'autres surprises déplaisantes, d'autres organes absents ou surnuméraires, et c'est en substance ce que je déballe à Arcady.

— On ne peut jamais se fier à la normalité, Farah. Tu devrais le savoir, depuis le temps. Tu peux être sûre que plus les gens présentent des signes de santé et de normalité, plus la maladie les dévore de l'intérieur. Mieux vaut aller d'emblée vers des pathologies qui annoncent la couleur et se promènent dans le monde sans chercher à donner le change. Et n'est-ce pas très exactement ce que nous essayons de faire à Liberty House ?

Il a raison. Notre phalanstère est l'endroit parfait pour toutes sortes de patients en attente de traitement – syndromes de Lyell, d'Asperger, de Cyriax, d'Alezzandrini, de Down, et maintenant de Rokitanski, qui errent dans ses corridors, prennent leurs repas dans son réfectoire et enchaînent les asanas sur ses pelouses pommelées de soleil. Tandis que je rumine sombrement, Arcady me force à m'allonger, la tête dans son giron.
– Tu sens ?
– Quoi ?
– Je bande. Tu me fais bander.
– Ah bon ?
De fait, je sens distinctement le renflement de son sexe contre ma nuque. Et alors ? Qu'est-ce que ça veut dire ? Arcady bande pour tout et n'importe quoi, c'est notoire. Son érection n'est une preuve de rien, et surtout pas de ma capacité à susciter du désir chez les autres, moins bien dotés sous le rapport de la libido – car j'ai beau avoir quinze ans, je vois bien que la plupart des individus traversent l'existence sans même savoir ce dont il s'agit. Par exemple, qu'on ne me fasse pas croire que Fiorentina s'est déjà tenu le ventre à deux mains tellement elle avait envie de baiser. Et c'est pareil pour Vadim ou Palmyre, ces êtres que rien n'agite ; pareil pour ma mère, qui endure les rapports sexuels pour faire plaisir, mais qui de son propre aveu n'en a jamais envie. Et ne parlons pas de Salo, qui considère

l'accouplement comme une invention à la fois ingénieuse et perverse :

– Note que c'est bien trouvé ! Fallait y penser, quand même ! Aller mettre son, son machin, là, dans le machin d'une autre ! Ou d'un autre, note bien : c'est pareil entre les mecs, aussi dégoûtant ! Si on voulait vraiment une pénétration, il me semble qu'il y avait des solutions moins bizarres, je ne sais pas moi : la langue dans l'oreille, le doigt dans la bouche ! Pourquoi prendre nos organes excréteurs ? Surtout que Dieu avait l'éternité pour réfléchir, hein, ce n'est pas comme s'il avait dû improviser, bricoler un truc de dernière minute histoire que l'espèce humaine se reproduise !

Il me dévisage tout en parlant, parcouru de frissons de dégoût, comme si je lui avais justement proposé de me pénétrer, ce qui ne risque pas d'arriver. Même si j'avais autre chose qu'une cupule à lui offrir, il ne m'a jamais plu. Non seulement il est mentalement déficient, mais ses organes génitaux sont tout aussi atrophiés que les miens – ce qui ne l'empêche pas d'être adamite, à l'instar des autres sociétaires. L'adamisme figure au nombre des multiples courants de pensée dont notre congrégation fait la synthèse – enfin, Arcady et Victor, surtout, parce qu'en ce qui me concerne, je me fous complètement des soubassements théoriques de notre petite vie protégée du mal. Je me contente de constater les principes édéniques qui font que Salo se balade à poil dès que le temps le permet, tout en manifestant le plus grand dégoût pour le sexe des autres, et la sexualité en général.

Un rayon de soleil finit par se frayer un chemin anémique entre les nuages, et sous ma nuque, Arcady continue à bander dur. Il reprend :

– Tous les corps sont dans la nature ! tu ne peux pas te fourrer ça dans le crâne une bonne fois pour toutes ? Tu n'es pas plus mal lotie qu'une autre. Regarde Victor : tu aimerais avoir le corps de Victor ? C'est mon mec, hein, je l'adore, mais bon, il faut se la trimballer, toute cette graisse : il arrive à peine à marcher et il a plein de dermatoses, à cause des plis, la sueur, tout ça... T'aimerais être lui ?

– Et tu le désires quand même ?

Il me dévisage avec stupeur, comme si je lui sortais vraiment des incongruités :

– Putain, Farah, tu vis avec moi depuis que tu as, je sais plus, six, sept ans...

– Six ans.

– Tu m'écoutes, quand je parle ?

– De toutes mes oreilles.

Je ne crois pas utile de lui dire que je décroche quand il aborde le chapitre des animaux. D'autant que je sais maintenant que son antispécisme n'est pas à toute épreuve, et qu'il suffit de pas grand-chose pour qu'il aille manger des bigorneaux. Mais peut-être fait-il une exception pour les gastéropodes, dont il faut bien convenir qu'ils ne font pas grand-chose pour créer l'empathie.

– Je me tue à te le dire, à vous le dire à tous, que le désir souffle où il veut ! Qu'il ne faut surtout pas se laisser dicter le sien par qui que ce soit ! Alors c'est sûr, ça demande d'être un peu attentif : c'est plus facile d'aller vers des Adonis que de sentir en soi qu'on peut être attiré par un obèse, un grand brûlé ou un vieillard !

– Un grand brûlé ? T'es sérieux ?

Je me demande parfois dans quelle mesure il n'est pas la victime de ses théories fatigantes et jusqu'à quel point il est honnête avec ses goûts. Mais j'ai tort de me le demander : après tout, j'ai eu suffisamment de preuves du caractère frénétique de son activité sexuelle, et je ne compte plus le nombre de fois où je suis tombé sur Arcady besognant Victor dans un taillis – et quand ce n'était pas Victor, c'était de parfaits inconnus, des hommes et des femmes effectivement insignifiants voire franchement laids, c'est-à-dire en tout point conformes à l'idéal de beauté d'Arcady – dont on a bien compris qu'il n'en a aucun.

Il soupire, et je sens bien que je l'attriste avec mon incapacité à rentrer dans ses vues. Il se relève, époussette son blouson, et me tend la main :

– Allez, viens, on rentre.

Une fois dans la voiture, je me perds dans le spectacle de ses mains sur le volant, son air absorbé, la sûreté de ses gestes. C'est peut-être parce que je n'ai pas encore le permis, mais les gens qui conduisent me font de l'effet – sans compter qu'Arcady m'en fait toujours, quelle que soit son activité ou sa tenue. C'est fou. Pourtant on ne peut pas dire qu'il soit aujourd'hui à son avantage, dans son vieux blouson Sonia Rykiel en velours matelassé orange, cadeau de ma grand-mère, qui habille toute la maison avec les stocks de fringues vintage qui lui restent de ses années de mannequinat. J'ai moi-même des vestes de tailleur, des robes bustier, des pulls à gorgerette ou des sahariennes, que je me garde bien de mettre ailleurs qu'à Liberty House – mais Arcady est prêt à enfiler n'importe quelle harde pourvu qu'elle ne sorte pas d'une boutique.

Tout en conduisant, il me jette de fréquents coups d'œil inquiets, et finit par poser sa main droite sur ma cuisse, qu'il entreprend de pétrir avec son énergie habituelle :

– Tu vas voir, je vais te faire ta fête!

Je ne sais pas trop s'il parle de ma quinceañera ou du plaisir qu'il compte bien me donner, mais tout d'un coup je n'y suis plus, je connais un de mes épisodes de désintégration éclair, un de ceux qui me prennent habituellement quand je suis restée trop longtemps à la fourche d'un arbre, dans le soleil et dans le vent, trop longtemps à me perdre dans la contemplation des fleurs ou celle des oiseaux. Sauf que d'habitude, il s'agit de transes heureuses,

alors que là, je me sens juste affreusement et définitivement vidée de moi-même, à l'image de ma cavité pelvienne, qui ne contient finalement pas grand-chose, si j'en crois les clichés que m'a remis Mme Toretto – puisqu'il faut l'appeler par son nom.
– Qui je suis, moi ?

La question m'a échappé, et elle nous prend pareillement de court, Arcady et moi. Il en lâche ma cuisse et son volant, et se reprend de justesse pour nous éviter une embardée fatale. Elle aurait eu le mérite de mettre fin à mes tracas existentiels, mais je n'en demande pas tant : une réponse me suffirait. Et cette réponse, je vois bien qu'elle a longtemps tenu à ma féminité. Une féminité fragile et contestée, mais à laquelle je croyais dur comme fer avant de me heurter au diagnostic cruel de Mme Toretto. Entendons-nous bien : je sais à quoi je ressemble, et mes camarades ne se sont jamais privés de me le rappeler, me traitant de « bonhomme » ou m'appelant « Farès », du nom d'un garçon du collège, très mortifié par cette homonymie. Je mesure un mètre soixante-dix-huit, je suis carrée, musclée, et, depuis peu, moustachue : ça fait beaucoup pour prétendre être une fille. Mais justement, je me disais que la féminité était à portée de main. Qu'il suffirait que je me laisse pousser les cheveux, que je m'épile le duvet, que je me résigne au gloss, au mascara, aux couleurs vives ou aux couleurs claires, pour enfin rejoindre le gang des go. Non que ledit gang m'intéresse plus que ça, mais il m'est toujours apparu comme mon inévitable destination après une enfance délicieusement indéterminée, une enfance nuageuse, florale, élémentaire.

 Sous mes yeux, la route se délite, cette route qui sinue dans les gorges de la rivière dont je tairai le nom, cette route que je connais si bien pour l'emprunter tous les jours de la semaine dans mon bus de ramassage scolaire. La voix d'Arcady me parvient, mais de très loin :

 – Farah, arrête tes conneries ! Si tu ne sais pas qui tu es, je peux te le dire, moi !

 Je ne veux pas qu'il me le dise. En fait, je veux qu'il se taise. Qui je suis, c'est une histoire entre moi et moi. En plus, je me méfie de son talent à discourir sans fin sur tous les sujets. Oui, bien sûr, il est capable de me trouver une identité, et de me convaincre que le genre est une construction sociale et culturelle, un leurre, un artifice pour les gogos. Et alors ? Et si moi j'ai envie d'être une fille en dépit de ma moustache et de mon vagin atrophié ? Et si moi j'ai toujours cru que j'en étais une ? Tandis qu'Arcady déploie les artifices étincelants de sa rhétorique, mes cellules s'égrènent sur le bitume, le long des parois rocheuses ou des flots tumultueux de la rivière ; un résidu de conscience s'envole à la rencontre des nuages tourmentés et se fond dans leurs volutes. Si je ne sentais pas distinctement le sang pulser dans mes oreilles et mes viscères clapoter paisiblement, je serais anéantie, purement et simplement. Mais pulsations et clapotis sont peut-être tout aussi illusoires que le reste ; peut-être ne suis-je que le véhicule de ces illusions, un arrangement de mon corps avec le monde, sans que j'y sois pour rien.

La rivière est en crue. Elle a noyé ses rives, elle monte et bouillonne, menace de submerger la route – mais contre ce bouillonnement tempétueux, il faut que je tienne bon, que je rassemble assez d'intégrité pour faire bloc, pour faire digue, pour résister à la tentation du débordement qui me soulagerait de moi-même, vu que le soulagement n'est pas une solution. Arcady me parle et je laisse ses mots me parvenir.

– On fait comme ça ? Une grande fête pour tes quinze ans, et ensuite une petite fête intime, juste toi et moi pour ton dépucelage ?

Je dis oui. Après tout, si je ne suis rien, je peux bien acquiescer à tout.

10. *Baile sorpresa*

Bien que j'en aie envie autant que de me pendre, Arcady tient mordicus à ce que l'on fête mes quinze ans en grande pompe, et il mobilise toute la communauté dans cette perspective. La malchance veut que parmi nos sociétaires figure un certain Epifanio, natif de Mexicali, fin connaisseur en quinceañera, et bien décidé à respecter à la lettre le déroulement pénible de cette cérémonie. Moi qui espérais m'en tirer avec un bon repas, un gâteau et quelques flonflons, je me suis plantée dans les grandes largeurs. Non seulement ma quinceañera nécessite une implication active de ma part, mais elle requiert une ribambelle d'accessoires clinquants : une robe, un diadème, un masque vénitien, des chaussures à talons, et j'en passe. Ou plutôt je voudrais bien passer, mais ce n'est pas possible car dès que je propose une dérogation à la tradition, Epifanio a les yeux qui lui sortent de la tête. Quelqu'un de raisonnable devrait lui faire observer que personne n'est moins fait que moi pour les fanfreluches – mais voilà, la raison a complètement déserté notre familistère, à croire que tout le monde va avoir quinze ans, et aspire à se démonter la tête à grand renfort de danses lascives et de cocktails sirupeux, cocktails qui, je n'invente rien, doivent être assortis à la couleur de ma robe. Parvenue à ma grand-mère, cette information l'a complètement galvanisée, et depuis elle passe des heures à extirper de son dressing des tenues rouge grenadine, vert menthe ou bleu curaçao.

– Je peux pas mettre ça, enfin !
– Mais pourquoi ? J'avais un succès fou, moi, dans cette robe !
– Kirsten, tu fais un trente-quatre, trente-six maxi !

Ma grand-mère se rengorge tout en plaquant une robe fourreau contre ses hanches décharnées :

– C'est sûr, mais bon, tu n'es pas obèse non plus !
– Je fais du quarante.
– Ah... Dans ce cas il te faut des choses fluides, une tunique, une forme trapèze... Je vais voir ce que j'ai. Attends, regarde-moi ça !

Et hop, elle exhume un chiffon froissé qui une fois déplié s'avère être une robe de soie jaune d'or s'évasant à partir de la taille, soit très exactement ce qu'il me faut aux dires de Kirsten. Je proteste quand même :

— Mais qu'est-ce que tu veux qu'on boive qui ait cette couleur ?

— Mais n'importe quoi, du sirop de citron, du pastis !

— Le pastis c'est pas jaune ! Et je te préviens, hors de question que je porte une robe couleur sperme !

Je ne sais pas si elle me suit dans mes associations d'idées, mais la seule idée du sperme lui arrache des gémissements de dégoût rétrospectif. Heureusement pour elle, ses rares rencontres avec un sexe d'homme se sont rapidement soldées par la naissance de ma mère, de telle sorte qu'elle n'a pas eu à récidiver trop souvent.

— On met du colorant dans les cocktails, je crois, donc t'en fais pas pour ça : essaie plutôt la robe.

La robe me va, ce qui est déjà un soulagement. Je ne peux pas dire qu'elle me flatte au teint, mais au moins elle ne fait pas de moi une guenon endimanchée. Reste à trouver deux paires de chaussures, oui, deux, car je suis censée arriver en ballerines et les troquer en cours de soirée contre des escarpins de femme faite. Pour moi qui vis en baskets la moitié du temps et pieds nus l'autre moitié, les ballerines seront déjà une épreuve, alors que dire des neuf centimètres vertigineux sur les-

quels ma grand-mère veut me jucher ? Non, niet, pas question.
— Mais chérie, c'est la tradition !
— Quelle tradition ? On n'est pas mexicains, que je sache !
— Mais tu peux quand même faire un petit effort pour Epifanio !

Au secours : qui va fêter ses quinze ans ? Epifanio, ce quadragénaire décati, ou moi ? Ma grand-mère ne trouve rien à répondre à la réalité objective, mais elle est très forte en faux-fuyants surréalistes, comme tout le monde dans notre maison de fous :
— Il a un vitiligo, le pauvre !

Effectivement, Epifanio se dépigmente à vitesse grand V ces derniers temps, et même si je ne vois pas le rapport avec ma fête d'anniversaire, ma grand-mère continue sur sa lancée :
— C'est le stress ! Si tu le laisses organiser ta quinceañera, ça va lui donner un but, le calmer !

On ne sait à peu près rien sur le vitiligo, mais je vois mal comment le fait de jouer les maîtres de cérémonie pourrait remédier à un déficit mélanocytaire déjà bien installé — ce que je vois en revanche, c'est que mon refus de suivre cet inepte protocole aztèque ne m'attirera que des ennuis. Je vais passer pour une affreuse égoïste, qui ne pense qu'à son plaisir alors qu'elle pourrait sauver un de ses coreligionnaires de la dépression et de l'albinisme, vu que c'est ce qui pend au nez de ce pauvre Epifanio dont les taches sont en train de converger jusqu'à se rejoindre et lui faire un masque uniformément livide, au lieu du découpage géographique auquel il nous a habitués.

J'ai à peine quitté ma grand-mère pour chercher un peu de répit dans la pinède, que j'entends le halètement d'Epifanio sur mes talons :

– Farah, Farah ! J'ai eu une idée pour la *baile sorpresa* !

– Quoi ?

– Oui, ta chorégraphie à toi !

– Pardon ?

Pour une surprise, c'en est une : je m'étais à peu près résignée à valser avec Arcady, d'autant que lui et moi aimons les danses de salon, mais il n'est pas question que je me déhanche en solo sur du Kanye West ou du Shakira !

– Mais tu ne seras pas seule : tu vas faire ça avec tes copines !

Epifanio est bien gentil, mais d'où tient-il que j'ai des copines ? Enfin quoi, il me côtoie depuis des années, est-ce qu'il m'a déjà vue avec une fille de mon âge ? Mon seul copain, c'est Daniel, et même s'il peut faire une fille très convaincante, je nous imagine mal dans une chorégraphie street dance, puisque c'est ce qu'Epifanio a l'air de me suggérer. Il est même en train de mimer ce qu'il a en tête, et qui semble impliquer force wavings et piétinements enthousiastes. Si ce n'était pas pathétique ce serait à mourir de rire, ce quadra grassouillet qui se trémousse sur un tapis d'aiguilles de pin, à mon seul bénéfice et celui d'une poule – une de nos wyandottes, un splendide spécimen doré à liseré bleu, œil rond, patte suspendue à trois mètres de nous, figée d'appréhension devant cette démonstration. Hop, la voici qui détale à grandes enjambées. Mais au lieu de tirer un enseignement de cette fuite éperdue et froufroutante, Epifanio entreprend illico de m'enseigner quelques figures de base, histoire que je fasse bonne figure le jour de mes quinze ans. Sauf qu'il n'en est pas question, et que je le plante là, bondissant comme une poule wyandotte sous la ramée, jusqu'à trouver les branches basses d'un chêne, que je m'empresse d'escalader pour échapper à mon tourmenteur. Tandis que je me hisse à trois mètres du sol et me juche confortablement, Epifanio enlace le tronc rugueux et lève vers moi des yeux suppliants :

– Farah ? Tu veux que la fête se passe bien, hein ? Qu'elle te laisse un souvenir inoubliable ?

Si la fête est une catastrophe, il est peu probable que je l'oublie, mais je ne crois pas utile d'en aviser Epifanio, qui persiste à me dérouler son programme délirant :

– Il faut que tu serves des verres enflammés à tes invités : tu vas voir, c'est très joli. Et puis Teresa va t'offrir une poupée : ta dernière poupée.

Epifanio est arrivé à Liberty House quelques années avant nous, avec un problème de peau déjà sévère et motivant sans doute son désir d'éviction sociale, mais il avait aussi dans ses bagages Teresa et Dolores, ses filles jumelles, qui vont au collège avec moi mais deux classes en dessous. Dolores est une rousse liliale, à la peau diaphane et aux cils pâles. Dotée d'une version plus ardente de cette même rousseur, Teresa a les yeux sombres et un teint idéalement doré qu'il n'est pas nécessaire d'abriter du soleil – alors que cette pauvre Dolores est condamnée aux ombrelles, aux chapeaux et à l'écran total. Leur père prend évidemment très au sérieux leur devenir dermatologique, et il n'est pas rare de le surprendre en pleine inspection de leurs joues d'enfants, de leurs paupières mobiles ou de leurs phalanges, zones que le vitiligo dépigmente en priorité.

Du haut de mon grand chêne, je regarde ce pauvre Epifanio, auquel la maladie a fait un masque de clown blanc :

– Et le gâteau ? Tu es d'accord pour le gâteau ? Il faut que tu le mordilles...

– Ça veut dire quoi ?

– En fait, tu ne dois pas le manger vraiment, tu vois. Tu dois juste y goûter, un peu comme une enfant, et en donner tout de suite à tes invités. Ça te va ?

Élevée par des faibles, je ne sais pas dire non. Du coup, au lieu de renvoyer Epifanio à sa folie, à sa dépigmentation et à ses filles, j'acquiesce et me laisse glisser au bas de l'arbre. Je rentre à la maison, et le coup de grâce m'est assené par Fiorentina, qui m'apprend, les yeux brillants de plaisir anticipé, que mon anniversaire sera l'occasion d'une sorte de gala de charité, une levée de fonds pour notre phalanstère, avec Nelly Consolat en invitée d'honneur. J'imagine que ce qui réjouit à ce point Fiorentina, c'est qu'elle va avoir l'occasion de déployer ses talents hors du commun : ragoût de légumes anciens, beignets de fleurs de courgettes, polenta aux cèpes, tourtes aux blettes et à la tomate sorrentine, flans de pleurotes, tagliatelles aux truffes, ravioles au pesto de roquette, crème des anges à la clémentine, mousse de châtaigne aux brisures de gianduja, elle va pouvoir s'en donner à cœur joie malgré la contrainte de taille que constitue notre végétarisme militant. Finalement, à part moi, tout le monde est content et j'aurais tort de me plaindre. Ce que j'envisage, d'ailleurs, ce n'est pas tant de me plaindre que de fuguer. Sauf que bien sûr je ne le ferai pas car ce serait me priver de la deuxième partie de la fête, celle qui verra Arcady fourrager courageusement dans ma cupule, histoire de me faire accéder à l'âge adulte autrement qu'avec ces conneries de chaussures à talons et de gâteau mordillé.

Au collège, ces pestes de Dolores et Teresa ont répandu la nouvelle que je donnais une grande fête pour mes quinze ans, et mes pseudo-camarades me font une cour aussi assidue qu'hypocrite pour figurer parmi les invités.

– Allez, Farah, sois sympa !

Tout d'un coup, on ne m'appelle plus Farès ni Farouk, on ne se passe plus le doigt sur la lèvre supérieure pour se moquer de ma moustache, non, je deviens quelqu'un qu'il faut cajoler et flatter. Je sais bien ce qui les motive, et que comme tout le monde ils ont entendu parler à la fois de nos fastes et de nos bizarreries. De leur point de vue, nous sommes sans doute ce qui se rapproche le plus de la caste des riches voire des nobles, les deux se mélangeant un peu dans leur esprit. Ils veulent être de la fête, boire notre champagne, manger notre caviar, ignorants qu'ils sont de notre mode de vie frugal – la polenta les décevra. Sans compter qu'il leur sera demandé à l'entrée, non pas d'abandonner toute espérance, mais d'éteindre leur portable et de le remettre à Arcady ou à Victor. Tant mieux : ça évitera que tournent sur Internet des vidéos virales de ma quinceañera.

11. La reine de la fête

Au jour J, je suis d'humeur maussade mais résignée. Bien sûr, je préférerais zapper l'étape de la danse surprise, mais au cas où, j'ai quand même mis au point une chorégraphie inspirée des *Temps modernes*, pour laquelle j'abandonnerai ma robe jaune et mes escarpins au profit d'un pantalon trop grand, d'un veston trop petit, et d'une paire de Dr. Martens. Je me suis dit que la seule façon d'échapper au ridicule, c'était de m'y engouffrer. Si vidéo infamante il y a, je pourrai toujours me réclamer de Chaplin, aux films duquel j'ai été biberonnée de zéro à six ans – avant que mes parents n'entament leur grand sevrage technologique. Je continue d'ailleurs à les regarder en streaming, dès que je peux disposer d'une connexion. Même si j'adhère de toute mon âme aux principes qui régissent notre existence libertaire et autogérée, j'ai faim d'images, faim de musiques. Et puis j'ai beau mépriser mes camarades et juger abyssal notre décalage, j'ai bien conscience que je dois maintenir un certain niveau de connaissance en matière de médias et de réseaux sociaux si je ne veux pas que mon existence scolaire devienne invivable. Teresa et Dolores sont bien de mon avis, et une fois rentrées dans notre zone blanche, nous échangeons solennellement les renseignements dont nous disposons en matière d'applications iPhone, de youtubeurs et de chansons. Nous aurons toujours trois temps de retard, mais c'est mieux que rien, et comme Daniel dispose lui aussi d'informations précieuses, je suis moins larguée que je ne devrais l'être – tout en l'étant complètement quand même.

Bref, me voici tout de jaune d'or vêtue. Pour les cheveux, on ne peut rien faire, mais Malika, dont c'est le grand retour en grâce dans la vie de ma grand-mère, m'a maquillée de façon à redessiner mes lèvres, estomper mes maxillaires, corriger la courbure plaintive de mes yeux – du contouring, selon elle. Et bien sûr mon duvet labial a disparu d'un coup de cire dépilatoire. Je suis au top de ma beauté, c'est-à-dire proprement affreuse, mais après tout, pourquoi la reine de la fête devrait-elle forcément être belle ? On sait bien que les membres des familles royales sont généralement déformés par la consanguinité et affligés de prognathisme ou de macroglossie, quand ils ne sont pas fous comme des hannetons. J'ai échappé à la maladie mentale, mais si j'en juge par mon faciès de boxeur, mon hypercyphose dorsale et mon syndrome de Rokitanski, je descends directement des Habsbourg. J'aurais préféré les Romanov, tout aussi pourris de l'intérieur mais beaucoup plus jolis à regarder, mais on ne m'a pas demandé mon avis.

De toute façon, j'ai beau être la quinceañera, la sweet fifteen dont on célèbre l'entrée dans l'âge adulte, la vraie reine de la fête, c'est Nelly, pas moi. Il n'y a qu'à voir les prévenances dont on l'entoure alors que j'erre, spectrale et désabusée, dans ma robe trop légère. Dès son arrivée, Nelly Consolat a droit à une visite guidée de la maison et de la partie entretenue du domaine – et je dois reconnaître qu'elle suit gaillardement sur ses petites pattes de grive, gaie, curieuse, inlassable :

– Oh, vous cultivez le rutabaga ? Pas possible ! Je crois que je n'en ai plus mangé depuis mon enfance... C'est comme le topinambour : oh, vous en avez aussi, je vois !

Elle avoue soixante-dix ans, mais si elle a connu les légumes de rationnement, elle doit être plus proche des quatre-vingts. Ce qui lui fait encore une décennie de moins que cette pauvre Dadah, que nous avons laissée sur le perron, de peur d'embourber son fauteuil dans les ornières, et qui fulmine de se voir détrônée. Qu'est-ce que je devrais dire, moi, à qui on a promis monts et merveilles pour cette journée très spéciale, et qui me retrouve à faire de la figuration derrière une douairière?

La soirée se déroule à l'avenant, et j'ai tout le temps de méditer sur l'ironie du sort qui veut qu'Arcady ouvre le bal avec Nelly au lieu de me serrer sur sa poitrine pour une valse langoureuse. C'est mon anniversaire, mais tout le monde semble l'avoir oublié, à part Epifanio, qui me tanne pour que j'aille me changer avant la *baile sorpresa*. Ne voit-il pas que tout le monde s'en fout de ma *baile sorpresa*, de mon diadème, de mes chaussures à talons, de mon contouring, et de tous les efforts que j'ai faits pour ressembler à une fille de quinze ans?

Dans notre réfectoire mué pour l'occasion en salon d'apparat, j'ai quand même le droit de m'asseoir à la table d'honneur, dont je fais heureusement et brutalement chuter la moyenne d'âge. Coincée entre Dadah qui ne décolère pas, Victor qui flagorne, et Nelly qui minaude, je m'ennuie ferme. Enfin je m'ennuyais jusqu'à ce que je sente un pied s'insinuer entre mes cuisses. Levant les yeux, je rencontre ceux d'Arcady, pétillants de malice et de lubricité. La fête commence enfin.

Sous la houlette de Fiorentina, les enfants de la maison assurent le service. Enfin, les enfants, c'est vite dit : il n'y a guère que les jumelles, Djilali, le fils de Malika, et Daniel, qui n'est plus tout à fait un enfant. Si je n'étais pas la quinceañera, je serais de corvée moi aussi, et je suis bien contente de pouvoir rester assise avec les orteils frétillants d'Arcady qui viennent de trouver mon clito – car je n'ai pas de vagin, mais j'ai une vulve parfaitement conformée, avec tous les replis et circonvolutions nécessaires. Vous pensez bien que je me suis renseignée depuis ma visite chez la gynéco. Notre bibliothèque comprend une encyclopédie de la femme et de la famille en dix-huit volumes, reliés plein cuir, titres et tomaisons dorés : les deux derniers volumes étant consacrés à l'hygiène et aux soins du corps, ce ne sont pas les planches anatomiques qui m'ont manqué quand j'ai voulu en avoir le cœur net.

Sur la table, les plats défilent : après les petits clafoutis de morilles et les galettes de polenta aux pousses de légumes, c'est le tour des poireaux fumés au fromage de chèvre, immédiatement suivis des raviolis de radicchio au porto, et des œufs cocotte à la truffe blanche. À peine avons-nous le temps de reprendre notre souffle, que l'impitoyable Fiorentina se livre à un second assaut : cèpes farcis, mousse de céleri aux airelles, risotto de trévise, topinambours au beurre de truffe – et elle peut se permettre d'avoir la main lourde sur les truffes, vu qu'il en pousse sur le domaine et que nous avons un cochon truffier prénommé Edo. Le seul problème avec Edo, c'est que lui aussi aime les truffes et n'aspire qu'à les grailler en douce. On aurait mieux fait de dresser un chien, mais c'est trop tard, et à part japper et courir comme des dératés, les nôtres n'ont aucun talent. Cela dit, à force de fréquenter Edo, j'ai appris à repérer les ronds de sorcières qui signalent souvent un arbre à truffes, appris aussi à suivre le vol des mouches rabassières, leurs circuits obstinés autour du même pouce de terrain. Si Fiorentina voulait bien me passer une laisse autour du cou, je ferais une truie truffière très compétente, d'autant qu'à ce jeu-là, les femelles sont bien plus fortes que les mâles, vu que la truffe émet une phéromone très proche des hormones sexuelles du porc – mais dans quelle mesure suis-je encore une femelle ?

Concernant Nelly, en revanche, le doute n'est pas permis : elle semble aussi sensible qu'une truie aux émanations aphrodisiaques de la truffe blanche, et chaque nouveau plat lui arrache des cris et des trépignements d'extase équivoques. C'est tout juste si elle ne joint pas les mains et ne lève pas les yeux au ciel, comme l'illuminée du Kerala sur les chromos du premier étage. Du coup, quand on en arrive au dessert, elle a épuisé son stock de mimiques expressives, à moins qu'elle ne soit désormais incapable d'avaler quoi que ce soit après ce gavage ininterrompu : en tout cas, le tiramisu au thé vert et la charlotte aux clémentines confites ne suscitent chez elle qu'un faible sourire, très éloigné de ses gémissements exaltés du début.

On a rajouté in extremis quinze bougies sur la charlotte, mais on voit tout de suite que c'est de l'improvisation : les bougies sont dépareillées et déjà à moitié fondues d'un précédent anniversaire. Je me vois mal découper le gâteau et en offrir gracieusement à nos invités, comme c'est l'usage dans la bonne société mexicaine. Finalement, ma quinceañera n'a de quinceañera que le nom et c'est tant mieux. À la table d'à côté, Epifanio ronge son frein. De temps en temps, il tourne vers moi sa face de clown triste, et émet un sifflement guttural pour attirer mon attention :

– Farah !
– Quoi ?
– La *baile sorpresa* !
– Je t'ai dit que je la ferais pas !
– Mais pourquoi ?
– C'est trop tard, maintenant : on a presque fini de manger !
– Mais non, c'est pas trop tard ! Tu peux encore la faire après le repas !
– J'ai pas envie !
– Et la poupée ? Qu'est-ce que j'en fais ?
– File-la à Dolores ou à Teresa !
– Mais elle est pour toi ! C'est ta dernière poupée !
– J'ai jamais joué à la poupée, je vais pas commencer à quinze ans !

Il trempe sa cuiller dans le tiramisu au thé vert, mais on sent bien que c'est sans conviction ni appétit. La fête le déçoit. Moi aussi. Je n'en attendais pas grand-chose, mais j'espérais quand même avoir droit à plus d'égards en ce jour qui me voit passer de l'enfance à l'âge adulte. Qu'ai-je reçu comme cadeau, à part le gros orteil d'Arcady, désormais positionné dans ma cupule? Ma quinceañera va se terminer sans que ma personne ait suscité plus d'effusions que d'habitude. Mais j'ai parlé trop vite, car Dolores et Teresa traversent le réfectoire en pas chassés, chacune porteuse d'un plateau de coupes enflammées qu'elles me présentent cérémonieusement. Que suis-je censée faire? Arcady retire précipitamment son pied d'entre mes cuisses tandis qu'Epifanio se rue à notre table pour me souffler à l'oreille :

– Prends-en un!
– Pour quoi faire?
– Va servir tes invités!

Je m'empare sans enthousiasme du plateau que me tend une Dolores tout sourire – et elle a peu d'occasions de sourire, cette pauvre Dolores dont l'invraisemblable rousseur déchaîne encore plus de moqueries et de brimades que mon allure masculine et mes fringues de marin en bordée. Tout aussi rousse, Teresa s'en tire mieux grâce à sa peau mexicalienne, et il ne reste plus qu'à souhaiter qu'elle n'ait pas hérité des mêmes gènes défectueux que son père, auquel cas son joli satin rose et or ne va pas tarder à se décolorer fâcheusement par endroits. Bref, me voici au milieu de la salle décorée par les soins de mon père, avec ses bottes de lys, ses arrangements de fougères et d'hortensias, et les pampres pourpres dont il a enguirlandé chaque table. Le plateau est en argent massif et il pèse une tonne. J'ai le temps de voir mon visage s'y refléter entre les coupes dangereusement mouvantes, avant que l'une d'elles ne déverse sur moi son contenu embrasé. En vertu du principe qui veut qu'un tissu léger soit plus inflammable qu'un tissu lourd, ma robe de soie prend feu illico : si j'avais porté mon frac de clochard, je ne me serais pas transformée en torche vivante, mais il est un peu tard pour les regrets, et c'est précisément le moment que choisit Epifanio pour envoyer la musique des *Temps modernes*. À sa décharge, je dois dire qu'il ne s'est pas aperçu de ma combustion – dont il est pourtant entièrement responsable, avec ses traditions à la con. Ça y est, j'ai gagné, je suis la reine de la fête, le clou de la soirée : tout le monde me regarde et se précipite vers moi, qui avec son verre d'eau, qui sa serviette damassée, qui sa bouteille de champagne. En moins de deux, je suis éteinte et complètement trempée. Ce qui reste de la robe de soie adhère à mes formes massives – sans compter qu'elle s'est consumée par le bas et ne cache désormais plus grand-chose de ma pilosité exubérante, toison noire moutonnant jusqu'à mi-cuisses pour ma plus grande honte. Il ne me reste qu'à espérer que l'embargo technologique a été observé et que personne n'a immortalisé ce moment atroce.

Après un moment de flottement, la fête reprend son cours, et comme de toute façon elle arrivait à sa fin, les invités s'en vont les uns après les autres. Dans l'urne prévue à cet effet, Nelly dépose un chèque mirifique et jure ses grands dieux qu'elle aspire désormais à rallier notre confrérie, même s'il lui faut pour ça abandonner sa résidence senior de haut standing. Nous n'aurons donc pas fait tous ces efforts pour rien, et le sacrifice de mes cuisses et de ma dignité n'aura pas été vain. Car j'ai un peu le sentiment d'avoir été le dindon de la farce, ce qui, à notre table végétarienne, est tout de même un comble.

Quand Arcady fait enfin irruption dans la cuisine, après avoir raccompagné et salué tous nos invités de marque, il m'y trouve avec Fiorentina. Tandis que celle-ci fait tremper dans l'eau chaude les pièces de notre service qu'elle estime trop délicates pour le lave-vaisselle, j'applique sur mes brûlures des rondelles de pomme de terre crue, paraît-il souveraines en pareil cas. Il s'accroupit pour inspecter l'étendue des dégâts, constate que de petites vésicules se forment déjà sur ma peau rouge et suintante, et pousse un soupir d'apitoiement.

– Ça fait mal ?
– Très.

De fait, je souffre le martyre et je vois mal quoi que ce soit venir s'insinuer entre mes cuisses en cette première nuit de ma seizième année. Ma défloration attendra.

— Tu es sûre ?
— Oui. Très sûre.
— Je comptais faire ça par-derrière, tu sais.
— Peut-être, mais même derrière ça a cramé.

Il me regarde, avec toute la compassion, mais aussi tout l'amour du monde dans ses yeux. C'est peut-être ça que j'attendais, ce regard, ce murmure attendri :

— Farah Facette...
— Je voulais te demander : c'est qui Farah Facette ?
— Quoi ? Tu la connais pas ?
— Non, je vois pas qui c'est.
— On a raté quelque chose dans ton éducation, alors.

C'est bien ce qu'il me semble aussi mais comme il est partie prenante de cette éducation, je ferme ma gueule.

— Farrah Fawcett, c'était la plus belle femme du monde : je te montrerai des photos.

Il se relève et me tend les mains, m'attire contre lui, m'enlace, m'embrasse fougueusement :

— Et toi aussi, tu es la plus belle femme du monde, Farah Diba.
— Et celle-là, c'est qui ?
— Tu peux pas connaître : elle aussi je te montrerai des photos.

Ce serait bien qu'ils arrêtent, tous ces vieux, avec leurs références d'un autre âge : j'en ai marre, moi, de ne rien comprendre. D'autant que zone blanche aidant, je ne comprends pas davantage les références des jeunes, super! C'est vrai que mon éducation est complètement ratée! C'est en substance ce que j'essaie d'expliquer à Arcady, mais c'est peine perdue pour les griefs et la tristesse, qui sont complètement étrangers au fonctionnement d'Arcady :

– Mais je suis là, Farah, je suis là pour t'expliquer tout ce que tu ne comprends pas!

– Ah ouais? Alors c'est qui Sylvester Stallone?

– Pourquoi tu me demandes ça?

– Parce que Nelly a passé la soirée à me dire que je lui ressemblais!

Sylvester Stallone doit avoir un physique particulièrement ingrat, car Arcady a l'air un peu gêné. Au lieu de me répondre, il me serre plus fort et commence à fredonner à mon oreille la chanson que Charlot massacre dans *Les Temps modernes* :

– Je cherche après Titine, Titine oh ma Titine...

Et hop, il m'entraîne dans une sorte de mazurka passionnée sans cesser de chantonner – car contrairement à Charlot, il connaît les paroles. Fiorentina nous observe du coin de l'œil, pas plus émue par notre performance chorégraphique qu'elle ne l'a été par mes brûlures. D'ailleurs, elle est en train d'essuyer avec amour l'une de nos coupes à cocktails, la même que celle qui s'est renversée sur ma robe et sur mes cuisses, tout juste si elle ne fredonne pas elle aussi. Qu'ont donc tous les gens, ou presque, à idolâtrer les objets, et à leur réserver plus de soins et d'attentions qu'aux êtres humains ? Victor est pareil, avec ses miroirs, ses livres, ses cannes à pommeau et ses chemises à monogramme – mais chez Fiorentina, ça confine à la manie furieuse, et je ne suis pas sûre qu'elle ait bichonné sa fille avec autant de tendresse que cette coupe en cristal, qu'elle considère longuement et sous toutes ses facettes, histoire d'être sûre qu'il n'y reste pas une trace d'humidité, pas un grain de poussière, avant de la ranger dans le buffet, à côté de ses sœurs tout aussi immaculées.

Après m'avoir promenée dans toute la cuisine, Arcady m'abandonne enfin sur ma chaise paillée, mais non sans me souffler tendrement qu'un cadeau d'anniversaire m'attend dans ma chambre. Du coup, je grimpe les marches quatre à quatre jusqu'à ma soupente, indifférente au frottement douloureux de mes cuisses l'une contre l'autre. Sur mon lit, un coffret marqueté, visiblement ancien. J'ai le temps de tout imaginer, une parure en diamants, que je ne mettrai jamais mais qui me toucherait quand même ; une série de couteaux japonais, des gemmes sur leur écrin de feutrine, ou encore un assortiment de porte-plume... Raté : le coffret

contient des bougies classées par ordre croissant. Des bougies sans mèche, cela dit. Bizarre. On gratte à ma porte, et c'est Arcady, l'air émoustillé.
– Alors ? Ça te plaît ?
– Bah, oui... Mais qu'est-ce que c'est ?
– Des bougies vaginales !

Et hop, le voilà lancé. Il s'avère que les bougies vaginales n'ont de bougies que le nom, heureusement car je m'estime suffisamment calcinée comme ça : il s'agit en fait de dilatateurs de différents diamètres, que je vais m'introduire dans le vagin pour l'amener progressivement à des dimensions respectables. Arcady a l'air tellement content de lui que je m'interdis de trahir ma déception. Je m'efforce même de chasser le souvenir intempestif d'un coffret de loisirs créatifs offert pour mes sept ans et qui me permettait de fabriquer, voire de pailleter et de parfumer mes propres bougies.

– Au début, tu vas y aller mollo, avec de petits mouvements de va-et-vient. Des mouvements circulaires, aussi. Et tu verras que dans quelques mois, ton vagin sera comme celui de toutes les filles ! Je t'aiderai, si tu veux !

Ma journée d'anniversaire a beau avoir été une catastrophe, je m'endors sur cet engagement érotique, les cuisses brûlées au deuxième degré, mais l'esprit tranquille.

12. L'autre nom de l'enfance

Avant d'être fou, Salo a été documentariste, et nous lui devons toutes sortes de petits films témoignant de notre vie en communauté. Les soirées d'hiver sont l'occasion de projections interminables, de séquences mises bout à bout suivant un mystérieux fil thématique. Salo s'y retrouve, nous pas forcément, mais au moins il restera une trace de notre utopie, des images que nous pourrions envoyer dans l'espace, entre un poème d'Emily Dickinson et une aria de Schubert.

En décembre dernier, alors que je m'endormais presque dans le ronron du vidéoprojecteur, j'ai eu la surprise de me voir à l'écran. Il faut savoir qu'en général, la caméra de Salo m'évite, me contourne – à moins que je ne sois coupée au montage, allez savoir, mais le résultat c'est que je suis la grande absente de nos archives filmées. Enfin, je croyais l'être, mais il faut croire que j'ai quand même réussi à impressionner trois minutes de pellicule, sur un film qui date d'au moins dix ans.

J'ai six ans. Nous habitons Liberty House depuis quelques semaines. Mes parents commencent tout juste à redresser la tête. Ma grand-mère est là, mais elle hésite encore entre son bel appartement parisien et la vie en communauté parmi les inadaptés sociaux. Quant à moi, il ne m'a pas fallu longtemps pour adhérer à tout, tout adopter en vrac, manger végétarien, me balader à poil, saluer le soleil, vivre au milieu des grands vieillards, des éclopés et des syndromes en tout genre. Juchée sur la balustrade qui cerne la terrasse, j'observe les adultes qui discutent entre eux ou piochent dans le buffet. Jusque-là discrète sourdine, la musique devient identifiable et insistante, saluée par des exclamations de plaisir. La caméra s'attarde sur les visages souriants, les corps mis en branle par les pulsations de la basse. Lancée dans un rock aussi incongru que brutal, ma grand-mère malmène une amoureuse dont j'ai oublié le nom, lui disloquant le bras à chaque passe, tandis que mes parents se déhanchent timidement. Petit à petit, tout le monde entre dans la danse, Arcady, bien sûr, mais aussi Jewel, Orlando, Palmyre, Richard, Vadim, et jusqu'à Dadah, pas encore clouée dans son fauteuil et tout aussi féroce que ma grand-mère dans sa façon de danser.

Sur ma balustrade, je suis enthousiasmée, et dix ans plus tard, je me rappelle parfaitement l'émotion soulevée en moi par la vision de tous ces corps joyeusement oublieux d'eux-mêmes, traversés par une trance planante – typiquement ce que Richard nous rapportait alors des Baléares. Mes souvenirs sont d'autant plus nets que de ce jour date ma première rencontre, non seulement avec la danse, mais aussi avec la musique : ayant passé mes six premières années dans un catafalque insonorisé, je n'ai rien entendu de plus musical que la B.O. des *Temps modernes*, alors forcément, la techno d'Ibiza me fait un effet bœuf.

Abandonnant mon perchoir, je me glisse au milieu des adultes. Je n'ai encore jamais dansé, ni même imaginé qu'on puisse le faire. Dans un premier temps, je me contente de sauter sur place en balançant énergiquement les bras, puis je me lance dans une pantomime inspirée et frénétique, comme s'il s'agissait de récupérer un corps, des sensations, du désir, du plaisir – tout ce dont j'ai été privée depuis ma naissance. Très vite, je suis rouge, échevelée, en nage, la robe retroussée sur mes cuisses grassouillettes. De cette robe aussi, je me souviens très bien : courte, blanche, constellée de paillettes et bordée de franges, elle m'allait aussi mal que possible mais constituait sans doute un effort de Kirsten pour m'embellir.

Galvanisés par les nappes lancinantes, les autres danseurs semblent en suspension. Même ma grand-mère a fini par lâcher cette pauvre Odile – eh oui, le nom m'est revenu – pour onduler assez gracieusement. Ma mère est sublime, Arcady assure, mais en vieux briscard de l'Amnesia et du Pacha, Richard est tout bonnement sensationnel, et Salo n'a pas manqué de m'immortaliser bouche bée devant ses jeux de jambes, un fil de salive scintillant sur le menton. À mon tour, je m'essaie à des pas plus audacieux, des *glissés* inspirés de ceux de Richard, mon visage levé vers le sien, quêtant approbation et encouragements. Je n'ai rien oublié de mon bonheur et de ma surexcitation, cruellement fixés sur la pellicule par notre Stanley Kubrick – car là où d'autres enfants auraient été mignons, attendrissants dans leurs efforts, j'étais pénible à observer, et le regard des adultes sur moi, tel qu'il me parvient dix ans plus tard, ne laisse planer aucun doute là-dessus : pitié, affliction, voire un soupçon de gêne, voici ce qu'on peut lire dans les yeux de mes parents et de ma grand-mère. Même Richard, ayant fini par s'apercevoir de mon existence, s'interrompt avec un clin d'œil compatissant en direction de la caméra.

Le film s'achève par un gros plan sur moi, cheveux collés aux tempes par la transpiration, bonds arythmiques, petits cris de plaisir, grand sourire édenté. Quelle tristesse, cette joie. Quel gaspillage, ce désir fou d'en être et de bien faire, tout cet amour dardé en pure perte sur des adultes qui n'en voulaient pas. Et qu'est-ce que je vais bien pouvoir faire de mon souvenir, maintenant que le film de Salo est venu lui infliger un démenti flagrant, la preuve par l'image que j'avais tort d'être heureuse, ou plutôt que je ne l'étais que par un miracle d'inconscience et d'incompréhension qui est peut-être l'autre nom de l'enfance ? Quelle valeur accorder à ces images, et quel crédit à ma mémoire, qui les a conservées intactes dans leur gangue de fausse exactitude, intactes dans leur flamboiement, irradiantes jusqu'à aujourd'hui et responsables de ma mise à feu ?

Il faisait chaud, la musique battait en moi comme un cœur supplémentaire, Richard bougeait languissamment, beau comme une star de cinéma à mes yeux éperdus, avec sa quarantaine fatiguée, son bronzage d'Ibiza, sa blondeur déclinante, son odeur tropicale que la danse avivait. Il n'était pas le seul à être beau : tout le monde l'était, même Dadah, avec la choucroute ébène de son chignon, ses mains ensorceleuses, agitées à l'orientale, et l'arc rubis de ses lèvres, tendu sur son dentier étincelant ; même Epifanio, hilare, une jumelle rousse sur chaque hanche ; même Jewel, moins abîmée qu'aujourd'hui, et absorbée dans sa choré perso ; même et surtout Arcady, dont le regard tendre suivait nos évolutions. Tout le monde était beau, sentait bon, dansait bien – à part moi. Et si je n'avais pas vu ce film, j'aurais daté de ce jour-là le commencement de l'amour, le début du bonheur et de la liberté.

13. Le sermon sur la montagne

    Aussitôt dit, aussitôt fait, Nelly est venue s'installer chez nous – sans lâcher pour autant son cent mètres carrés niçois avec vue sur la mer, service de buanderie et de restauration. Elle pourra toujours s'y replier si nos conditions d'hébergement ne lui conviennent pas. Il faut dire qu'à Liberty House, les chambres sont monacales, et qu'à l'exception d'Arcady et Victor, personne ne bénéficie de sanitaires individuels. Dadah s'en fout, elle a une sonde vésicale et un anus iliaque, mais Nelly devra s'y faire. Pour le moment, portée par l'excitation du changement d'herbage, elle a l'air de trouver que tout va bien et faire fi des menus inconvénients pratiques.
    Avec Nelly Consolat, c'est une véritable tempête magnétique qui souffle sur notre phalanstère – sans pour autant susciter de symptômes particu-

liers chez nos électrosensibles. Car si Nelly veut bien renoncer à la technologie et au confort ouaté de sa résidence pour seniors, elle arrive avec une pleine malle d'objets merveilleux, hérités de son illustre ancêtre : un astrolabe sphérique, un télescope sur son trépied d'acajou, un assortiment de longues-vues en bois et laiton, des tomes et des tomes d'atlas célestes, et une reproduction du planisphère d'Apianus, qu'elle s'empresse d'accrocher au-dessus de son petit lit de nonne. Elle tient aussi de son trisaïeul, pionnier de l'observation cométaire, une tenture imitée de la tapisserie de Bayeux : maladroitement brodée, la comète de Halley n'y est pas moins très reconnaissable et accompagnée d'une phrase latine que Nelly traduit avec emphase pour tous ses visiteurs :

– *Isti mirant stella*! Ceux-ci admirent l'étoile!

Conviés nous aussi à l'admiration, nous ne manquons pas de nous récrier, moi la première, mais il faut dire que j'ai l'admiration facile et que Nelly m'enchante avec sa gaieté prolixe, ses marottes, ses souvenirs de tours du monde en cargo, ses photos d'aurore boréale et de sites archéologiques, et sa collection de cailloux venus de l'espace : chondrites, sidérolites, remaglyptes... Je ne me lasse pas de les manipuler sous son regard attendri :

– Incroyable, hein? Celui que tu tiens, c'est un fragment de l'astéroïde 2008 TC3, Almahata Sitta, si tu préfères. Sa chute a été suivie en direct! C'est un uréilite, très rare ! Je ne te raconte pas ce que j'ai dû faire pour l'avoir !

Elle rit à gorge déployée, me laissant tout imaginer, y compris des propositions indécentes – car Nelly a beau avoir soixante-dix-neuf ans, elle est encore très bien, et j'imagine aisément des astronomes se laissant corrompre par sa blondeur et son beau sourire.

– Bon, en fait j'ai banqué : ça m'a coûté un bras, ce petit machin-là ! Mais quand on aime, on ne compte pas !

De fait, l'amour qu'elle éprouve pour notre petite utopie transfrontalière s'est rapidement traduit par des dons plus que généreux. Du coup, Arcady projette de faire construire une serre supplémentaire et de réparer la toiture de l'aile ouest. Nelly nous aime et nous aimons Nelly.

Il n'y a guère que Victor à faire la fine bouche. Je le trouve un matin assis au pied d'un chêne – lui qui se traîne rarement au-delà de la partie entretenue du terrain. J'ai à peine le temps de me demander comment il est arrivé là, et surtout comment il va en repartir vu son poids et sa corpulence, qu'il m'entreprend :

– Ah, c'est toi. Qu'est-ce que tu fais là ?

C'est plutôt à lui qu'il faudrait poser la question. En ce qui me concerne, je suis chez moi, sur les terres dont Arcady m'a fait cadeau à mon arrivée à Liberty House. Quatre mois ont passé depuis ma calamiteuse quinceañera, le printemps s'installe, j'ai envie d'inspecter mon domaine, histoire de vérifier comment écureuils, geais et lapins ont passé l'hiver. Sans compter que pour en parachever la cicatrisation, j'ai l'intention d'exposer au soleil d'avril mes cuisses encore lésées par leur mise à feu.

– Bah, je me promène.

Je sais par expérience que quand les gens ont ce regard dans le vague et cet air préoccupé, ils se fichent pas mal de ce vous pouvez leur dire ou leur répondre. Ils ont juste envie de parler eux-mêmes, de dérouler leur petit soliloque autocentré, et peu importe qu'on les écoute ou pas, on est là pour leur renvoyer ce qu'ils ont envie d'entendre, en un simulacre de conversation comme il s'en tient des millions chaque jour. Je me prépare donc à m'ennuyer ferme, vu que Victor est tout aussi pédant qu'intarissable.

– Tu sais quoi? Je ne suis pas sûr que Nelly soit une bonne recrue pour la confrérie.

– Ah bon?

Onomatopées, mots d'une syllabe, phrases nominales, je tiens prêt mon stock de répliques machinales et qui n'engagent à rien. Tout en faisant semblant d'écouter, je farfouille dans un terrier de bousier, mais pour autant que je sache, le bousier connaît une phase d'hibernation. En tout cas, on n'en voit qu'aux beaux jours. Si nous avions une connexion Internet, je pourrais me renseigner, mais comme ce n'est pas le cas, je vais rester dans mon ignorance. À moins que la bibliothèque de Liberty House ne dispose d'un manuel d'entomologie, ce qui est fort probable mais reste à vérifier.

– Nous avons assez de vieux comme ça. Je ne pense pas que ce soit bon pour le moral qu'il y ait autant de vieux parmi nous. Il ne faudrait quand même pas transformer Liberty House en mouroir!

Je le trouve gonflé de parler comme si lui-même était de première jeunesse, et je décide de ne pas laisser cette pauvre Nelly se faire accuser de tous les maux.

– Elle fait jeune, non?
– Tu plaisantes?
– Pas du tout. Et en plus, elle est vraiment... dans la vie.

Pour l'instant, je le ménage et me garde bien de dire que c'est lui qui a l'air d'un grand vieillard, avec ses boucles argentées, sa canne, sa chevalière et ses manières gourmées. Cela dit, je ne connais aucun adulte qui s'imagine faire son âge: tous sont convaincus qu'on leur donne dix ans de moins. Comme il ne juge pas nécessaire de me répondre, j'enfonce le clou:

– Mais oui, **elle** est incroyable! Tu sais qu'elle a déjà fait le tour du monde? Et en bateau, en plus!
– Tu es sûre qu'elle ne fabule pas un peu?
– Elle m'a montré des photos!

Il m'énerve avec son scepticisme de sédentaire, mais je dois reconnaître que Nelly n'a pas le profil d'une aventurière et que je n'aurais jamais imaginé qu'elle puisse m'ouvrir d'aussi grands espaces avec son corps rabougri, son crâne étroit, ses membres graciles et son incessant pépiement d'oiseau. De toute façon, ce n'est pas à Nelly que pense Victor, elle n'était qu'un préambule, un prétexte à cracher ce qu'il a vraiment sur le cœur. Je m'en doutais, et je m'absorbe de plus belle dans mes fouilles entomologiques.

– Si elle t'a montré des photos, je n'ai rien à dire. Et puis, tu as raison, Nelly, ce n'est pas le mauvais cheval. J'aimerais juste qu'il y ait un apport de sang neuf à Liberty House, tu vois. Dommage que tu sois un peu trop jeune pour faire des enfants...

Bon, au moins, Arcady n'a pas divulgué mon répugnant petit secret. Pour une fois, il a su tenir sa langue, lui qui professe que la vérité doit être dite en toutes circonstances, et qu'il n'y a rien ni personne à ménager.

– Quant à moi...

Il lui aura fallu moins de deux minutes pour en arriver à son sujet de prédilection : moi, enfin lui, car tous les moi ne se valent pas aux yeux de Victor – comme aux yeux de la plupart des gens : je suis bien la seule à me tenir pour quantité négligeable.

– Quant à moi, j'aurais adoré me reproduire, mais vu mon orientation sexuelle, c'était, disons, moins simple que pour un hétéro... C'est peut-être plus facile aujourd'hui, mais aujourd'hui, je n'ai plus vingt ans.

– Bah, les hommes peuvent avoir des enfants, jusqu'à leur mort, non ? Regarde Charlie Chaplin : il a eu son dernier enfant à soixante-treize ans.

Charlot est mon idole, et je ne me prive pas de parler de lui à tout bout de champ – après tout, à chacun son sujet. Il faudra un jour que je m'interroge sur cette prédilection, mais contrairement à Victor, j'ai tout le temps devant moi pour le faire.

– Tant mieux pour lui.

– Ben, vous pourriez, avec Arcady. Suffit que vous trouviez une meuf consentante.

– Oui, merci, Farah, je sais comment les êtres humains se reproduisent. C'est juste que pour moi c'est trop tard, je n'aurais plus l'énergie, l'endurance qu'il faut avec un enfant en bas âge... Tu vois, je crois que c'est pour ça que je supporte aussi mal l'arrivée de Nelly : elle me renvoie trop de fragilité. Nous sommes bien assez fragiles comme ça. Moi en tout cas.

Je le laisse discourir pompeusement sur sa fragilité : si ça lui fait plaisir de se voir comme une petite chose alors qu'il est affligé d'une bedaine sphérique et des fanons d'un bœuf de trait. Sans doute lit-il dans mes pensées, car il enchaîne sur une note d'autodérision – mais ce sera bien la seule :

– Oui, je sais, je n'ai pas l'air, comme ça, mais je t'assure que si. Tu ne peux pas comprendre...

Pourquoi s'obstine-t-il à me parler si je ne peux pas comprendre ? Sans doute parce qu'à ses yeux je n'existe pas. Il se trouve juste que je suis passée par là au moment où il avait envie de vider son sac. Il pourrait tout aussi bien parler au bousier que je viens d'exhumer et qui émerge du sol friable en agitant ses antennes circonspectes. Ça tombe bien : les bousiers ont l'habitude de la merde, et Victor persiste à déverser la sienne, son obésité, son diabète de type II, sa colopathie fonctionnelle... L'heure tourne, le bousier s'est carapaté depuis longtemps à la rencontre des premières pousses tendres et à la recherche de déjections fraîches. Avec un peu de chance, il tombera sur celles d'un renard. Fauves, grenues, fuselées, elles sont mille fois moins répugnantes que les crottes des chiens des villes, dont la seule vue me retourne le cœur. Je fais part de cette constatation à Victor, histoire de lui couper la chique. Contre toute attente, ça marche. Il s'interrompt et me dévisage avec des yeux ronds :

– Quoi ? Mais pourquoi tu me parles de merdes de chien ? C'est dégueulasse !

Je pourrais lui rétorquer que ses ennuis de santé le sont tout autant, mais je préfère le laisser en arriver seul à cette conclusion. Peine perdue, il se contente d'un haussement d'épaules et d'une question de pure forme :

– Je t'ennuie ? Dis-le-moi si je t'ennuie !

Ma protestation est elle aussi purement formelle, et de toute façon il reprend son sermon sur la montagne – car de fait, il s'est juché sur le petit tertre que les racines du chêne ont fini par soulever. Au moment où je m'apprête à l'abandonner sur son tumulus, le gong retentit, m'épargnant la peine de trouver un prétexte à ma fuite. À Liberty House, c'est un gong tibétain sept métaux qui scande les temps forts de notre vie en communauté – et en particulier les méditations et les écoutes collectives. Nous avons aussi des bols chantants népalais, dont Arcady tire des harmoniques apaisants et purifiants – souverains en cas d'épidémie ou de conflit. Hop, je m'apprête à bondir hors de l'orbite débilitante de ce cher Victor, oubliant qu'il est incapable de se relever sans aide. Je lui tends la main à contrecœur, mais une fois verticalisé, il se cramponne à sa canne et met un temps fou à stabiliser son énorme ventre, tout en haletant comme un phoque. Au secours : à moi la beauté et la légèreté, histoire de contrebalancer les tombereaux d'immondices que Victor s'est cru autorisé à déverser sur ma personne. D'autant que je m'apprête à connaître un nouvel épisode de délitement – j'ai appris à en reconnaître les signes avant-coureurs, cette légère irisation de l'air, ce vrombissement à mes oreilles, cette volatilisation de tout hormis des particules dansantes en moi et hors de moi, cette collision brutale entre l'espace du dehors et l'espace du dedans. Voilà, c'est fait, je ne suis plus moi – tant mieux, puisque jusqu'ici je n'ai retiré aucun avantage à l'être.

Le gong retentit de nouveau, propage ses vibrations dans la pinède, les insinue jusque dans le terrier des bousiers, le nid des geais, celui des écureuils, et parvient jusqu'à mon sternum. Je réintègre ma décevante enveloppe corporelle, le véhicule des illusions, le siège des fantasmes insanes. Je suis moi puisqu'il faut bien l'être, et je regagne Liberty House à pas comptés, Victor sur mes talons, pour y entendre le prêche d'Arcady sur les cités vitrifiées d'Hodeïdah.

14. Hodeïdah

Les cités vitrifiées, c'est une idée de Nelly, arrière-petite-fille d'astronome, certes, mais aussi petite-fille de navigateur, et fille d'archéologue. D'ailleurs, elle se tient avec Arcady derrière le pupitre de chêne massif. Doudoune rose métallisé, bonnet de laine rase, elle a l'air prête à embarquer sur un bateau d'expédition polaire, ou à entreprendre un trekking dans ces vallées himalayennes où son père a fait ses découvertes majeures : des corps inhumés dans des jarres – à moins qu'il ne s'agisse de sceaux en stéatite gravés, je ne sais plus, vu qu'avec Nelly on est vite noyé sous un flot d'informations et d'anecdotes aventureuses. De son côté, Arcady arbore son éternel blouson Sonia Rykiel en velours matelassé orange : ils sont aussi mal assortis que possible mais on les sent parcourus d'une même énergie vitale et d'une même volonté de galvaniser la congrégation. Tandis qu'Arcady parle, Nelly brandit des agrandissements photographiques. À Liberty House, pas question d'électroprojecteur ou de PowerPoint : tout se passe à l'ancienne, ce dont les sociétaires se gargarisent, ayant fait de leur archaïsme un motif de fierté et de délectation morose. Mais la vérité, c'est que dans leur vie antérieure ils ont été vaincus par le numérique et les réseaux sociaux – non seulement vaincus, mais submergés et terrifiés, à commencer par mes parents dont j'ai déjà retracé l'odyssée hors du maillage électromagnétique, à la recherche d'un territoire épargné par les ondes, la technologie, le progrès. Arcady vibrionne en chaire, et, délaissant mes propres motifs de délectation morose, voici que je me laisse pénétrer par son lyrisme et lentement gagner par son enthousiasme :

– On sait maintenant avec certitude que des civilisations au moins aussi avancées que la nôtre, voire davantage, ont existé par le passé ! Les cités et forteresses vitrifiées de la Vallée de la Mort ou du nord de la Syrie en sont la preuve irréfutable ! Et on a trouvé en Afrique centrale des sortes de dalles de cristal, des zones de verre coulé qui ne peuvent s'expliquer que par l'anéantissement atomique ! Pour obtenir cette vitrification, il faut des températures infiniment plus élevées que la foudre ! D'ailleurs, les taux de radioactivité y sont encore très élevés : guerre ou accident nucléaire, on ne sait pas, mais il faut que ce soit l'un ou l'autre !

Sur les photos de Nelly, tourelles et minarets étincellent, comme pris sous le givre et enrobés d'un glacis mentholé :

– Regardez ces villes ! Elles surprennent le voyageur comme un mirage mais elles sont bien réelles ! Et à deux pas de ces cités de verre, on trouve, devinez quoi, des mines d'uranium dont tout indique qu'elles ont été exploitées voici des millions d'années !

Arcady nous laisse à peine le temps de digérer cette information avant de repartir de plus belle sur la piste cristallisée et miroitante de ses chimères :

– La fin du monde a déjà eu lieu ! Elle a lieu à chaque fois que l'homme atteint un degré critique de civilisation et de technologie ! Bang ! Et à chaque fois, c'est reparti pour un tour ! À chaque fois, pour notre plus grand malheur, nous sortons des grottes, nous domestiquons le feu, inventons la roue, l'imprimerie, l'électricité, le nucléaire, et là, désastre, chariots de feu, apocalypse ! L'homme meurt de la main de l'homme, et il met des millénaires à s'en remettre, à resurgir çà et là, d'abord en tribus éparses, séparées entre elles par des forêts ténébreuses, des étendues désertiques, des océans inexplorés ; puis en mégapoles invivables : ça, c'est le stade ultime, celui que nous avons atteint et qui ne permet pas que la vie se maintienne. La fin du monde a eu lieu, mais elle va avoir lieu de nouveau, elle est même imminente et j'en vois partout les signes !

Il prêche des convertis : à part moi, tous les sociétaires sont déclinistes et persuadés que l'humanité court à sa perte. Liberty House est leur ultime refuge, mais en cas de guerre nucléaire, aucun escarpement, aucune rangée de frênes, aucun mur de pierres sèches ne les protégera. À entendre Arcady et Nelly, il s'agit pourtant de se préparer à l'anéantissement. En quoi devrait consister exactement cette préparation, ce n'est pas très clair, mais pour ce qui me concerne, j'aimerais être dispensée de toute obligation scolaire, histoire d'avoir le temps d'accomplir tous nos rites de purification et de propitiation – sans compter que si la fin du monde est proche, je n'ai peut-être pas besoin d'emmagasiner les connaissances. Et tant qu'on y est, je vais peut-être arrêter les bougies vaginales : à quoi bon dilater un orifice qui n'a pas vocation à servir ?

Devant moi, Epifanio enlace nerveusement ses filles. Comme quoi son vitiligo ne lui a pas fait perdre tout instinct paternel – alors que mes parents, fidèles à leur petit programme d'égoïsme à deux, ne m'ont pas seulement retourné un regard, se réservant mutuellement leurs manifestations de sollicitude, leurs étreintes et leurs chuchotis éplorés. Hodeïdah, Lob Nor, vallée de l'Euphrate, désert du Thar, Pierrelatte du Gabon : Nelly multiplie les exemples de sites sur lesquels on a retrouvé les traces silencieuses et millénaires de mondes aussi avancés que le nôtre et mystérieusement disparus. Elle enchaîne ensuite sur la technologie aérienne de l'Inde antique, attestée à la fois dans des stèles gravées et des cycles épiques : il semblerait que le Mahabharata relate par le menu des guerres menées à coups de bombes sphériques, d'engins à réaction, de gaz toxiques et d'astronefs interstellaires n'ayant rien à envier à l'arsenal contemporain. Je peine à voir le lien entre les prouesses des vimanas et les cités vitrifiées, à jamais coulées sous leur dalle de jaspe vert, mais tout ce que j'ai à retenir, c'est que leur disparition préfigure la nôtre.

Un nouveau coup de gong donne le signal de notre dispersion, et nous nous retrouvons sur la vaste terrasse qu'Arcady et Victor ont fait restaurer en pierre de Lecce, pour son incomparable blondeur polie. Autour de moi, je ne vois que mines navrées et yeux rougis, comme si la nouvelle de l'apocalypse avait pris par surprise les membres de ma petite confrérie millénariste. Arcady ne nous a pourtant jamais parlé d'autre chose que de fin du monde. C'est même dans cette perspective qu'il nous a rassemblés sous sa houlette et dans l'enceinte rassurante de Liberty House. Alors quoi ? Il faut croire que Nelly, ses guerres nucléaires préhistoriques, ses taux de radioactivité et son Mahabharata, ont apporté une caution scientifique à l'eschatologie fantaisiste d'Arcady. Sans compter que d'habitude, il conclut son discours par une péroraison aussi lumineuse que réconfortante sur la façon dont nous survivrons au pire parce que nous sommes les meilleurs. Depuis des années, nous vivons bercés de cette fable : nous en priver brutalement, c'est nous jeter dans les affres du manque et du sevrage. Même Malika, qui a aussi peu de cervelle que les chiens de manchon auxquels elle ressemble tant, paraît ébranlée, et s'abrite sous l'épaule martiale de ma grand-mère tout en pétrissant affectueusement la nuque de Djilali.

Comme il faut bien vivre en attendant la mort, nous finissons par aller manger le risotto au butternut et romarin de Fiorentina. Contrairement à ses convives, elle n'a pas l'air autrement émue, mais je constate quand même qu'elle nous sert une île flottante au dessert, ce qui peut s'interpréter comme une allusion, un message crypté pour nous rassurer : le monde va peut-être s'autodétruire, mais Liberty House est une île autarcique.

En fin de journée, je passe rendre à Nelly une petite visite, et la trouve aussi animée et joyeuse que d'ordinaire. Cela dit, passé soixante-dix ans, l'apocalypse, on n'en a rien à foutre. Ayant trouvé matière à occuper ses vieux jours, Nelly se moque bien de savoir que je n'ai encore rien fait de ma vie : la fin du monde, qui serait pour moi une catastrophe, ne sera pour elle qu'un épilogue explosif, une façon de finir en beauté. Très occupée à déballer un nouvel arrivage de livres et d'objets funéraires variés, Nelly me prête une attention distraite. Tout juste si elle s'interrompt pour me montrer une poterie ou une fibule en or massif. Elle a l'air si contente d'ouvrir ses cartons, d'inventorier ses possessions, de chercher l'endroit et l'éclairage qui les mettront en valeur, que je me garde bien de jouer les rabat-joie en lui parlant de l'effet produit par ses prophéties coassantes sur notre petite communauté. La chambre allouée par Arcady a beau être l'une des plus spacieuses de la maison, elle est quand même trop petite pour contenir tous ses trésors, et Nelly finit par me refourguer une jarre en terre cuite :

— Tiens, mets-la dans ta chambre : je la récupérerai plus tard. Ou pas...

— C'est quoi ? Ça vient d'où ?

— D'Anatolie. Il y a un enfant dedans.

— Quoi ?

— Si, si ! Inhumé verticalement, jambes repliées.

— On a le droit ?

— Le droit de quoi ?

— D'avoir des morts chez nous, comme ça...

— Non. C'est parfaitement illégal. Mais bon, que veux-tu : j'en ai hérité. De mon père. Je ne vais quand même pas le jeter à la poubelle !

— Non, mais vous pourriez le donner à un musée.

– Pas question ! Si tu n'en veux pas, je le garde !
– Non, non, ça va.

En fait, l'idée de cohabiter avec un enfant turc mort depuis des lustres ne me dérange pas plus que ça. Au contraire : ça me fait de la compagnie. À part Arcady de loin en loin, personne ne vient jamais dans ma chambrette sous les toits. Ce soir-là, j'installe la jarre à mon chevet, et j'en caresse timidement le vernis écaillé, éprouvant sous mon doigt la douceur de l'argile millénaire.

– Tu dors ?

Quelle question, bien sûr qu'il dort ! C'est moi qui n'arrive pas à trouver le sommeil. Pour un peu, j'échangerais bien ma place avec celle de mon petit camarade : ça doit être bon de se blottir, la tête dans les genoux, les bras noués autour des tibias, dans l'obscurité, la chaleur, le silence. Ce serait même une bonne façon d'échapper à l'Armageddon, moyennant une jarre plus spacieuse et quelques rations de survie. Mais bon, si c'est pour émerger de mon amphore après la fin du monde et n'y trouver que paysages lunaires, sources polluées et scorpions pullulants, je ne vois pas l'intérêt. C'est bien ma chance aussi, d'être née alors que l'humanité n'en avait plus que pour quelques années ! Tandis que j'écrase quelques larmes de frustration, on frappe à ma porte : c'est Nelly, aussi primesautière que tout à l'heure, à croire qu'elle n'a aucune idée de l'heure qu'il est, ce qui est fort possible :

– Farah, j'ai oublié de te donner quelque chose, tiens ! C'est une photo de Sylvester Stallone !

Elle repart en trottinant, me laissant avec une page de magazine un peu froissée. Puisque Stallone a fait carrière avec cette gueule-là, je ne devrais pas m'offenser de la ressemblance qu'on nous trouve, mais j'ai quand même du mal à avaler cette dernière avanie. Heureusement que Fiorentina entame son cycle de sommeil profond dans la chambre d'à côté. Ses ronflements me parviennent, aussi amples et réguliers que d'habitude, et je me plaque contre le mur pour mieux les entendre et pour me laisser gagner par sa tranquillité d'âme.

15. Les rêves de la fin

À Liberty House, l'usage veut que l'on raconte ses rêves de la nuit au petit déjeuner. Je reste généralement muette et écoute distraitement ces récits qui n'ont de sens et de magie que pour le rêveur. Sans compter que je soupçonne certains d'affabulation pure, Malika, par exemple, qui rapporte immanquablement des rêves de rapt et de séquestration :

— ... alors, il m'a attachée aux pieds du lit, et puis il a sorti une sorte de... de maillet, là, mais avec des picots, un peu comme un attendrisseur à viande, vous voyez?

— Comment tu sais à quoi ressemble un attendrisseur à viande? Tu es végétarienne!

La voix de ma grand-mère vibre de soupçon, alors que le dernier cauchemar de Malika nous laisse de marbre, habitués que nous sommes à l'entendre décrire de sa voix enfantine les sévices qui lui sont infligés, nuit après nuit.

– Et puis il m'a écarté les cuisses, j'étais terrorisée, et alors...

– Il ressemblait à quoi? Tu dis « il », mais tu es sûre que c'était un mec, cette fois-ci? Tu as dit qu'il était cagoulé! Et qu'il ne parlait pas!

Malika retourne à son amante une énième variante de son beau regard blessé :

– Oui, Kirsten, c'était bien un mec.

J'imagine que c'est précisément ce qui chagrine ma grand-mère : en dépit de leur liaison passionnée et sexuellement satisfaisante, Malika continue de rêver qu'un homme la pénètre d'objets contondants. Pire, cet homme semble revenir de rêve en rêve, ni tout à fait le même ni tout à fait un autre, ce qui fait que Kirsten mène une enquête acharnée pour le démasquer – d'autant qu'elle a un suspect numéro un en la personne de José, ex-mari de Malika et père de son petit Djilali. Il faut dire qu'à chaque fois, Malika s'arrange pour semer des indices, parlant d'un parfum familier, d'une impression de déjà-vu, d'un juron en portugais, ou que sais-je encore : il n'y a que Kirsten pour ne pas voir le truc et écumer de rage.

Pour une fois, moi aussi j'ai un rêve à raconter, et j'interromps Epifanio avant qu'il ne se lance dans le récit monotone de son dernier cauchemar. Car les rêves, comme les gargouillis intestinaux et les odeurs corporelles, portent la marque de leur propriétaire. Si Malika fantasme des agressions, Epifanio rêve qu'il prend le car pour Èze ou pour Menton, qu'il a égaré ses lunettes, ou qu'il fait réviser aux jumelles leur contrôle de physique. À quoi bon rêver, je vous le demande, si les rêves doivent être le décalque d'une vie sans intérêt ? Hop, je me lance :

— On était tous dans la maison et on a entendu du bruit, comme des détonations. On est sortis, et on a vu qu'il y avait de l'orage : le ciel était tout noir, mais loin, dans les hauteurs. On s'est dit que c'était pour ça, le bruit. Et puis tout d'un coup, on a vu des milliers de gens qui glissaient vers nous, comme une avalanche ou une coulée de boue. Et alors on a compris, je sais pas comment, comme on comprend dans les rêves, qu'en fait il y avait une attaque terroriste, là-haut, dans les villages, et que les gens fuyaient. Mais on savait qu'il y avait des milliers de morts et que ça allait continuer. Alors, on est tous rentrés, et Arcady nous a dit de fermer les volets, les portes, et de ne plus faire de bruit, de faire comme si la maison était inhabitée, parce que c'était notre seule chance de survivre. Et on a fait comme ça, mais on entendait les gens qui arrivaient, et ils ont commencé à taper aux portes et aux fenêtres, pour qu'on leur ouvre et qu'on les sauve, mais nous, on est restés absolument silencieux, et puis je me suis réveillée parce que j'avais trop peur qu'on nous tue, voilà.

Bizarrement, mon rêve ne suscite ni réaction ni exégèse passionnée. Tout le monde s'en fout. Seule une guêpe risque une mandibule prudente en direction de ma tartine de tahin. Qu'est-ce qui se passe avec moi ? Pourquoi est-ce que chacun a son mot à dire dès qu'il s'agit de Malika ou Epifanio, mais reste coi dès que j'ouvre la bouche ? Est-ce que ça a à voir avec mon apparence physique – de plus en plus dérangeante, à vrai dire ? Car depuis ma visite chez Mme Toretto, les choses ont encore empiré : désormais, non seulement ma pilosité, mais aussi mon timbre de voix et ma masse musculaire ont échappé à mon contrôle.

– Tu as pris des épaules, non ?

Oui, j'ai pris des épaules et perdu des nichons : le doute n'est plus permis quant à ma virilisation galopante, syndrome de Rokitanski ou pas. Je suis une erreur de la nature, un complexe de symptômes qui vont rendre ma vie très difficile sans pour autant trouver d'explication et encore moins de cure adéquate. Plus le temps passe, plus je m'éloigne du positionnement que je visais en matière de féminité : ayant toujours eu conscience de la faiblesse de mes atouts, j'ambitionnais juste d'être une bonne copine, une fille aux joues fraîches et au charme franc, bien loin des artifices frelatés de la plupart des meufs. Hélas, je n'aurai même pas droit à ce créneau modeste : en fait de niche, il me reste celle des transgenres, des shemales, ou du troisième sexe. Je n'ai rien contre, mais ce n'était pas mon idée, et j'en reviens toujours à la question qui a failli nous envoyer dans le fossé, Arcady et moi : qui suis-je ?

Par-dessus la table du petit dej, que nous prenons sur la terrasse dès les premiers beaux jours, je croise le regard d'Arcady, son beau regard perplexe et néanmoins aimant. Impossible de savoir s'il s'interroge sur mon rêve ou s'il constate comme moi que je ne ressemble plus à rien. Ses lèvres articulent une phrase silencieuse à mon intention, mais à ce moment-là, les larmes viennent troubler ma vue et je baisse précipitamment les yeux. Floc : la nappe damassée s'étoile d'une tache sombre, immédiatement suivie d'une autre. J'aimerais ne pas pleurer mais comment faire ? Quelle vie vais-je bien pouvoir me fabriquer avec ce visage et ce corps ?

Si je ne vivais pas dans une zone blanche, je pourrais au moins aller sur des réseaux sociaux dédiés à l'intersexuation ; je pourrais parler avec mes pairs et puiser un certain réconfort dans l'examen comparé de nos dysmorphismes. J'ai bien essayé au CDI et en médiathèque de me livrer à quelques recherches furtives, mais il se trouve toujours quelqu'un pour se pencher par-dessus mon épaule au moment où j'en arrive à des photos de katoeys thaïlandais ou d'hijras indiens. J'en suis réduite à mes supputations et cogitations intimes – et bonne pour d'autres rêves, sans doute irracontables, qui me voient dotée d'un pénis ou au contraire, enceinte de huit mois, portant fièrement devant moi un ventre agité et claquant au vent comme une voile.

Quand je me décide à relever les yeux et à soutenir le regard d'Arcady, je vois que ma tristesse l'a gagné et qu'il est bien près de pleurer à son tour. Tout le monde pleure beaucoup à Liberty House. Arcady et Victor ont même institué des séances de larmes destinées à épuiser nos chagrins personnels et collectifs. Je n'y vais jamais, mais mes parents s'y montrent très assidus et jurent qu'ils sortent de là rafraîchis et purgés. Tant mieux pour eux.

C'est au tour de Palmyre de raconter son rêve : la rivière est en crue et menace d'inonder jusqu'à notre nid d'aigle. Tout en piochant rêveusement dans la panière de viennoiseries maison, Palmyre décrit les flots montants, leur succion inexorable et lente, les ocelles de moire huileuse et l'odeur de vase fade, bien loin des remous écumeux auxquels on pourrait s'attendre. Comme de bien entendu, chacun y va de son commentaire. Il faut dire que la rivière dont je dois taire le nom coule effectivement en contrebas et connaît des crues spectaculaires. Depuis notre position en surplomb, il nous a toujours semblé que nous ne risquions rien, mais contrairement à mon récit d'attaque terroriste dans les montagnes, pourtant tout aussi plausible, le rêve de Palmyre ne laisse personne indifférent.

Au-dessus de nos têtes, un vol de martinets entame une ronde stridente, la première de l'année. Il me semble qu'ils sont en avance sur le calendrier ornithologique, mais je me garde bien de faire part aux autres de cette impression, dont ils ne manqueraient pas d'induire qu'il n'y a plus de saisons et que rien ne va plus. Le petit déjeuner s'éternise, comme souvent le dimanche, dont nous respectons scrupuleusement la trêve. En face de moi, ma mère écrase sa banane dans du miel avant de la noyer sous le lait d'épeautre et les brisures de noisettes. Son rêve à elle portait sur un essaim d'insectes mal identifiés, mais elle n'en gardait que quelques images, et les commentateurs l'ont vite expédié.

Pause. Le soleil est déjà haut dans le ciel, et la pinède exhale ses odeurs résineuses. J'ai hâte de me lever, de m'ébrouer dans l'air limpide et d'échapper à ces ressassements de vieux. Car Victor a raison de dire qu'avec Nelly et en dépit de sa vitalité agressive, notre moyenne d'âge a vertigineusement grimpé. Même la petite quarantaine de mes parents me paraît défraîchie en regard du bourgeonnement ambiant et de mon propre tumulte hormonal.

Mis bout à bout, nos rêves disent la même chose : ils disent que nous avons peur de la fin – même moi, qui n'en suis pourtant qu'à mon début. Un début mal engagé, mais un début quand même. Tandis que je m'apprête à débarrasser la table, donnant ainsi le signal de notre dispersion dominicale, je croise de nouveau le regard d'Arcady, et j'y lis tellement de tendresse et de concupiscence que j'en oublie que j'appartiens au troisième genre et que la fin est proche. Je bondis, plantant là les reliefs du repas, la nappe damassée, les rabâchages séniles et l'interprétation des rêves. Mes jambes tremblent d'une impatience et d'un désir que je ne peux mater que par la fuite et la course. Je dévale les escaliers de notre perron majestueux, dépasse les serres, laisse derrière moi le verger en fleurs, l'étang, les allées ratissées, la civilisation, pour gagner la partie sauvage de mon domaine. Je saute entre les torchères de genêts, franchis des fossés boueux, me hisse au passage à la branche d'un grand pin, hop, une petite traction, histoire que mes muscles de garçon servent à quelque chose ; je pivote autour d'un châtaignier, enlaçant le tronc d'une main, et à force de sauts et de gambades, j'atteins ma combe secrète, ma cache d'herbes folles. Je n'ai pas besoin de me retourner pour savoir qu'Arcady m'a suivie et que notre heure est enfin venue.

16. Viens t'asseoir sur ma bouche

Oui, il est là, mon bien-aimé, essoufflé et suant dans sa tunique de lin écru et son sarouel de velours bordeaux. Et comme si sa tenue n'était pas assez affreuse, il porte un bijou pectoral amérindien qui se soulève au rythme de la respiration qu'il peine à retrouver. Je m'en fous d'autant plus que si les choses marchent comme je le veux, il ne va pas tarder à se déshabiller pour être nu entre mes bras et mes cuisses. Je retiens à grand-peine le bourdonnement de liesse qui me monte aux lèvres et m'allonge sur l'herbe dans une pose que j'espère engageante et lascive. Mais avec Arcady, inutile de poser, inutile de chercher à être sexy : il n'a besoin d'aucune incitation pour désirer sans fin. Appuyé sur un coude, il me contemple comme si j'étais la huitième merveille du monde et entonne une antienne de célébration telle que je n'en ai jamais entendu ni n'en entendrai probablement jamais plus – et je souhaite à chacun d'y avoir droit un jour, parce que tout le monde devrait être désiré comme je l'ai été ce jour-là entre les ombelles de fenouil et les fétuques blondes :

– Tu es trop belle, Farah ! C'est marrant, l'année dernière je te trouvais mignonne, mais un peu fadasse, et là, tu me rends fou ! Tu le sais, ça, que tu me rends fou ? Je te regardais tout à l'heure, quand on était à table, et je me disais, putain, mais quand est-ce que je vais pouvoir me la mettre sur le bout ? Je n'en pouvais plus ! Et quand Palmyre s'est mise à raconter son rêve, là, j'ai cru que ça n'en finirait jamais !

Sans perdre de temps, il fait glisser mon bas de survêt et remonte mon pull, dégageant les courbes tendues de mon ventre et de mes cuisses. Sans prendre le temps de me déshabiller davantage, il enfouit son visage adorant dans ma toison pubienne :

– Et en plus tu sens bon, tu sens trop bon, Farah ! Si tu savais comme tu sens bon !

Moi qui m'inquiétais vaguement de n'avoir pas prévu ce moment d'intimité, et de m'être contentée ce matin d'un débarbouillage hâtif, j'en suis pour mes frais. Tandis que les turquoises du collier comanche s'enfoncent dans ma chair tendre, Arcady pousse des soupirs convulsifs et reprend son chant extasié :

– Ma chérie... Tu avais l'air tellement triste, tout à l'heure ! Qu'est-ce qui te rend si triste, mon amour ? Je ne veux pas que tu sois triste, jamais ! Je veux que tu sois heureuse et fière d'être toi, que tu ailles dans le monde comme un beau navire, et que tu rendes tous les mecs dingues ! Et les filles aussi ! Tu es tellement bandante !

Comme c'est la deuxième fois qu'il me le dit, je commence à le croire, d'autant que pour illustrer ses dires, il extirpe des plis veloutés du sarouel un sexe vibrant, lustré, dardé vers moi comme un petit serpent. Pas si petit, d'ailleurs. Il va avoir du mal à l'introduire dans ma cupule, même si je travaille à la distendre depuis des mois, à grand renfort de dilatateurs vaginaux. Je me laisserais bien gagner par le découragement, mais Arcady ne m'en donne pas le temps : pourléchant mes cuisses d'une langue à la fois dure et douce, il m'amène moi-même à un tel degré d'excitation que je perds le fil de ma tristesse et de mon inquiétude. Il ne s'interrompt que pour chanter de plus belle ma beauté et son désir fou :

– Je te veux, Farah ! Et toi ? Tu me veux ? Tu me veux aussi fort que je te veux ? Parce que je peux attendre, tu sais ? Je peux attendre que tu sois prête. C'est juste que tu es trop bonne...

Il n'a pas intérêt à me refaire le coup de ma jeunesse, et qu'il vaut mieux que je le fasse avec quelqu'un que j'aime avant de le faire avec lui, et cætera. Le bon moment, c'est maintenant. En

plus, avec toutes les bougies que je me suis fourrées dans la chatte, je ne peux même plus me considérer comme une vierge intégrale, alors ses scrupules, il peut se les mettre où je pense. Je souffle, à l'unisson du vent dans les herbes folles et au faîte des frênes :
— Je te veux !

Et c'est vrai : je n'ai jamais voulu que lui — même si un inconnu se glisse parfois dans mes rêves et inspire mes déambulations dans la ville dont je dois taire le nom, parce qu'elle est bien trop proche de notre havre de paix, notre snow-globe sans neige ni globe.

Le visage d'Arcady s'illumine au-dessus de mon ventre palpitant :
— Alors si tu me veux...

Il rampe vers moi et m'empoigne le menton avec une tendresse fervente :
— Ma princesse...

Il éclate d'un rire brutal, comme s'il sentait l'incongruité de ce qu'il vient de dire :
— Ou mon prince ?

Je pourrais me sentir humiliée par son hésitation, mais je la partage, et je sais qu'il va falloir que je passe ma vie entière avec ces doutes. Alors je veux bien faire l'amour au milieu de son indécision et de la mienne, ne pas savoir ce que je suis, ni même ce que ça dit de lui et de moi. J'accepte de n'être rien, si ce n'est un torrent d'amour enfin libre de déferler, de tout inonder sur mon passage, rivière en crue telle que Palmyre l'a rêvée, mais en plus tumultueuse et en plus implacable. Attention, je déferle : Arcady n'a qu'à bien se tenir.

Il m'embrasse. Il rit contre mes lèvres, nos dents se heurtent, nos salives se mêlent. Lui aussi, il sent bon. L'une de ses rares coquetteries, la seule peut-être, est de porter en toutes circonstances le même parfum, riche et pénétrant. À toute heure du jour et de la nuit, il sent la palmeraie, la résine, le musc, la sacristie byzantine.

Sans que je m'en sois aperçue, il s'est débarrassé de la tunique et du saroual, et je m'efforce d'en faire de même avec ce qui me tient lieu de pyjama. Ça y est, nous sommes nus ensemble, et il me semble que j'ai attendu ce moment toute ma vie. Son regard se fiche dans le mien, heureux et triomphal. Il me caresse et me hume inlassablement, envoie ses doigts dans ma bouche et sur mes paupières, soulève mes cheveux pour souffler sur mes lèvres, dans ma nuque, à mes oreilles, toujours son chant impérieux et tendre auquel répond mon cantique des cantiques, je t'aime, je te veux, mon bien-aimé, mon grand, mon seul amour. Il me retourne sur le dos et s'esclaffe à la vue de mes fesses :

– Tu as vraiment un cul de garçon ! Et je m'y connais !

Naturisme aidant, moi aussi je sais faire la différence entre un cul de garçon et un cul de fille, et je dois convenir qu'il a raison : denses, fermes, musculeuses, creusées sur le côté, mes fesses n'ont rien du tombé moelleux de celles de Malika, Jewel ou Bichette. Sans parler des sacs grêlés de cellulite que se trimballent la plupart des femmes.

– Viens t'asseoir sur ma bouche !

Je m'exécute, tremblante du bonheur d'être comprise. C'est vrai, quoi, j'aurais très mal vécu qu'il me pénètre toutes affaires cessantes. J'ai beau savoir qu'Arcady n'est pas difficile, je reste sceptique quant à ma capacité à faire jouir qui que ce soit dans mon vagin. Même si les bougies l'ont agrandi, il reste bien trop petit pour accueillir un sexe de proportions normales. Je m'agenouille dans l'herbe et positionne mon entrejambe au-dessus du visage extatique de mon bien-aimé. La langue d'Arcady part à la rencontre de mon clito, et je me cambre pour en subir les assauts passionnés. Il suce, lèche, aspire, mordille, et souffle son haleine chaude sur le seul organe dont je sois à peu près sûre – mais pour combien de temps ? Combien de temps avant qu'il me trahisse et subisse à son tour une métamorphose infamante ?

– Lèche tes doigts !

Son ordre me parvient, entrecoupé, mouillé, et j'obéis sans comprendre.

– Ça y est ?
– Oui.
– Enfonce-les dans ton cul !
– Comment ça ?

– Mets tes doigts dans ton cul !

Dommage pour l'obéissance, mais ce moment-là, je sens le plaisir arriver, d'abord comme un agacement très localisé, quelque chose que j'aurais presque envie de faire cesser, quitte à envoyer valdinguer Arcady et sa langue, puis comme un coup de gong, tout de suite décliné en harmoniques voluptueux d'un bout à l'autre de mon corps. Se dégageant de l'étreinte de mes cuisses, Arcady m'observe avec satisfaction :

– C'est bon, hein ?

– Oui !

– Tu avais déjà joui, quand même ? C'est pas la première fois ?

– Non, c'est pas la première fois, mais c'est mieux avec toi que toute seule.

– Eh oui, ma chérie, tu découvres une grande vérité : le sexe, c'est mieux à deux. Ou à trois, à quatre, à plusieurs. Ça te dirait pas un plan avec Daniel ?

– Non.

– Parce que vous vous ressemblez vachement : ça pourrait être troublant. De vous voir coucher ensemble, de vous donner du plaisir à tous les deux, et que vous m'en donniez...

– Ben moi ça me dit rien du tout.

Il pousse un soupir de regret avant de me renverser sur l'herbe déjà passablement écrasée par nos ébats. Dans mon trou de verdure, le soleil tape d'autant plus fort que nous y sommes abrités du moindre souffle d'air. Orgasme aidant, je suis complètement en nage, mais Arcady n'a rien à m'envier avec son visage rougi et barbouillé de mes sécrétions. Sans plus attendre, il se plaque contre moi et recommence à me caresser, de ses doigts, de sa bouche, et de sa queue qui n'a pas molli pendant son cunnilingus inspiré. J'ai une pensée fugace pour le pauvre Victor, qui doit tous les jours faire face à tant de vigueur alors que la sienne ne cesse de décliner – mais je n'ai pas de temps à gaspiller avec la compassion ; je n'ai de temps que pour moi et pour Arcady.

– L'heure de nous-mêmes a sonné !

C'est Arcady qui vient de prononcer cette phrase, comme s'il lisait dans mes pensées et me devançait sur le chemin de l'impatience. À son ton pénétré, je devine qu'il s'agit d'une citation et je l'interroge sur sa provenance :

– Impossible de me rappeler ! Un poète, je crois.

– Victor Hugo ?

– Non, pas Victor Hugo. Il n'y a pas que Victor Hugo comme poète, faut pas croire ! C'est juste que ça ne me revient pas, là : tu m'excites trop ! Et en plus, tu sais, c'est Victor qui lit beaucoup, moi, la littérature... Pour tout te dire, moi, ça me casse un peu les couilles. Mais bon, ne le répète pas.

Ma jubilation ne connaît plus de bornes : il n'y a qu'avec moi qu'il ose se montrer tel qu'il est, inculte, ordurier, amateur de bigorneaux. J'ai sa confiance, et la mienne monte d'un cran. Je lui rends ses baisers et ses caresses, me risquant même à empoigner son membre fringant. C'est la première fois que je tiens un sexe d'homme, et je devrais peut-être faire un vœu, mais tout va trop vite pour moi, avec les martinets qui crient et tournoient, le parfum d'Arcady qui se mêle à celui des pins tout proches, le va-et-vient qu'il imprime à ma main, de la sienne si ample et si chaude, son souffle précipité, et le ravissement que je lis dans son regard.

— Tu veux que je vienne où?
— Quoi?
— Oui, où tu veux que je vienne?

Il a beau répéter sa question dans tous les sens, je ne la comprends pas davantage.

— Sur ton ventre? Entre tes seins? Dans ta bouche?

La lumière se fait, mais j'ai à peine le temps de réagir que la salve part, ni sur mon ventre ni sur mes seins mais quelque part entre l'épigastre et le plexus solaire, bref une zone intermédiaire et sans intérêt, pas érogène pour deux sous. C'est aussi ma première rencontre avec le sperme, et cette fois-ci j'ai tout le temps de réfléchir à ce que je pourrais bien me souhaiter. Arcady interrompt ma réflexion en pointant un index vers le ciel :

— Tu sais qu'ils ne se posent jamais?

— Qui?
— Les martinets : ils peuvent voler des mois et des mois sans se poser.

Bonne idée. Je la reprends illico à mon compte et formule à part moi le vœu aussi fervent que fou de continuer à voler – sans arrêt ni ralentissement, sans période de marasme ou de doute. Je prélève prudemment un peu de sperme et porte les doigts à mon nez. L'odeur résineuse et ambrée d'Arcady a laissé place à des effluves fades et finalement familiers :

— Ça sent le châtaignier, non?

Mon petit royaume boisé en comporte suffisamment pour que je sois sûre de mon fait, mais par politesse, je laisse Arcady décider de la parenté de sa semence avec des émanations florales que je n'ai jamais vraiment appréciées – je préfère de beaucoup les lys et les freesias de mon père.

— Ah bon?

Il ne s'y connaît pas plus en fleurs qu'en littérature, je le vois bien, mais je lui pardonne parce que sa spécialité, c'est l'humanité. Ou l'amour. Ou encore l'amour de l'humanité, ce qui est bien plus rare et bien plus méritoire que n'importe quelle certification en botanique.

17. Oh les beaux jours

L'arrivée de l'été m'ayant provisoirement délivrée de toute obligation scolaire, je n'ai rien d'autre à faire que d'être moi à temps plein. Heureusement que ce temps plein connaît des éclipses, ces moments d'absence dont j'ai déjà parlé et qui ont tendance à se multiplier. Je ferais peut-être bien de m'inquiéter : après tout, ma mère n'est pas un modèle de bonne santé mentale, et ma grand-mère est folle à lier, si j'en juge par les fureurs érotiques qu'elle déchaîne sur cette pauvre Malika. Si ça se trouve, je suis atteinte d'un trouble bipolaire ou d'un déficit neurologique – en sus de tous mes autres dysfonctionnements.

Je m'en fous : jamais l'été ne m'a trouvée plus en phase avec ses grésillements, ses stridences, ses couloirs de chaleur entre les pins, ses gifles minérales et son grand bleu. Tous les matins, dans la rosée encore tremblante, je cours jusqu'à mon nid, ma cache, la harpe d'herbes où Arcady me rejoint, quand il ne m'y attend pas déjà, couché de tout son long, le regard goguenard et pourtant impatient. En moins de temps qu'il n'en faut pour le dire, nous sommes nus dans notre Éden, et nous déchaînons l'un contre l'autre notre rage à jouir. J'ai eu raison d'attendre et de commencer par lui : personne d'autre n'aurait fait l'affaire. Je le lui dis comme je le pense, mais il dément, léger, désinvolte, inconscient :

– Mais non, tu parles ! Je connais des tas de mecs qui font ça aussi bien que moi ! C'est juste que je suis ton premier et que tu n'as pas encore de points de comparaison.

– Je veux que tu sois mon premier, mon dernier et mon seul.

– Ne t'emballe pas, Farah Facette.

– Tu ne m'as toujours pas montré de photos.

– Des photos ?

– Farah Facette ! Tu avais dit que tu me montrerais des photos !

– Ah oui, c'est vrai. Mais où est-ce que je vais pouvoir trouver ça ?

– Sur Internet !

Il me retourne un regard peiné et soupçonneux :

– Je te rappelle que les statuts de la confrérie nous interdisent d'aller sur Internet. Tu ne te connectes pas au collège, au moins ?

Moi aussi j'ai des statuts, et ils m'interdisent de proférer des mensonges. Il faut mépriser les gens pour leur mentir, et le mépris n'est pas dans ma nature.

– Ça m'arrive. Mais je te rappelle qu'on est obligés ! Pour le travail. Ce sont les profs qui veulent.

– Nous avons demandé à l'administration que les enfants de Liberty House soient dispensés : toi, Dos, Tres, Djilali...

– Ben ils s'en foutent complètement. Enfin je sais pas pour Djilali, mais au collège, ils nous traitent comme les autres.

Je me garde bien de lui parler de mes petites recherches personnelles sur les transgenres : ma franchise a des limites, et pour tout dire, elle s'accommode fort bien d'un peu de dissimulation. Arcady soupire, mais il n'a pas l'air de se scandaliser de mon aveu. Il se blottit contre moi, m'enlace, écrase son nez dans mon cou – son nez que j'adore, charnu, busqué et toujours un peu froid. Un râle ravi monte de sa gorge, il roule le *r* de mon prénom jusqu'à en faire une consonne somptueuse, impériale, munificente : farrrrah, farrrah, farrrah...

Nous roulons dans l'herbe, et tout recommence, la mêlée confuse de nos chairs ardentes, les souffles, les ahanements, les ajustements, ses mains qui m'empoignent, me hissent, me retournent, sa voix qui me dirige, et mon bonheur à obéir. Concernant ma cupule, l'inquiétude n'a pas duré, car il en a fait une base de lancement, une zone de friction qui démultiplie notre énergie, mais dans laquelle nous serions idiots de nous cantonner. J'ai fait mienne la philosophie d'Arcady : si la sexualité se résumait à la pénétration vaginale, ça se saurait. C'est même une zone très surestimée, le vagin, si j'en juge par le plaisir que je retire de toutes les pratiques extravaginales auquel m'initie mon directeur de conscience – car il a beau avoir pris en main mon éducation sexuelle, il ne cesse pas pour autant de s'occuper de mon esprit. Il s'en occupe même plus que jamais puisqu'à l'entendre, l'esprit est partout, dans chacune de mes cellules, depuis ma chevelure rebelle jusqu'aux callosités de mes talons, en passant évidemment par mes organes génitaux atrophiés – l'esprit n'est pas regardant.

Avec le temps, ma combe secrète est devenue une vraie casemate, protégée par un dais de toile qui claque au vent et nous protège du soleil. J'y entrepose de l'eau, des pêches de notre verger, et des provisions que je vole dans le cellier en profitant des absences de Fiorentina. Mais elle doit avoir une sorte de sixième sens pour les larcins, à moins qu'elle ne connaisse parfaitement l'état de ses réserves. En tout cas, elle s'est plainte de voir baisser ses stocks de Pavesini, ces biscuits piémontais dont elle se sert pour le tiramisu à l'exclusion de tout autre. Bizarre, parce que j'ai plutôt tapé dans les fruits secs. De toute façon, Arcady prétend qu'on baise mieux l'estomac vide.

– Et avec la vessie pleine. Enfin pour les filles, parce que pour les mecs c'est plus compliqué.

J'arrive donc à nos rendez-vous sans avoir mangé ni pissé. Je fais ça après, et c'est un plaisir de plus : pisser derrière la haie de noisetiers ou manger du pain rassis et des pêches trop mûres, tandis qu'Arcady me couve d'un œil énamouré, attendant le moment de retrouver le goût des fruits sur ma langue et l'acrimonie de l'urine entre mes cuisses.

– Tu es bonne, Farah, tu es trop bonne !

Parfois, nous passons la journée sous le dais frémissant, mais la plupart du temps, nous rentrons avant le déjeuner, histoire qu'Arcady voie ses ouailles et gère les affaires courantes. Notre idylle n'est pas passée inaperçue, mais à Liberty House, tout le monde couche avec tout le monde sans en faire un flanby. Il y a bien quelques exceptions, comme Fiorentina, mais pour autant que je sache, les autres vieilles maintiennent une activité sexuelle ou s'emploient à le faire croire. Et je ne parle pas des vieux, Kinbote, Orlando, qui sont persuadés d'avoir trouvé chez nous le lupanar ultime – enfin, ultime pour eux, ces égrotants en fin de vie. Bref, personne chez nous n'aurait l'idée de se formaliser de nos ébats. Je me demande même dans quelle mesure Victor, loin d'être jaloux, n'est pas secrètement soulagé de me voir dévier à mon profit un peu de l'énergie torrentielle d'Arcady. En tout cas, il me manifeste une considération nouvelle et me prodigue de petites attentions, étonnantes quand on connaît le bonhomme. Ainsi m'a-t-il dégotté la photo de Farrah Fawcett que je réclamais à Arcady. Visiblement arrachée d'un livre, elle est venue flanquer celle de Sylvester Stallone sur le mur chaulé que mes prédécesseurs avaient dévolu aux rameaux d'olivier, aux crucifix, et aux vues de Lourdes, de Fatima ou de Castel Gandolfo. Mon regard passe ainsi du magnétisme animal de l'un à la beauté canonique de l'autre, avec la mélancolie désabusée du chaînon manquant. Si on peut à la rigueur me trouver une ressemblance avec Stallone, j'ai malheureusement peu à voir avec Farrah Fawcett. Sauf qu'en fait je ne suis pas passée loin. Il suffit de regarder ma mère pour se convaincre que je n'ai pas eu de chance au tirage. Au grattage non plus d'ailleurs : à défaut des traits délicats de Bichette, j'aurais pu au moins écoper de ses yeux clairs, de sa peau parfaite, de ses seins bien galbés ou de ses chevilles déliées, racler des rogatons de sa splendeur, eh bien non, rien. Rien de mon père non plus, d'ailleurs : ni ses boucles fauves, ni ses longs cils, ni sa bouche bien ourlée. Il faut croire que je suis allée puiser ailleurs dans mon lignage, dans un capital de gènes restés en sommeil depuis des millénaires, depuis une ère préhistorique où les femmes n'avaient pas besoin de se distinguer tant que ça des hommes de la tribu – mais non, je rêve, même au pléistocène, on aurait attendu de moi que j'aie les organes génitaux de mon sexe. La question me traverse soudain de savoir jusqu'où nos ancêtres avaient poussé l'exploration en matière d'anatomie féminine. Ouvraient-ils les entrailles, ou se contentaient-ils de ce que leurs doigts pouvaient inventorier, la béance moite de la vulve, le resserrement élastique du vagin, et pour les plus chanceuses un col utérin en bonne et due forme – auquel cas mon absence d'utérus serait passée parfaitement inaperçue ? On se gargarise des progrès accomplis en matière d'imagerie médicale, mais on a tort, ou plutôt on ne pense pas assez à tous ceux qui vivraient bien mieux sans toutes ces investigations infamantes.

Tout ça m'éloigne de mon sujet, à savoir que ma mère ressemble à Farrah Fawcett, en moins athlétique, en moins radieux, en moins américaine. Leurs sourires ont la même perfection étincelante, et leurs cheveux le même blond argenté. Je dois toutefois préciser que ceux de ma mère sont d'une frisure tellement serrée qu'il est impossible d'en faire quoi que ce soit et qu'elle a opté depuis longtemps pour un afro nébuleux. Comme par ailleurs la nacre serrée de sa peau bronze vite et bien, on peut se demander dans quelle mesure Kirsten n'a pas fait des infidélités à son mari, tout aussi rose et blond qu'elle. Kirsten, bien sûr, jure ses grands dieux qu'il n'y a eu qu'un homme dans sa vie, et que c'était d'ailleurs un de trop, mais il n'empêche : Bichette a des cheveux de Noire, et un teint qui laisse planer le doute – mais comme elle se protège des UV comme du reste, le stress électromagnétique, les parabènes, les phtalates, et j'en passe, elle est plus blanche que bien des Blanches, à commencer par sa mère et sa fille, qui se laissent l'une et l'autre boucaner par le soleil.

Car c'est au soleil que je retrouve mon amant et au soleil que nous nous aimons tant que la chaleur reste supportable. Ensuite, nous nous replions sous le baldaquin qu'il a tendu pour moi au-dessus des avoines folles, profitant du tronc dru des noisetiers pour y crocheter ses cordons de soie torsadée. *Ici commence le court bonheur de ma vie...* Non, c'est faux : le bonheur a commencé avant. C'est après que ça s'est gâté. Mais de mon arrivée à Liberty House jusqu'à l'été de mes quinze ans, j'ai été heureuse, bien sûr. Heureuse de grandir dans une communauté d'adultes aimants ; heureuse d'habiter un palazzo, un peu vétuste mais tellement plus romanesque que les pavillons ou les apparts des autres ; heureuse de régner sans partage sur mes hectares de pinède, ma châtaigneraie, mes prés, mes sentiers ombragés, mon peuple de poules, de chats, et de geais bleus – sans compter les mares pullulant de tritons, les terriers de renardeaux, les cabanes à la fourche des arbres, les clarines résonnant d'une vallée à l'autre, me donnant tantôt la paix, tantôt l'exaltation – soit très exactement ce qu'il faut à une âme d'enfant.

Dans sa grande perspicacité, Arcady a saisi le moment très exact où mon royaume risquait de ne plus me suffire pour y déchaîner l'orage tant attendu, la passion orgiaque, le grand chambardement. Je suis insatiable, mais il ne l'est pas moins, et c'est bon, de sentir son amour, son désir, sa juste appréciation de ce que je suis, en dépit de mon intersexuation, de ma gueule à la Stallone, et de mes rêves à la Farrah Fawcett. Ma mère aussi a dû sentir l'amour et le désir, tels qu'ils flottent autour de moi quand je remonte de ma combe, essoufflée, en nage, toutes les zones tendres de mon corps irritées par les mordillements d'Arcady, les frottements de sa barbe dure, le sperme séchant par plaques dans mon cou ou entre mes cuisses. Elle me regarde avec une curiosité nouvelle et m'interroge avec une candeur brutale :

– C'est bien avec Arcady ? Tu aimes ce qu'il te fait ?

Je suis habituée à la candeur comme à la brutalité, surtout chez mes pauvres parents, qui ont vingt ans d'âge mental à eux deux ; je suis habituée aussi à n'avoir de secret pour personne, et à ce que personne n'en ait pour moi dans la maison de verre où j'ai grandi, mais je n'ai pas forcément envie que ma vie sexuelle soit un sujet de conversation. A fortiori avec ma mère, dont la sexualité se borne à subir celle de mon père, à endurer ses assauts fougueux, ses baisers passionnés, et l'introduction furtive, concédée en fin d'acte, de son membre impatient. Car la vie est mal faite, et les couples mal assortis : ma mère, qui s'accommoderait très bien d'un partenaire comme Victor, aux érections rares et mollissantes, se retrouve avec mon père, qui la presse et la harcèle pour qu'elle consente à lui ouvrir les cuisses. C'est la seule ombre au tableau, car ils s'entendent sur tout le reste et font preuve d'une communauté de vue presque consanguine – et je tiens peut-être là l'explication de mes tares physiques : ils se ressemblaient trop pour s'accoupler.

Juchée sur l'un de nos murs d'enceinte, un muret plutôt, tout en pierres sèches et lézards fuyants, ma mère tire sur une petite cigarette fripée. Je ne sais pas ce qu'elle fume et je la soupçonne de ne pas le savoir non plus : c'est mon père qui lui roule ses clopes et qui en profite pour lui refourguer des mélanges d'herbes de son cru. Depuis peu, il a flanqué ses serres et son potager d'un petit jardin aromatique dans lequel il expérimente furieusement. Comme d'autres cherchent la pierre philosophale, peut-être ambitionne-t-il de découvrir la substance aphrodisiaque suprême, celle qui fera de son épouse une amante enfin furieuse et déchaînée. En attendant, ma mère semble constamment dans un état second, une perplexité rêveuse et amène, pas très éloignée de son état normal mais deux crans plus avant dans le détachement.

– Tu vois Farah, je voudrais te dire quelque chose...

Je la regarde avec espoir, cette mère qui ne dit jamais rien, cette mère qu'il faut protéger de tout, cette mère qui ne connaît de désir que celui qu'elle inspire depuis toujours, parce qu'elle est idéalement belle.

– Oui ?

Elle peine à poursuivre, tire sur sa cigarette et regarde autour d'elle comme si les buissons de lavande et de romarin pouvaient lui inspirer un petit laïus maternel. Autour de nous, le paysage bourdonne comme une ruche sous l'implacable soleil de midi. Le gong ne va pas tarder à résonner, nous invitant à rejoindre la table dressée sur la terrasse. Ma mère est bien capable de saisir ce prétexte pour se dérober et sauter à bas de son mur de pierres sèches avant de m'avoir délivré son message. Or, j'ai plus que jamais besoin d'un peu de sagesse maternelle, d'une incitation à grandir, de conseils pour trouver ma voie, une voie qui s'annonce plus étroite et plus escarpée que pour la moyenne des gens.

– Je me suis dit qu'il était temps que je te parle...

Oui, je suis bien d'accord, il est plus que temps, vu qu'elle ne m'a jamais parlé de sa vie, et je n'exagère pas. Autant mon père et ma grand-mère m'ont parfois prise à part pour me communiquer leurs idées sur tout, autant ma mère s'est tenue à l'écart de ce qui pouvait ressembler à mon éducation. Elle a déclaré forfait dès ma naissance, déléguant à d'autres le soin de me nourrir, de me laver, de m'habiller, de me distraire et de m'édifier. Je m'en voudrais pourtant de noircir le tableau, car elle y a toujours figuré : ange à l'arrière-plan, lévitant dans un azur poudreux, brandissant ses rameaux tutélaires et souriant avec bénignité.

L'heure tourne. Des odeurs de cuisine nous parviennent : du beurre, de la sauge – Fiorentina a dû faire ses gnocchis. Ma mère écrase sa cigarette entre deux pierres et en récupère soigneusement le mégot. Un coup de vent soulève le merveilleux nuage de sa chevelure cendrée, et un sourire mélancolique vient creuser sa joue d'une fossette duveteuse. Sans doute se moque-t-elle d'elle-même et de son inaptitude à la conversation, fût-ce la plus anodine. Sauf que là, c'est tout sauf anodin : ma mère va enfin me dire comment négocier le virage de l'adolescence ! Après tout, elle a bien dû le prendre, elle aussi ? Je me suis même laissé dire que ça n'avait pas été simple pour elle, avec ma grand-mère LGBT qui essayait de la jeter dans les bras de ses copines, tout en lui faisant courir les castings, histoire de monnayer son incroyable beauté. Pas étonnant qu'elle se soit réfugiée dans l'amour de mon père, dès que possible, dès leur rencontre dans un summer camp où ils étaient tous les deux censés apprendre l'anglais et fréquenter d'autres enfants de riches.

Ma mère soupire, s'étire, et se laisse glisser de son muret, comme je le redoutais. Ses yeux cherchent les miens, opales un peu laiteuses sous la frange des cils, inespérément noirs et denses.

– Mais tu vois, j'ai beau réfléchir, je ne vois vraiment pas ce que je pourrais bien te dire. Je t'assure que j'aimerais... te parler, tout ça, mais rien ne vient...

Je puise dans sa déception la force de dissimuler la mienne. C'est vrai, quoi, je vois bien qu'elle est désolée pour moi, et je suis sûre qu'elle s'est battu les flancs pour trouver un petit quelque chose à me transmettre. Ai-je dit que ma mère était très bête ? Non ? Eh bien c'est un fait connu. Elle et mon père sont des simples d'esprit, de quasi-demeurés. Elle a rencontré autant de difficultés que lui dans les apprentissages les plus simples, ne devant son passage dans les classes supérieures qu'à sa gentillesse et à son mutisme. Les profs lui étaient reconnaissants de ne jamais faire de vagues, d'être sérieuse, docile, appliquée – quand bien même elle ne tirait aucun profit de leur enseignement. Elle a raté son bac deux fois avant de jeter l'éponge. Après tout, elle gagnait déjà somptueusement sa vie comme mannequin, compensant la modestie de son mètre soixante-huit par sa grâce hors du commun, la perfection de ses traits, et la subtile déclinaison de ses coloris, bleu épi de lavande, vert de l'huître ou de l'amande, nacre de fonds sous-marins, douceur de coulemelle à la lisière du bois. Comment vouloir du mal à Bichette ou lui en dire ? Je rengaine ma frustration et lui emboîte le pas, méditant ce petit intermède. J'ai eu tort de m'attendre à quoi que ce soit de la part d'une mère qui n'a pas la première idée de qui elle peut bien être. Non qu'elle soit seule dans ce cas. À vue de nez, j'ai même l'impression que l'humanité se divise en deux : ceux qui se connaissent, et les autres. Dans cette dernière catégorie, je range évidemment et sans conteste possible mes parents, mais aussi ma grand-mère, Malika, Salo, Epifanio ou Teresa – Dolores semblant inexplicablement mieux lotie que sa jumelle sous le rapport du jugement et de la lucidité. Djilali est encore trop jeune pour que je puisse évaluer la façon dont il se comprend lui-même, mais quelque chose me dit qu'on pourra le compter au nombre des individus qui dirigent leur vie au lieu de la subir, fort de la sagesse qu'on gagne à vivre dans la folie des autres, ce qui est le lot des enfants en général et de Djilali en particulier. Vous me voyez venir : rien de tel qu'une enfance compliquée pour vous ôter le goût des complications.

Tout en me resservant de gnocchis, je jauge mes compagnons, et m'efforce de remplir l'autre colonne de mon tableau imaginaire. S'il n'y a aucune hésitation à avoir pour Arcady et Fiorentina, je suis beaucoup plus dubitative en ce qui concerne Victor, Dadah, Nelly, ou Daniel, dont le bon sens connaît des éclipses, voire des zones d'ombre permanentes. On pourrait induire de ma petite estimation que ceux qui passent à côté d'eux-mêmes sont largement majoritaires, mais je tiens à pondérer ces chiffres démoralisants, car c'est l'un des effets pervers de notre utopie collective que de concentrer les défaillances et les inaptitudes. Le reste de l'humanité s'en sort peut-être mieux.

La main d'Arcady cherche mes cuisses, ses doigts y suivent la trace crénelée de mes brûlures, remontent jusqu'à l'ourlet de mon short, caressent furtivement ma toison, avant de revenir tâtonner sur la table, à la recherche du ramequin de parmesan – même si Fiorentina considère comme un péché de mettre du fromage sur ses gnocchis au beurre de sauge. Dommage que je sois à côté de lui et non en face : j'aime le voir affairé, occupé à d'autres, conversant avec ses voisins, mais me jetant de loin en loin un regard complice. Manque de pot, c'est Victor qui me fait vis-à-vis, décati, léonin, l'appétit pas le moins du monde coupé par les infidélités que lui fait son amant. S'empiffrer constitue peut-être sa manière de me signifier que je ne suis qu'un menu fretin dans leur longue histoire d'amour.

Attrapant un gressin à mon tour, j'entreprends de le manger de façon suggestive, rentrant les joues, émettant des bruits de succion, et me pourléchant les lèvres, histoire de rappeler à Victor à quel point c'est bon de prendre en bouche un sexe turgide et rigide – encore que le calibre du gressin soit sans rapport avec la largeur du membre d'Arcady. Tout le monde me regarde, mais je persiste dans ma pantomime, jusqu'à ce que le gressin se trouve entièrement englouti dans ma bouche tendre. Et là, hop, je l'avale d'un coup de glotte et avec un soupir de satisfaction. Voilà, c'est fini. Jusqu'à la prochaine fois. Jusqu'à ce que l'aube nous trouve, Arcady et moi, étendus sous le baldaquin malmené par les bourrasques, sa bite sur ma langue, ses doigts dans ma cupule, et nos cœurs à l'unisson – à l'unisson aussi avec la pulsation de l'été dans la pierre chauffée à blanc, dans les herbes grillées à mort, et au plus haut des cieux, amen.

18. Une angoisse sans remède

Mes rendez-vous sous le baldaquin et la tendre sollicitude d'Arcady ne doivent pas m'éloigner de mon objectif. C'est bien joli de se faire lutiner, mais je n'aurai pas toujours la chance de tomber sur des amoureux omnivores et pas regardants : si je veux une suite à ce bel été, je dois déterminer si je suis une fille ou un garçon au lieu de rester dans l'indétermination à laquelle mon corps incline irrésistiblement.

Interrogée, ma grand-mère LGBT se montre catégorique : 15 % de la population mondiale présente un certain degré d'intersexuation. Bon, en même temps c'est ma grand-mère, et elle a toujours eu tendance à tordre la vérité dans le sens de ses intérêts communautaristes, alors je ne vais pas tabler sur ses assertions pour me résigner à mon entre-deux. N'empêche que si je rapproche son chiffre de mes statistiques personnelles et de mes deux colonnes imaginaires, ça fait beaucoup de gens qui vivent dans la confusion et l'ignorance de leur nature profonde – pas question que j'aille grossir leurs rangs. D'autant que si je continue à me sentir fille, je me fais de plus en plus souvent appeler « jeune homme » ou « monsieur ». Il faut dire que mes seins naissants se sont inexplicablement rétractés après des débuts prometteurs, et qu'extérieurement il n'y aurait guère que mes choix vestimentaires pour signaler mon appartenance au genre féminin. Comme je vis en jean, short, tee-shirt et baskets, ça n'aide pas à la distinction.

J'accepterais d'être un garçon si j'avais le début d'une idée de ce que ça veut dire, mais ce n'est pas le cas. Comme il s'agit quand même d'opérer un choix crucial et que j'ai tout l'été devant moi, je décide de me lancer dans une grande enquête. Après tout, à Liberty House, je dispose à la fois d'un fonds documentaire exceptionnel, d'une maison hantée par des jeunes filles en uniforme, et de colocataires des deux sexes, tout disposés à remplir mon questionnaire – puisque tel va être mon mode d'investigation. Aux heures les plus chaudes, je me retire donc dans la bibliothèque, qui est aussi le petit salon – petitesse toute relative, puisqu'il s'agit d'une pièce de quatre-vingt-dix mètres carrés, soit la surface moyenne des logements en France. Mais avant de lancer contre nous une procédure de réquisition, qu'on se rappelle que Liberty House compte une trentaine de résidents permanents et qu'il faut ce qu'il faut pour loger tout ce monde. Cela dit, à part Victor, Djilali et moi, personne ne va jamais dans la bibliothèque. Tant mieux : j'y serai plus tranquille pour mener mes recherches.

Un inventaire rapide de nos rayonnages m'amène à un premier constat : notre *Encyclopédie de la femme et de la famille* ne traite pas la question de l'homme. On m'objectera que vu son titre, j'aurais pu m'y attendre, mais justement non : dix-huit volumes, ça laisse théoriquement toute latitude d'aborder le sujet, ne serait-ce qu'à l'occasion du chapitre consacré à la reproduction. Or, il n'y a rien, et vu que j'ai déjà passé des heures à méditer sombrement sur des coupes sagittales d'organes génitaux féminins, je crois que je peux remiser les dix-huit tomes reliés plein cuir à leur place habituelle, à côté de *L'Histoire naturelle* de Buffon – dont j'ai pris l'habitude de consulter les planches entomologiques et ornithologiques, pour distinguer un passereau d'un autre, et identifier mes papillons sans risque d'erreur. J'attendais beaucoup de l'*Histoire naturelle de l'homme,* et du *Traité de l'amant,* mais il s'avère que leur couverture en maroquin rouge à triple filet doré ne contient pas d'informations plus utiles que l'*Encyclopédie de la femme* – sans compter que le *Traité de l'amant* est en fait un *Traité de l'aimant,* et que je n'ai aucune envie de m'intéresser à la magnétite ou aux oxydes de fer. Bref, je peux rester là pour le plaisir, d'autant que la bibliothèque est l'une des pièces les plus confortables de la maison, mais si je veux faire avancer mes recherches, je ferais mieux d'aller sur le terrain, carnet en main.

Comme j'ai décidé d'exclure provisoirement les gouines et les pédés de mon étude, ça ne laisse pas grand monde dans mon entourage immédiat. Entendons-nous bien, les homos ont sûrement des choses à dire sur le sexe et sur le genre, mais ils risqueraient de fausser mon enquête. J'entreprends donc Fiorentina dans sa cuisine. Quelque chose me dit qu'elle doit avoir les idées claires sur sa propre féminité, et ce d'autant mieux qu'elle n'a plus d'activité sexuelle depuis longtemps. Aucun nuage de fumée romantique n'est susceptible de s'interposer entre elle et la vérité. Elle m'accueille à sa façon habituelle, un torchon jeté sur l'épaule et les mains nouées autour d'un panier à salade plein de haricots verts.

– C'est pour le minestrone : tu m'aides ?

Tandis que nous équeutons de concert les haricots qu'elle a cueillis le matin même, j'attaque, bille en tête :

– Ça veut dire quoi pour toi, être une femme ?

J'ai bien envisagé des questions plus subtiles, mais la subtilité n'est pas de mise avec Fiorentina.

– *Lavorare. Sempre lavorare.*

Tiens. C'est bizarre comme réponse. Bizarre aussi qu'elle la formule en italien, elle qui en réserve les roucoulements à sa famille piémontaise. Comme son tas de haricots équeutés est déjà trois fois plus gros que le mien, je me concentre sur ma tâche et rengaine mes objections : avec Fiorentina, mieux vaut être diligent et silencieux. N'empêche que c'est n'importe quoi. Dadah, Malika ou Bichette, pour m'en tenir aux femmes que je connais le mieux, n'ont jamais travaillé de leur vie. Avec un soupir d'impatience, Fiorentina fait glisser vers elle une partie de mes haricots, qu'elle se met à décapiter avec une rapidité féerique. Une fois sa tâche expédiée, elle entreprend d'égoutter les borlotti mis à tremper depuis la veille, tout en me désignant une botte de basilic frais. Ça sent bon, dans sa cuisine, et il y règne cette atmosphère d'efficacité sereine que j'ai appris à associer avec le bonheur.

– Tu rêves ?

Oui, c'est très exactement ce que je suis en train de faire, à moitié infusée dans ma langueur postcoïtale et les vapeurs odorantes du minestrone. Rester là. Ne jamais sortir de cette cuisine. Ne jamais me séparer des gens qui savent qui ils sont et ce qu'ils ont à faire – mais ne pas en attendre de miracle non plus : Fiorentina n'a rien à m'apprendre sur la féminité. Du coup, je passe à Jewel – dont j'ai peu parlé jusqu'ici, mais qui mérite amplement son petit développement personnel, encore qu'il n'y ait rien chez elle de nature à frapper les esprits. Jewel a entre trente-cinq et cinquante ans, une chevelure dont le blond grisonne en dépit des décoctions de camomille dont elle la rince consciencieusement, des yeux qu'elle surligne de noir, et des bras d'ex-junkie, piquetés d'anciennes cicatrices et de plaies punctiformes qui ne cicatriseront jamais. Plus discrète que la plupart des sociétaires sur sa vie sexuelle, elle a néanmoins des amants réguliers qui la rendent régulièrement malheureuse.

Jewel se définit comme artiste à son compte, mais à ma connaissance elle n'a jamais vendu le moindre dessin ou la moindre toile, en dépit de leur beauté singulière. Victor n'a pas de mots assez durs pour qualifier sa production, mais cette dureté en dit plus sur lui que sur elle : il est tout simplement incapable de reconnaître un talent qui n'a pas été adoubé ni patiné par le temps; incapable d'être ravi, comme je le suis, par ses pastels poudreux, ses encres de Chine obsessionnelles, et ses autoportraits saisissants, il s'en tient à ses goûts séculaires, et c'est tant pis pour lui. Je débusque donc Jewel dans son petit atelier sous les toits, une pièce aux antipodes de la vaste cuisine de Fiorentina, qui donne à la fois sur le cellier, sur le grand salon et sur le parc.

– Ça va?
– Mais oui, et toi?
– Tu peins quoi?

– Des oies.
– Ah bon. Les nôtres?
– Ben oui. Tant qu'à faire.

Le moins qu'on puisse dire, c'est que Jewel ne nous a pas habitués à la peinture animalière. Ses dessins mêlent corpuscules multicolores, seringues et crânes stylisés, graduations énigmatiques, et griffonnages rageurs, généralement des noms de médocs mis bout à bout, *noctamidepimoziderivotrilmirtazapine*, ou des pense-bêtes aussi lapidaires qu'obscurs, *prend ta douche, rappelé samia, merde à que, faire le sor, ne pas tuez*... Les œuvres de Jewel sentent la schizophrénie à plein nez, mais les oies me semblent témoigner d'un fragile retour à la santé mentale. En tout cas, ce sont bien les nôtres, je les reconnais, traversant nos allées gravillonnées en direction du verger, et je n'ai pas à me forcer pour les formulations appréciatives :
– J'aime beaucoup. Ça change.
– Ah oui?
– Oui, je t'assure, c'est super-beau.

Comme je ne suis pas là pour jouer les critiques d'art, j'embraye sur mon sujet :
– C'est quoi pour toi, être une femme?

Jewel me retourne un regard tragique et j'entrevois fugitivement sa beauté bazardée, l'exotisme de ses pommettes derrière leur bouffissure, le dessin voluptueux de ses lèvres en dépit de leur affaissement, le reflet lointain de son œil d'or sous la paupière flétrie. Elle me répond avec une sorte de ferveur sauvage, comme si ma question l'arrachait à sa stupeur ordinaire :

– La femme, c'est la générosité, c'est le don! Aucun homme n'est capable de donner autant qu'une femme!

Elle en tremble presque, de sa réponse; de sa vision d'un monde où des femmes éperdues prodigueraient follement leur amour, leur temps, leur corps, leur argent... Apparemment, j'ai soulevé un sujet sensible et inspirant, car la voici lancée dans un lamento amer :

– Tu peux pas imaginer ce que j'ai fait, et tout ce que j'ai sacrifié, moi, pour les hommes! Tout, je donnais tout à chaque fois! Et à chaque fois, ils m'ont trahie! Pas un pour rattraper l'autre! Et quand j'étais dans la merde, ah, alors là!...

Elle laisse sa phrase en suspens, mais j'imagine très bien. La merde, c'est au moins autant son rayon que l'ingratitude masculine. N'empêche que tout ça ne m'avance pas beaucoup : je serais tout à fait disposée à admettre que la femme, c'est la générosité, si je ne vivais pas entourée de vivants contre-exemples, à commencer par ma grand-mère, cette égoïste de première – sans compter qu'il y a Arcady.

– Et Arcady?

– Quoi, Arcady?

– Ben, c'est un homme, et il est généreux, lui.

C'est même à la générosité d'Arcady que Jewel doit d'avoir trouvé un toit, car ce n'est pas avec sa seule allocation d'adulte handicapé qu'elle pourrait assurer sa subsistance. Contrairement à la volonté de Victor, qui fustige les parasites et entend vouer Liberty House aux douairières, aux magnats et aux rentiers, Arcady maintient vaille que vaille entre nos murs son petit quota d'inadaptés sociaux économiquement faibles. Jewel ne trouve rien à objecter à mon objection, et sa ferveur retombe, tout comme mon intérêt : elle ne détient pas plus la clef de la féminité que Fiorentina dans sa cuisine. C'est même à vous décourager de mener des entretiens.

Du coup, je la laisse à ses oies, et regagne la bibliothèque, histoire de méditer un peu mon *modus operandi*. Il faut clairement que j'affûte mon questionnaire si je ne veux pas que les gens me racontent leur vie. J'ai besoin de critères, de signes distinctifs, pas des lamentations des uns et des autres. J'en suis là de mes réflexions quand Victor fait son entrée dans le petit salon. Clopinant, ahanant, pilonnant de sa canne à pommeau sur nos tapis d'Aubusson, le voici enfin devant moi.

– Tu cherches de la lecture ?

Oui, c'est très exactement ce que je fais : si mes contemporains ne peuvent pas m'éclairer, je peux toujours remonter le temps en quête de lumières plus anciennes – mais pas inactuelles pour autant. Après tout, l'homme et la femme sont une très vieille histoire, et je suis bien placée pour le savoir, moi qui vis au jardin d'Éden, entourée d'adultes qui se réclament de l'adamisme, entre autres doctrines séculaires. Je bougonne une vague réponse rébarbative à l'intention de Victor, mais il reste là avec sa panse flasque, campé sur ses jambes tremblantes et sa canne d'ébène, à observer mes moindres mouvements. À croire qu'il n'a rien d'autre à faire, et c'est sans doute le cas : il a beau vitupérer contre les parasites, il est lui-même un bel exemple d'oisiveté et d'improductivité masculines.

– Si tu ne sais pas que lire, je peux te donner quelques conseils.

Ça, pour les conseils, il n'est pas le dernier. C'est même sur ce mode-là qu'il s'exprime le plus volontiers, comme s'il pouvait se targuer d'une réussite existentielle telle qu'elle lui donne le droit d'infléchir la vie des autres à coups de sentences et de suggestions pontifiantes. Eh bien non, désolée : Victor ne m'a jamais inspiré le désir de faire comme lui ni de lui ressembler. Pour m'en débarrasser, je finis par lui cracher que je voudrais en savoir plus sur les hommes et les femmes, et que nos encyclopédies ne comportent pas grand-chose à ce sujet. Que n'ai-je pas dit ! S'affalant dans le fauteuil qui me fait face et tamponnant son large front moite de sa pochette armoriée, il se lance dans une énième harangue. J'en ai marre. Qu'il se taise. Je suis venue ici pour réfléchir tranquillement et pêcher çà et là quelques bouquins sur la question du genre, pas pour écouter son discours numéro cent soixante-sept.

– Si tu veux comprendre les différences homme-femme, il ne faut surtout pas lire d'essais sur la question, non, surtout pas ! Va à la source ! Lis de la littérature masculine et de la littérature féminine ! Pénètre leur psychisme, et livre-toi à une étude comparative ! Les romans, la poésie, le théâtre, c'est quand même un bon moyen de connaître des tas de gens, les auteurs, de façon très intime, et sans tout le tralala social qui brouille un peu les cartes.

Je souffle, sans conviction, et découragée d'avance par l'ampleur de la tâche. J'aime lire, c'est entendu, mais en ce moment, j'ai autre chose à faire. Baiser, par exemple. Comme mon amant est aussi celui de mon interlocuteur, je me garde bien d'avancer cette objection et je l'écoute développer sa thèse. À l'entendre, à la fin de mon été studieux, et à condition d'avoir prélevé dans notre bibliothèque un échantillon suffisamment représentatif de la littérature mondiale, je saurai comment fonctionnent les hommes et les femmes de tous les temps et de tous les pays ; je connaîtrai leurs goûts, leurs obsessions et leurs angoisses respectifs. Je sens bien d'ailleurs que, pour Victor, l'affaire est entendue : hommes et femmes ne pensent ni n'écrivent pareil. Enchanté de lui-même et de son idée, il se hisse hors du fauteuil et me guide jusqu'à un pan de mur épargné par les reliures décoratives qu'Arcady achète au mètre. De sa canne, il déloge certains livres et les fait tomber sur le tapis, où ils atterrissent avec un bruit engageant et feutré.

— Tiens, ça! Et ça aussi, ça peut te donner une idée! Ah! *Guerre et paix*, parfait, *Guerre et paix*! Tu te lis *Guerre et paix*, et après tu enchaînes sur *Raison et sentiments*. Où est-il? On l'a, j'en suis sûr : on a tout Jane Austen! Regarde, rien que les titres sont tout un programme : seul un homme pouvait écrire *Guerre et paix*, et seule une femme pouvait écrire *Raison et sentiments*!

Je crois distinguer un soupçon de malignité dans son rire satisfait, mais j'empile docilement les ouvrages sélectionnés par la canne de Victor. *Les Châtiments*, *La Peau*, *Le Bruit et la Fureur*, *L'Homme sans qualités*, *L'Odyssée*, *La Montagne magique*, *Voyage au bout de la nuit*, *Les Fleurs du mal*... Très vite, la pile des hommes menace de s'écrouler tandis que celle des femmes peine à s'élever, ce que Victor ne manque pas de souligner d'un nouveau ricanement :

— Eh oui, c'est un peu le problème : les femmes sont infiniment moins créatives que les hommes. Tu vas avoir du mal à trouver de bons livres dont les auteurs soient des femmes.

— *La Princesse de Clèves*?

— Aucun intérêt. Aucun souffle. Un manuel de savoir-vivre, tout au plus.

Ah bon. On m'a toujours vendu le truc comme un chef-d'œuvre, mais j'ai appris à me méfier des enthousiasmes des enseignants : à les suivre, on se retrouve à ne lire que des histoires de femmes mal mariées et qui meurent, des Présidentes de Tourvel, des Emma, des Gervaise, des Jeanne... Je l'ai fait parce que je suis une élève sérieuse, mais on ne m'y reprendra plus. À contrecœur, je cale *L'Homme sans qualités* et *La Chartreuse de Parme* sous mon bras droit, *Raison et sentiments* et *La Traversée des apparences* sous l'autre. Je vais m'en tenir là pour le moment – sans pour autant abandonner ma grande enquête sociologique.

Le jour même, je livre à Daniel mon petit bilan d'étape. Il faut savoir que j'ai associé Daniel à mes recherches dès le départ, en dépit ou en raison du fait qu'il est tout aussi intersexué que moi. Avec le temps, j'ai appris à voir en lui un interlocuteur averti et fiable, et même une sorte d'ami. Sans compter qu'il m'a récemment introduite dans le monde de la nuit et que je sens bien qu'il y a là une place pour mon androgynie, une niche dont personne ne viendra me déloger sous prétexte que mon cas est indécidable.

Pour le moment, je lis *L'Homme sans qualités*, auquel je ne comprends pas grand-chose mais qui me plaît quand même. En digne filleul de Victor, et quoi que ça veuille dire, Daniel est un bon lecteur, mais il n'a pas grand-chose à me dire sur Musil.

– C'est plutôt chiant, non ?
– Détrompe-toi. Il faut juste sauter des pages et avancer. Mais regarde, j'ai trouvé un passage qui parle de nous : *Qu'on se figure un chat-huant qui ne sait pas s'il est un chat ou un hibou, un être qui n'a aucune idée de soi-même, et l'on comprendra que ses propres ailes, en certaines circonstances, puissent lui inspirer une angoisse sans remède.*
– Une angoisse sans remède. T'as raison : c'est nous.

Comme pour lui donner raison, l'un de nos chats vient se jucher sur le muret au pied duquel nous sommes venus fumer les cigarettes aromatiques et thérapeutiques de mon père. C'est Neunœil, un matou borgne et centenaire – si on raisonne en années humaines. Le poil ébouriffé et mité par endroits, la moustache en berne, son mauvais œil clos sous une taie chassieuse, Neunœil n'en exsude pas moins la satisfaction d'être lui, à mille lieues des doutes qui traversent les créatures hybrides dans mon genre et dans celui de Daniel. Sauf que, précisément, ni lui ni moi n'avons de genre attitré et que c'est bien le problème.

– Non mais sérieux, qu'est-ce qu'il faut que je sois, à ton avis : une fille ou un garçon ?
– T'as de plus en plus l'air d'être un garçon, je trouve.
– J'ai pas de zboubou, je te signale.
– Ça peut s'arranger.

– Et j'ai des ovaires.
– Ça existe, ça, les ovaires ?
– Ben oui ! C'est pas parce que ça se voit pas que ça n'existe pas !
– Moi, ce que je te dis, c'est pour t'aider : tu ressembles plus à un mec qu'à une meuf.
– Oui, mais moi, je préfère les meufs.
– Raison de plus pour être un gars : tu pourras pécho des meufs !
– Je veux pas les pécho : je veux être elles !
– Ben tu vois, tu me demandes mon avis, mais en fait, t'as déjà choisi.

Il n'a pas tort. J'ai beau avoir des muscles, des poils, et un début de pomme d'Adam, je continue à penser à moi en tant que fille, et à rêver d'un rétro-pédalage de ma puberté, hop, un coup de volant en sens inverse, une involution de mes bulbes pileux, une fonte de ma musculature, une érosion de mes maxillaires, au profit de formes plus douces, d'une peau plus veloutée, d'une voix moins grave – processus que je ne manquerai pas d'accompagner de menus changements vestimentaires, rien de trop, faut pas déconner – mais quand même. Voluptueusement affalé, Neunœil nous couve de son air de monarque, et agite une patte indulgente et molle dans notre direction, histoire de nous signifier que nous pouvons continuer à bavarder comme bon nous semble, à condition de ne pas troubler la séance d'héliothérapie qu'il fait tous les jours à cette heure-ci sur son muret. Faute de tirer quoi que ce soit de concluant de qui que ce soit, les vivants comme les morts, les Fiorentina comme les Virginia Woolf, les Daniel comme les Robert Musil, je m'allonge dans l'herbe que l'été a déjà bien desséchée et clairsemée.

— Tu veux pas qu'on sorte ?
— Ce soir ?
— Ouais. On peut aller aux Tamaris : y'a une soirée lesbienne.
— Un truc donc je suis bien sûre, c'est que je suis pas lesbienne. Soit je suis un mec et je suis pédé, soit je suis une meuf et je suis hétéro.
— Mais pourquoi tu clives, comme ça ? C'est pénible.
— Parce que les soirées lesbiennes, c'est pas clivant, peut-être ?

Tout d'un coup, je suis fatiguée de Daniel, et je reprends ostensiblement le premier tome de *L'Homme sans qualités,* neuf cents pages gondolées par la rosée et cornées à de multiples reprises – histoire de lui signifier mon envie de rester seule. Mais au lieu de me laisser tranquille, il s'allonge à son tour, la tête sur mon ventre, et me relance :

— C'est O.K. ? Tu te fais belle et on y va ?
— J'ai pas le droit d'être moche ?
— Farah...
— O.K. pour ta soirée lesbienne. Mais je reste comme je suis.

– Tu te feras refouler si t'es pas lookée.
– La dernière fois je suis passée crème.
– La dernière fois t'avais une jupe super-courte et une brassière de ouf. M'étonne que t'es passée crème !
– Ouais, ben là j'suis pas en jupe.

Daniel et moi passons d'ordinaire un temps fou à parler fringues et à épiloguer sur nos tenues respectives, mais là, désolée, tout d'un coup, je n'ai plus envie de rien, juste qu'on me laisse tranquille sous le haut patronage de Musil et Neunœil. Daniel finit par le comprendre et s'en va sur la promesse que je viendrai à sa soirée *Wet for me* – comme si je pouvais mouiller pour quelqu'un d'autre qu'Arcady, et en plus les filles ne m'excitent pas tant que ça, et c'est ce que je me tue à expliquer à Daniel : je les aime, et tant qu'à choisir, je veux en être une, mais je ne les désire pas. Ou alors d'un désir qui reste coincé derrière mes globes oculaires, sans descendre plus bas, ni dans ma bouche ni dans ma poitrine, et encore moins dans mon ventre ou entre mes cuisses.

Le soir venu, j'enfile un smoking qui a appartenu à Kirsten, comme quatre-vingts pour cent de mes fringues. Sur les conseils de Malika, je tente un trait d'eye-liner avant de l'effacer furieusement. Il y a des filles, et sans doute des garçons, que le maquillage embellit. Je n'en fais pas partie : l'eye-liner ne fait que rendre mon regard plus triste et plus clownesque. Faute de mieux, je plaque mes cheveux avec du gel, moyennant quoi je ressemble plus que jamais à Sylvester Stallone.

Je descends nos trois étages en glissant à toute vitesse sur la rampe lustrée, histoire d'emmagasiner entre mes cuisses un peu de l'énergie rémanente de toutes les filles qui m'y ont précédée, un peu de leur effervescence hormonale, un peu de leur impatience à chevaucher d'autres montures que ce bois sombre et verni. La rampe me catapulte dans le grand hall, sous les yeux ébahis de Daniel, que j'apostrophe vertement :

— T'es vraiment un enculé !

— Pourquoi ?

— Tu m'as dit de faire des efforts de toilette, mais toi...

— Quoi, moi ? Je suis pas beau ?

— C'est pas ça, mais t'as fait le minimum, quoi. À côté, j'ai l'air endimanchée.

De fait, il est en short et tee-shirt — un short bicolore, comme une sorte de tranche napolitaine : une jambe verte et l'autre rose. Bon, d'accord, pour la tranche napolitaine, il manque une couleur, mais comme il porte aussi des mitaines jaune citron, le compte y est. En dépit de sa tenue ridicule, il me dévisage avec un air de triomphe :

— Tu reconnais ?

— Je suis censée reconnaître ?

— Euh... non, pas vraiment. Mais je vais te montrer.

Nous roulons dans la nuit tiède, jusqu'à apercevoir les lumières de la ville. Daniel gare sa 125 sur un parking quasi désert, et extirpe de sa poche un objet oblong que je ne tarde pas à identifier comme un téléphone portable.

– T'en as un ? Mais on n'a pas le droit !

– Je sais : qu'est-ce que tu crois ! Mais bon, c'est pas comme si j'avais choisi de pas en avoir, hein ! C'est pas ma faute si je suis venu vivre avec Victor et Arcady. Je dis pas que je les aime pas, ils sont super, et j'aime bien la baraque, tout ça, mais ne pas avoir de portable, c'est abuser, quand même ! Tout le monde en a à part nous !

– C'est un smartphone ?

– Ouais. Attends, je me connecte.

En moins de temps qu'il n'en faut pour le dire, il me fourre son écran sous le nez et son casque sur les oreilles, ce qui fait que je suis submergée sans transition, claquements de doigts et de mains, formes claires s'agitant en contre-jour, guitares, voix, claviers – et puis, *boom-boom into my heart, into my brain, bang-bang, yeah-yeah*, plus moyen de faire autre chose que regarder le chanteur au milieu de ses fans survoltés, fan moi-même, tout de suite et pour la vie : *take me dancing tonight*, oh oui... Après les pantalons blancs et les tee-shirts *choose life* du début, voilà que tout le monde se retrouve soudain dans des tenues pastel, effectivement très proches de celle qu'arbore Daniel : du short au ban-

dana, tout est décliné en rose et bleu layette – sans compter le jaune délicat des mitaines. Aux deux tiers de la vidéo, alors que j'approche moi-même de la transe, le chanteur au brushing rejoint ses choristes derrière un micro pour quelques secondes de déchaînement pur, visage extasié, bouche entrouverte, bras alternativement levés, cuisses offertes et secouées en rythme, dorées, duveteuses, irrésistibles...
— Putain, mais c'est qui ce mec ?
Daniel rayonne :
— T'as vu comment il est trop beau ?
— Oui, mais c'est qui ?
— George Michael : *Wake me up before you go go*, Wham, ça te dit rien ? Normal, on n'était même pas nés.
— Ah bon ? Mais il a quel âge, alors ?
— Il est mort. Last Christmas...
Voilà ce qu'on gagne, ce qu'on perd plutôt, à vivre dans une zone blanche, sans contact technologique avec le reste du monde : George Michael est mort avant que je puisse le rencontrer, l'aimer, m'en faire aimer, voire le sauver, puisqu'à en croire Daniel il est mort de trop de tristesse, de trop d'excès, et qui sait, peut-être de la fatigue d'être lui, ou du regret de l'avoir été.
— Il paraît qu'il était devenu super-gros.
Mélancoliquement, Daniel et moi nous repassons en boucle ces quelques secondes torrides :

George Michael en mini-short bicolore et top molletonné rose bonbon, roulant des yeux au ciel, portant à son front sa main gainée de jaune. Au moment de réenfourcher la moto, je constate que je mouille, ce qui est plutôt de bon augure pour une soirée *Wet for me* – sans compter que ça en dit long sur le sex-appeal posthume de George Michael.

19. Who's That Chick?

Aux Tamaris, nous passons comme lettre à la poste malgré la discordance de nos tenues. Sur la piste, je ne vois que butchs au front buté, follasses genre Daniel, ou créatures intersexuées genre moi. Je commande une Leffe Ruby, histoire de prendre le pouls de la soirée et de voir venir, alors que Daniel se lance dans une imitation très personnelle de ce George Michael dont j'ai appris l'existence en même temps que la disparition, ce qui ne m'empêche pas d'être inconsolable. Je ne tarde pas à être abordée par une petite blonde à gros seins et tempes rasées.

– Salut. On t'a déjà dit que tu ressemblais à Kristen Stewart ?

On m'a déjà dit que je ressemblais à Sylvester Stallone, mais Kristen Stewart, non, jamais, et d'ailleurs, qui est Kristen Stewart ?

– C'est qui ?

– Tu connais pas Kristen Stewart ? Mais d'où tu sors ? De la planète Mars ?

Non, mais c'est presque pareil : je sors d'un endroit où Kristen Stewart n'a pas droit de cité, un endroit où les références nous arrivent des années-lumière après avoir été émises, ce qui fait que je n'en suis qu'à Farrah Fawcett, Sylvester Stallone et George Michael, alors qu'apparemment tout le monde connaît Kristen Stewart.

– Elle est lesbienne en plus ! Et super-belle !

Il serait très étonnant que je ressemble à une nana super-belle, fût-elle lesbienne. D'ailleurs la petite blonde nuance illico son propos initial :

– C'est pas que tu lui ressembles vraiment, mais t'es coiffée comme elle, court et en arrière. Enfin, elle est pas tout le temps coiffée comme ça, mais bon...

Cette histoire de ressemblance m'a l'air de ne tenir à rien, juste à l'envie de socialiser de ma nouvelle amie, qui s'appelle Maureen, au fait.

– Ouais, je sais, pas terrible, mais mes amis m'appellent Mor.

Mor ne me semble pas tellement mieux que Maureen, mais du coup je livre mon propre prénom :

– Moi c'est Farah.
– Ah, t'es rebeu ?
– Non, pas du tout.

– C'est pas un prénom rebeu, ça, Farah ?
– Je sais pas, mais en tout cas je suis pas rebeu. Et même, ma grand-mère est danoise. Et tiens, elle s'appelle Kirsten, c'est marrant !
– Kristen ?
– Kirsten.
– Ah ouais, c'est pareil. Mais t'as pas l'air danoise.

Je sais très bien ce qu'elle veut dire par là et quelle idée elle se fait des Danoises, de grandes bringues blondes au regard baltique, aussi éloignées que possible de mon genre de beauté.

– Ma grand-mère, elle, elle a l'air danoise. Elle a même été mannequin. Et elle est homo, elle aussi.

Maureen sourit largement, ce qui fronce son nez minuscule et rend ses jolis yeux clairs encore plus obliques.

– Tu devrais l'emmener aux soirées *Wet for me*.

Ah non, pitié, ma grand-mère est déjà suffisamment présente et intrusive dans ma petite vie pour que je n'aille pas en plus me la taper en boîte. Non que je doute de sa capacité à enflammer le dance-floor, mais je n'ai aucune envie de la voir se donner en spectacle dans sa robe robe fourreau Versace, flanquée d'une Malika empestant le Shalimar et agitant ses froufrous. Il me reste un centimètre de Leffe Ruby quand Maureen passe clairement à l'offensive, glissant une main décidée entre ma peau et mon smoking, ce qui fait qu'elle tombe tout de suite sur mon sein droit. Il faut dire aussi que bêtement, je n'ai rien mis dessous, ni chemise ni tee-shirt, pas même un soutif vu que ma poitrine ne nécessite pas vraiment de soutien textile.

– Ouah, mais t'es à poil!
– Mais non!
– T'as pas beaucoup de seins, on dirait. Tant mieux, je déteste ça.

Elle porte une main désolée à sa propre poitrine, dont j'ai tout de suite noté le volume étonnant en dépit du top informe sous lequel elle la dissimule.

– Je vais me faire faire une réduction mammaire.

On est déjà dans le vif du sujet. Tant mieux. Je vais pouvoir aborder la question des caractères sexuels chez la femme et l'homme.

– À quoi t'as vu que j'étais une nana?
– Pourquoi? Y'a un doute?
– Ben oui, figure-toi.

Maureen se rengorge :

– Je sais reconnaître une meuf, meuf!
– Tu trouves pas que je fais mec?
– La tête de oim, tu fais go à donf! C'est quoi ton problème?
– J'ai pas d'utérus.
– Ouah, t'as trop d'la schneck!
– Tu trouves?
– Ben ouais, ça veut dire que t'as pas tes règles!

– Je confirme.
– Ben tu perds rien. Les règles c'est juste chiant. Et en plus ça pue.
– Si tu le dis.
– Et ça veut dire aussi que tu peux pas tomber enceinte ?
– À moins que l'embryon n'aille nidifier dans mon pancréas, je tomberai jamais enceinte.

Mor n'a pas l'air de goûter mon humour, ou alors elle n'a jamais entendu parler de pancréas, ce qui est tout à fait possible : seuls les enfants élevés en zone blanche ont le temps de se plonger dans des traités d'anatomie comme je l'ai fait assidûment entre six et quinze ans. De toute façon, ce qui l'intéresse, c'est apparemment de me tripoter les tétons, ce qui me laisse assez froide. Pas découragée, elle finit par m'entraîner sur la piste, me hurlant dans les oreilles que *Who's That Chick* est une chanson pour moi. Bon, finalement, elle n'est pas complètement dépourvue d'humour ou à tout le moins de psychologie : déterminer non seulement qui est cette fille, mais encore si cette fille en est bien une, telle est effectivement la question – sauf qu'en dansant avec Maureen, j'oublie tous mes problèmes identitaires, *feel the adrenaline moving under my skin, sound is my remedy, feeding me energy, music is all I need*, mais oui, bien sûr, j'aurais dû faire ça plus tôt, danser comme si ma vie en dépendait, *baby I just wanna dance, I don't really care*! Qu'est-ce que j'en ai à battre finalement, de savoir qui je suis, ni même si je suis quelqu'un ou quelque chose : je suis cet organisme irrigué par l'adrénaline et traversé par l'énergie, celle de la musique, bien sûr, mais aussi celle de Maureen, si contagieuse. Rien que de voir son sourire lumineux, ses bonnes joues empourprées et ses gros seins tressautant sous le tee-shirt informe, j'en mouillerais presque. Qu'est-ce qui m'arrive? N'ai-je pas juré mordicus à Daniel que je n'étais pas gouine pour deux sous? Et ne suis-je pas censée être passionnément et exclusivement amoureuse de mon maître à penser, mon éducateur sentimental, le seul homme qui ait su me comprendre et voir de la beauté là où les autres m'ont constamment renvoyée à mon étrangeté – pour ne pas dire pire? Il ne faut jurer de rien et surtout pas de l'objet de son désir.

Après *Who's That Chick*, c'est *Fade*, et j'ai beau vivre dans une réserve naturelle, entourée de bons sauvages, de chats borgnes et de poules wyandottes, j'ai quand même entendu parler de Kanye West. Il faut dire aussi que je me suis trouvé un poste d'observation – ou de ravitaillement, comme on voudra – : un café de centre-ville branché H-24 sur NRJ Hits, ce qui me permet d'avoir mon shoot d'images interdites, de chansons polluantes et d'ondes toxiques. Je suis déphasée, mais pas autant que je le devrais si je suivais à la lettre notre loi d'airain.

Avec *Fade*, la piste est instantanément envahie de filles blacks qui dansent comme Teyana Taylor et sont tanquées comme elles. Avec un grognement dépité, Maureen se replie vers les banquettes de cuir synthétique :

– Les renois sont dans la place : c'est trop de la concurrence déloyale.

La concurrence ne m'a jamais dérangée, moi. À moins que ce ne soit l'inverse : comme je ne suis pas une concurrente dérangeante, voire pas une concurrente du tout, tout le monde s'en fout que je danse ou pas. J'ai appris à vivre dans l'indifférence presque générale, à ne me sentir ni jugée ni menacée, ni rien. Du coup, me voici pleinement disposée à jouir du spectacle de ces filles qui agitent leurs cheveux trempés et leurs cuisses bodybuildées – sans compter qu'elles exhibent des seins aussi gros que ceux que Maureen dissimule. Quant à Daniel, pas découragé le moins du monde par l'afflux des soul sistas sur le dance-floor, il suit son propre programme, son petit retour vers un futur eighties : mis en orbite par George Michael, il ne voit rien ni personne, ce qui est une bonne façon de passer la soirée – mais à quoi bon venir en boîte, dans ce cas ? En revanche, cette pauvre Maureen peine à se rasséréner, vu que le morceau qui suit *Fade* consiste en injonctions lancinantes que les danseuses ont l'air de prendre très au sérieux : *shake that booty non stop, percolate anything you want to, oscillate your hip and don't take pity*. De fait, c'est sans pitié aux Tamaris ce soir : je n'ai jamais vu un tel étalage d'abdos et de triceps huilés. Et ne parlons pas de la rotation infernale de tous ces culs sublimes. Et qu'on n'essaie pas de me faire croire que des gènes afro-caribéens suffisent à expliquer des culs pareils, non, non, des culs comme ça, c'est au moins dix heures de salle par semaine et une alimentation sugar-free. Maureen fulmine :

– Sean Paul, maintenant : non mais c'est quoi le bail, là ? J'suis dégoûtée !

– T'es raciste ou quoi ?

– Mais non ! N'importe quoi ! C'est juste que c'est une soirée *Wet for me*, pas une soirée *Shake that booty, bitch* !

– Ça existe, ça ?

– J'en sais rien, et je m'en fous.

Et sans doute pour oublier sa déconvenue, elle envoie de nouveau sa main dans mon décolleté :

– Putain, mais t'as des pecs, en fait !

– Pas du tout ! C'est des seins ! Ils sont petits, c'est tout ! C'est de famille.

– Meuf, me raconte pas ta life : t'as des pecs !

À mon tour de faire la gueule. C'est vrai, quoi, elle est chiante : tantôt je suis une fille pur jus, impossible de s'y tromper, tantôt j'ai des pecs, faut savoir. Sur la piste, Daniel ouvre des yeux ronds et m'adresse des signaux frénétiques. Il a dû remarquer que la main de Maureen a disparu dans l'échancrure de mon smoking.

– Tu le connais ?

– Ouais. On habite ensemble.
– C'est ton coloc ?
– Non.

Comment expliquer ça à Maureen entre Sean Paul et Drake ? Que Daniel n'est ni un coloc, ni un frère, ni même à proprement parler un ami ?

– C'est ton mec ?

Il aurait pu l'être. Si j'avais suivi les objurgations d'Arcady, nous aurions couché ensemble, Nello et moi. Seuls d'abord, et avec Arcady ensuite. C'était ça l'idée. Enfin, l'une des multiples idées qui jaillissent du cerveau fertile de mon mentor.

– Non, c'est pas mon mec : tu vois pas qu'il est homo ?

– Ouais, il m'avait bien semblé. Mais bon, comme t'as pas l'air trop sûre de ton truc.

– Quel truc ?

– Ben toi, quoi ! Si t'es une meuf ou un keum !

– Ça te va bien de dire ça !

– Quoi ?

– Ben ouais, tu t'es vue ? Avec ta coupe chelou, tes shoes, ton fute – on voit ton calcif ! Toi aussi, tu ressembles à un keum !

Elle se met instantanément à rayonner :

– Ah ouais ? Tu trouves ? J'ai pas trop de eins ?

– Si, t'en as. Mais bon, je connais des mecs qui en ont aussi, alors ça veut rien dire.

Je ne vais pas lui parler, de Victor, mais Victor fait un bon 120 B, à vue de nez. Certes, 120 correspond à son tour de dos, mais il lui reste bien quinze centimètres de bonnet, qu'il pourrait aisément remplir avec les deux sacs flasques qui lui pendouillent sur le thorax. L'essentiel, c'est que Maureen soit contente, et elle l'est d'autant plus que la musique est redevenue dansable à son goût étriqué de petite goudou blanche. Elle m'entraîne de nouveau sur la piste, avec son beau sourire, son pantalon de treillis, ses Paraboot, et ses nichons de ouf. La nuit se passe comme ça, entre Leffe Ruby, drague obstinée de Maureen, *music is all I need, sound is my remedy*, et autres truismes du même acabit. Ai-je dit que j'aimais la nuit ? J'ai ça en commun avec Daniel, cette volonté de gagner du temps sur la vie, de ne pas la gaspiller en sommeil inutile ; ce désir de déborder sur les heures diurnes et réglées en coupe. Quand nous n'allons pas en soirée lui et moi, je sors de ma cambuse dès minuit sonné pour gagner mon royaume : je cours sous la voûte étoilée, je hume l'odeur vague, fangeuse et préoccupante qui émane des taillis – avec en note de fond la stridulation douce des grillons, et parfois un soupir, une expiration, non, une aspiration, un souffle qui me happe quelques secondes avant de me rendre à d'autres palpitations intimes.

Quand nous sortons enfin des Tamaris, Maureen, Daniel et moi, la nuit a déjà repris ses billes, et on entend jaser les premiers passereaux. Avec l'insistance empâtée des ivrognes, Maureen me tanne pour avoir mon numéro de téléphone :

– Allez, Farah, file-moi ton 06.

Comment lui dire que je ne suis pas technologiquement joignable ? Que je n'ai ni 06, ni mail, ni WhatsApp, ni Facebook, ni rien ?

– Pfft, c'est bon ! Si t'as pas envie qu'on se revoie, tu me le dis direct, pas besoin de me balancer des disquettes !

Daniel intervient diplomatiquement :

– C'est vrai, je t'assure, on vit dans une zone blanche, Farah et moi : nos parents sont contre les portables, Internet, tout ça.

Maureen fronce un nez incrédule dans les premiers rayons du soleil :

– Putain, j'y crois pas !

– Ben dans ce cas, salut !

La plantant là, j'enfourche de nouveau la 125 de Daniel, pour un retour triomphant dans le petit matin. La route sinue sous nos roues, la rivière coule en contrebas, et nous gagnons nos hauteurs retranchées, notre Éden préservé du mal – tant pis pour ceux qui n'y comprennent rien.

20. Flux instinctif libre

Guerre, paix, montagne magique, raison, sentiments, châtiments, mare au diable et barrage contre le Pacifique, j'ai beau avancer dans mes lectures d'été, je ne trouve toujours rien qui soit de nature à dissiper mon trouble dans le genre. Quant à ma grande enquête sociologique, je l'ai purement et simplement laissée tomber après une énième salve de réponses indigentes et inexploitables. Installée à l'ombre, je viens d'entamer *La Traversée des apparences* quand Epifanio me tombe dessus, plus éperdu et haletant que jamais. Je note au passage qu'il ne lui reste plus qu'un mouchetis brun sur le front pour rappeler sa couleur d'origine : le reste est désormais d'un blanc circassien.
— Farah, j'ai besoin de toi!
Les jumelles déboulent derrière lui, avec un air maussade qui n'augure rien de bon – elles connaissent leur père et ses foucades.

— Dolores et Teresa...
— Oui ?
— Elles ont leurs... Leurs choses, là, tu sais, leurs trucs.

Non, je ne sais pas, et j'aimerais qu'il se décide à employer le mot juste au lieu de continuer dans le vague.

— Mais si ! Tu vois ce que je veux dire ! Elles sont... ça y est !

Dolores débloque la situation du bout des lèvres :

— On a nos règles.

Soulagé, leur père se montre à présent dangereusement prolixe :

— Oui, tu te rends compte ! Le même jour ! Ce matin, là, toutes les deux ! En même temps ! Tu le crois, ça ? Ça m'a complètement retourné, parce que, tu comprends, j'y connais rien, et puis, c'est les mères qui parlent de ça avec les filles, normalement. Non ? J'ai pas raison ? Mais les pauvres, mes filles, elles ont pas de mère, alors voilà, j'ai pensé à toi. Entre jeunes filles, hein, vous allez pouvoir discuter du truc. Tu leur diras, eh bien, comment on fait, comment ça se passe, et tout, hein ? Et puis, ce qu'il faut acheter, les couches, là, les garnitures, ce qu'elles doivent mettre quand ça leur arrive, enfin tu vois... Parce que bon, j'ai pas envie qu'elles salopent leurs fringues. Là, ce matin, on a été pris au dépourvu, mais à partir de maintenant, je veux avoir ce qu'il faut... Et puis peut-être qu'elles ont besoin, je sais pas, d'un médicament, hein, au cas où...

En réalité, Dos et Tres ont une mère, sauf qu'elle s'est barrée peu après leur naissance : il faut croire que deux bébés, ça lui faisait trop – et sans doute qu'Epifanio, c'était trop aussi. Il attribue d'ailleurs le déclenchement de son vitiligo au choc émotionnel de s'être réveillé seul, un matin, avec deux nourrissons hurlant de faim et leur mère volatilisée sans explications.

Embarrassées par la logorrhée de leur père, les jumelles fuient mon regard : Dolores abaisse ses cils orange sur sa joue translucide tandis que Teresa feint le plus grand intérêt pour ses ongles vernis de frais. Ayant fini par se taire, Epifanio est campé devant moi, bras croisés. Il attend sans doute que je remédie illico à treize ans de carence maternelle, riche du savoir transmis par Bichette, et forte de ma propre expérience en matière de règles. Comment lui dire à quel point je suis mal placée pour édifier des adolescentes, moi qui n'ai guère plus de mère que ses filles, moi dont la puberté relève de la mutation transgénique ? Comme il n'est pas question que je révèle mon vilain petit secret à Epifanio, je dis oui à tout, et il nous laisse toutes les trois sous l'ombre délétère du noyer – à en croire Fiorentina, qui consent à en ramasser les fruits, mais l'évite comme la peste le reste du temps.

– Mouais, les filles, pour les règles, je vois pas trop quoi vous dire, en fait.
– Ben comment tu fais, quand tu les as ? Tu mets des serviettes ou des tampons ?
– Et ça dure combien de temps, normalement ?
– Ça coule beaucoup ? Parce que nous, ça coule pas beaucoup.
– Et c'est même pas rouge.
– Plutôt marron, en fait. Dégueu.
– Mais c'est peut-être parce que c'est la première fois.
– Et t'as mal, quand tu les as ?
– Parce que nous, on n'a pas mal.

Je n'ai la réponse à aucune de ces questions, et pour tout dire, j'ai toujours pensé que les règles ça faisait mal, et que ça coulait rouge et fort. Comme quoi...

– Je préfère que vous demandiez à Bichette. Parce que moi, les ragnagnas, c'est pas trop mon truc.

Sans leur laisser le temps de méditer cette assertion énigmatique, je les entraîne sous la gloriette où l'on est quasi sûr de trouver ma mère à cette heure du jour. Nous avons aussi une pergola bioclimatique à lames orientables, un cadeau de Nelly à la communauté, mais ma mère préfère le charme du fer forgé croulant sous les roses et la glycine, le va-et-vient des abeilles, la vue sur les bassins en contrebas, et la proximité des serres où mon père travaille une grande partie du temps.

– Maman, les jumelles voudraient te demander un truc.
– Oui?
– Elles ont eu leurs règles, aujourd'hui. Alors elles voudraient que tu les conseilles, que tu leur expliques comment ça se passe.

J'ai bonne envie de tourner les talons et de les laisser se débrouiller entre elles, mais je reste par curiosité, et histoire d'avoir par procuration cette fameuse conversation mère-fille qui n'a jamais pu avoir lieu entre Bichette et moi.

– Ben, pourquoi tu leur dis pas, toi?

Sous le regard innocent de ma mère, je me sens plus indigne que jamais, et bien incapable de faire état de mon aplasie utéro-vaginale. Repoussant à plus tard mon moment de vérité, je grommelle que j'ai des cycles irréguliers, et qu'en plus ça me gêne d'en parler. Cela dit, ma mère a l'air ravie qu'on fasse appel à elle, ce qui n'arrive jamais vu son ignorance et son incompétence en tout – sans parler de ses faibles ressources intellectuelles. Elle se lance dans un laïus lyrique, confus et prévisible, d'où il ressort que ce jour est un grand jour, et que la présence de sang dans leur culotte va faire basculer Dos et Tres dans l'univers enchanté et grandiose de la féminité.

Comme je ne compte pas sur ma mère pour m'éclairer sur l'enchantement en question, je me contente d'observer avec mélancolie le ravissant tableau que toutes les trois composent sous la tonnelle, dans la lumière ocellée par les plantes grimpantes : ma mère si blonde, les jumelles si rousses – et si différentes dans leur façon de l'être, Teresa fauve comme un renard, et Dolores aussi laiteuse que les grappes de glycine qui encadrent son visage délicat. J'aimerais tellement être belle, moi aussi, et c'est tellement injuste que je ne le sois pas, que j'aie cette silhouette massive, ces mâchoires brutales, ce nez camus, ces yeux tombants et ce teint sans éclat – sans compter le soupçon de moustache que je me suis résolue à raser après avoir testé la décoloration à l'eau oxygénée.

Qu'on ne s'y trompe pas, si je veux être belle, ce n'est pas par narcissisme ou par coquetterie, ni même pour être davantage désirée et courtisée que je ne le suis, car Arcady me comble sous ce rapport ; non, c'est juste que dans des moments comme celui-là, j'aimerais ne pas déparer, être à l'unisson de toute cette grâce : les joues fruitées de Teresa, les tempes palpitantes de Dolores, le bleu cendré des yeux de ma mère, l'envahissement exubérant de la tonnelle par les fleurs vivaces, les feuilles tendres et les spires vertes. Le monde est beau, mais pas moi. Complètement inconscientes de mes états d'âme, et indifférentes à leur propre perfection juvénile, les jumelles reprennent leur petite interview :

– Ça dure combien de jours, les règles ?

– On a une copine, Lauren, elle les a pendant une semaine !
– Et ça fait mal ?
– Parce que Lauren, elle a tellement mal qu'elle doit rester couchée. Le premier jour, en tout cas.
– Et est-ce que ça sent mauvais ?
– On nous a dit que oui.
– Qu'il fallait se laver trois fois plus.
– Qu'est-ce qu'il faut qu'on achète ? Des serviettes hygiéniques ?
– On peut mettre des tampons ?
– Même si on est vierges ?

Ma mère a réponse à tout, et j'ai bien fait de lui adresser les jumelles, mais quand on en arrive à la question préoccupante des protections périodiques, son exaltation ne connaît plus de bornes :

– Non, surtout pas de serviettes, et encore moins de tampons ! Avec les tampons, vous risquez le choc anaphylactique, malheureuses !
– Ben on fait comment, alors ?
– On met quoi ?

Ma mère rayonne – visiblement, le sujet la porte.

– Rien, vous ne mettez rien !
– Mais ça va couler partout !
– C'est dégoûtant !
– On va salir !
– Vous n'avez jamais entendu parler du flux instinctif libre ?

Les jumelles et moi n'avons entendu parler de rien, mais *instinctif* et *libre* appartiennent au vocabulaire de base de la communauté, aussi ne sommes-nous pas surprises.

– Bon voilà, il s'agit de retenir son flux. On contracte son périnée et on laisse tomber toute protection intime. On gère ses règles comme on gère une envie d'aller aux toilettes : on apprend à savoir à quel moment il faut aller se « vider » pour éviter les taches et les fuites. Du coup, on ne dépend pas des serviettes et des tampons. C'est économique, écologique, et super-pratique. Surtout quand on a des cycles irréguliers : on n'est jamais pris au dépourvu. Le flux instinctif libre, ça ne présente que des avantages, en fait. On écoute son corps, on se sent libre, on contrôle, c'est génial ! En plus vous n'imaginez pas tous les ingrédients toxiques qui sont contenus dans les tampons et les serviettes jetables, les filles ! De l'aluminium, des alcools, des additifs de parfum, des hydrocarbures, des pesticides, des résidus de dioxine ! Et comme la paroi vaginale est très absorbante, les substances chimiques pénètrent l'organisme et s'accumulent. C'est super-dangereux pour la santé !

Toute contente d'avoir délivré son petit bulletin d'information sanitaire, ma mère guette nos réactions – mais si elle s'attend à une adhésion immédiate et enthousiaste, elle en sera pour ses frais, car les jumelles se barrent sur des remerciements peu convaincus, et je leur emboîte le pas, de petits pas d'ailleurs, hésitants et ralentis : on sent qu'elles redoutent des écoulements intempestifs. Nous gagnons l'un de nos multiples repaires secrets : une restanque dissimulée par les hautes herbes.

– Je le sens pas, ce flux instinctif libre.

Dolores opine et soupire, en écho à la formule désabusée de sa jumelle. C'est bizarre, parce que moi, je le sens justement. Il me semble même qu'il résume parfaitement ce que j'aspire à être, ce que je suis parfois, dans mes moments de dépersonnalisation : un flux instinctif, libre de danser dans la lumière, libre de planer dans l'azur, ou de me couler dans les flots impétueux de la rivière sans nom ; délivrée de l'obligation de m'occuper de moi et de fabriquer ma vie.

Comme Dos et Tres ont l'air préoccupées, je leur épargne mon désir de n'être rien, et leur prodigue mes propres conseils avisés :

– On va vous acheter des serviettes hygiéniques, c'est plus sûr.

– Ouais, tu parles, ils voudront jamais !

– Déjà qu'on n'a pas droit aux kleenex et aux disques de coton...

– C'est abusé.

– Ils vont nous obliger à fabriquer nos propres tampons, tu vas voir.

– Ouais, des bâtons, enveloppés de vieux tissus...

– Ou alors ton père va nous faire un truc avec des feuilles.

– J'suis dégoûtée d'avance.

– Ouais, moi aussi, j'suis trop dégoûtée.

Je partage évidemment leur dégoût, moi qui ne connais que trop la propension des adultes de la communauté à imposer leurs diktats écolos déments. J'ai déjà parlé ici des croquettes végétariennes pour chiens et chats, mais je pourrais multiplier les exemples à l'infini.

– Je vais en parler à Arcady.

– Ah non, pitié !

– Ben quoi ? Il comprendra, lui, que vous vouliez pas vous enfoncer des feuilles dans le vagin.

– Il comprendra que dalle ! Et il va venir nous prendre la tête avec nos règles, genre qu'on est des femmes, maintenant, et qu'il faut qu'on couche avec lui, tout ça...

– Mais n'importe quoi ! Arcady n'a jamais forcé personne !

– Ouais, bon, toi, t'es amoureuse de lui, alors forcément il te force à rien du tout, mais nous, il va nous obliger.

– Mais vous êtes complètement folles ! Et d'abord, Arcady, il est pas pédophile.

– Ben et toi ?

– Moi je vais avoir seize ans. On a attendu ma majorité sexuelle, figure-toi !

– Ouais, bon, parle pas à Arcady, c'est tout ce qu'on te demande.

Finalement, je lui en parle quand même, je lui raconte tout, les premières règles des jumelles, leur réticence à pratiquer le flux instinctif libre, mais aussi leurs craintes le concernant, lui.

– Mais bon, je leur ai dit que tu ferais jamais un truc pareil.
– Quoi ? Les violer ?
– Oui.

Il hausse une épaule incrédule et dédaigneuse :
– Un de ces jours, je leur expliquerai, aux jumelles, que ce qui m'excite, c'est le désir et le plaisir de l'autre.
– Mais pour les serviettes hygiéniques, elles vont faire comment ?
– Ben, y'a des serviettes lavables et réutilisables, tu sais…

Non, je ne sais pas, vu que les protections périodiques ne sont pas mon problème. Mais qu'Arcady le sache alors qu'il est encore moins concerné que moi, voilà qui ne m'étonne pas de lui. Je me blottis contre son torse, fourre mon nez sous son aisselle, me grise de son odeur byzantine, frotte mon bassin à sa cuisse puissante, histoire de lui donner envie de moi. Glissant un doigt sous mon menton, il amène ma bouche à la hauteur de la sienne et m'embrasse fougueusement, avant d'éclater de rire, traversé par le souvenir de mes confidences :

– Tu dis qu'elle fait comment, Bichette, quand elle a ses règles ? Elle se retient ? Elle contrôle son flux ? Tout ça pour pas se polluer la chatte avec des tampons ?

Il rit, il n'en finit pas de rire, ne s'interrompant que pour me glisser à l'oreille toutes sortes de promesses lubriques :

– Ça va être ta fête, Farah : je vais t'en donner, moi, du flux instinctif libre ! Je vais m'occuper de ton cul, tu vas adorer !

21. Au revoir les enfants

L'épisode de leurs premières règles n'a fait que resserrer les liens entre les jumelles et moi. Étrangement, elles ne m'en veulent pas d'avoir révélé leurs fantasmes insanes à Arcady, qui ne s'est pourtant pas privé de les chapitrer vertement :

– Si vous ne me connaissiez pas, je veux bien ! Mais enfin, les filles, je vous ai presque vues naître ! Vous aviez six mois quand vous êtes arrivées ici ! Comment vous pouvez imaginer une seule seconde que je vous forcerais à coucher avec moi !

– T'as bien couché avec Daniel !

– Et Farah !

– Ils étaient consentants tous les deux. Et aucun n'avait treize ans.

– T'as bien couché avec Dadah !

– Et Nelly !

– Je vois pas le rapport.

– T'es gérontophile !
– Ben justement, ça devrait vous rassurer !

Je vois dans leur regard troublé qu'elles-mêmes ont perdu le fil de leur argumentation, et qu'elles ne tiennent pas tant que ça à le retrouver. Tout ce qu'elles veulent, c'est en finir avec cette conversation pénible et filer sans demander leur reste, aller se blottir quelque part, front contre front, muettes sous la tente de leurs cheveux roux. Elles font ça tout le temps, n'importe quand et n'importe où : dans le jardin, au salon, dans un couloir, on tombe sur elles, muettes, absorbées, seules au monde.

– Arrêtez de faire ça : ça vous donne l'air demeurées.

Pas de réponse. Elles ne reviennent à la vie normale que lorsqu'elles ont puisé assez de réconfort dans leur rituel : elles décollent leurs fronts, reprennent leurs cheveux – lentement, à regret, et avec des regards de reproche pour l'observateur extérieur. Elles peuvent être extrêmement agaçantes, mais notre enfance insulaire nous a appris à nous serrer les coudes et à tolérer nos petits travers respectifs : c'était ça ou en être réduites à la compagnie d'adultes encore plus exaspérants, et tout aussi incapables d'entrer dans nos vues que dans nos jeux.

Jusqu'alors, les jumelles et moi étions le noyau stable du peuple des enfants, à côté de membres temporaires, tels que Violette, Tamara, Lucien,

Clarisse, ou encore Arlindo, qui ne sont restés avec nous que quelques mois avant de rejoindre le monde extérieur, ballottés de-ci de-là par des parents irrésolus. Quant à Daniel, il a longtemps été notre chef de bande, notre stratège, notre inspirateur, un Arcady miniature à notre seul usage, avant qu'il ne s'éloigne irrévocablement du vert paradis, travaillé par des désirs incommunicables à notre candeur – et en cet été cruel, je pressens que ma propre défection est imminente, et que celle des jumelles ne l'est guère moins. Djilali s'en doute aussi, et rôde autour de nous sans bien comprendre, n'osant déjà plus réclamer notre participation à des activités qui ont pourtant été notre ordinaire : construction de cabanes ou de canaux d'irrigation, chasses au trésor, traques de gibiers imaginaires, chapardages, acrobaties et courses éperdues.

Pauvre Djilali, j'aimerais tant lui dire quelque chose, trouver la formule qui l'aide à patienter jusqu'à sa puberté – mais tout nous éloigne, notre différence d'âge, mon genre putatif, et ma grande exploration personnelle de la sexualité. Faute de mieux, je persiste à l'inclure dans nos conciliabules et nos errances démotivées, de la maison au jardin, en passant par l'immense bassin ornemental où nous guettons vaguement les carpes et les grenouilles – mais le cœur n'y est pas et il le sent bien. Je suis d'autant plus désolée pour lui qu'il a passé l'année à se faire traiter de baleine ou de allouf par ses petits camarades, tout ça pour les kilos en trop qu'il doit à la bonne cuisine de Fiorentina.

Ai-je dit qu'elle l'adorait ? Fiorentina qui n'aime rien ni personne ? Il faut dire qu'à son arrivée dans nos murs, Djilali ne pouvait que susciter l'attendrissement, avec son sourire brèche-dent, son zézaiement hésitant, et la naïveté craintive de son regard. Tous les sociétaires, nos valétudinaires en particulier, se sont réchauffés à son innocence, et repus de sa chair fraîche. J'étais moi-même une enfant, mais devant Djilali j'ai éprouvé un frisson de joie et de terreur presque sacrées, découvrant à la fois que la pureté existait et qu'elle pouvait être réduite à néant – oui, la pureté, et je pèse mes mots, car à six ans, Djilali donnait l'impression de ne jamais avoir été traversé par une pensée mesquine ou un réflexe de dissimulation. Tendre, lumineux, il allait spontanément vers les adultes, posait sa petite main dans leur giron, et levait vers eux ses yeux confiants, jamais rebuté par leurs nez bulbeux ou leurs fanons flétris, jamais découragé par leur indifférence, leur impatience ou leur incohérence.

La confiance et la spontanéité, c'est bien fini : aujourd'hui, Djilali est aussi énigmatique, sombre et velouté qu'un papillon de nuit, et je n'ose pas penser aux causes qui ont produit de tels effets. Je le regarde et j'ai envie de pleurer, parce que je ne peux lui être d'aucune aide, parce que je ne peux que lui dire adieu et le laisser se débattre avec les difficultés que rencontre inévitablement un petit garçon qui a des problèmes de poids, et qui vit dans une secte réfractaire aux nouvelles technologies – sans compter qu'il ne voit jamais son père, et que sa mère est trop occupée à flamber de passion pour l'éduquer correctement. À part le couvrir de baisers, Malika n'est bonne à rien. Heureusement que Fiorentina est là, avec ses gnocchis à la romaine, ses panna cottas et son bon sens amidonné. Elle le trouve sublime, elle, avec ses grosses joues et son ventre rebondi : il correspond tout à fait à l'idée italienne qu'elle se fait d'un enfant en bonne santé.

Au revoir les enfants, je veux bien qu'on grimpe encore aux arbres tous les quatre, qu'on monte une troupe de théâtre, qu'on fabrique du parfum avec de la lavande et de l'eau croupie, qu'on mette le feu à une fourmilière, ou qu'on fasse la classe à des oies stupides et à des poules wyandottes, mais le cœur n'y est plus. Mon cœur bat désormais entre mes cuisses, à l'endroit exact où Arcady ne va pas tarder à envoyer sa langue infatigable. Je n'ai peut-être pas de vagin, mais ça n'empêche pas le plaisir.

22. Après l'orage

Les premiers jours d'août se sont abattus sur nous, avec leurs orages spectaculaires, la zébrure des éclairs dans les cieux bas et lourds, les montagnes ébranlées par le grondement du tonnerre, les pluies aussi torrentielles que brèves – et ensuite, une trouée de bleu qui va s'élargissant entre la ouate dorée des nuages, jusqu'à ce que le monde ne soit plus que prairies vaporeuses, écorces fumantes, sonnailles cliquetantes à l'encolure des bêtes, poudroiement radieux du soleil, pur bonheur d'être en vie et d'être jeune.

Ce jour-là, tandis que je gambade allegretto vers mon trou de verdure, c'est toute la vallée qui exhale son psaume de reconnaissance en roucoulades guillerettes, tiges mouillées, feuilles qui s'égouttent, et grillons gagnant en assurance au fur et à mesure que l'orage s'éloigne. Je laisse derrière moi notre petite forêt domaniale, saute un muret, longe des prés. Sur mon passage les vaches lèvent des museaux humides, et des yeux aussi inquiets que si elles ne m'avaient jamais vue de leur vie, ce qui est bien la preuve qu'elles sont stupides et méritent d'être mangées, car je passe par ici tous les jours que Dieu fait. J'ai même enterré une capsule temporelle sous leur abreuvoir, pas plus tard que l'an dernier. Je dois dire à leur décharge qu'elles étaient dans le pré voisin et n'ont prêté aucune attention à cette cérémonie d'enfouissement, contrairement à Djilali et aux jumelles, conviés pour l'occasion. Dans une capsule temporelle, vous mettez ce que vous voulez : l'idée, c'est qu'elle soit exhumée un jour et témoigne de votre petit passage singulier sur cette terre. La mienne contient une plume de geai, des coquillages, une cigale de bakélite, un échantillon du parfum d'Arcady, et une lettre adressée aux frères humains qui vivront après moi – encore que je n'exclue pas de la déterrer moi-même d'ici vingt ou trente ans, histoire de lire le message que je me serai envoyé depuis l'âge farouche de mon adolescence.

La capsule temporelle est une idée qui m'a soulevée d'un tel enthousiasme que je me suis empressée de faire des émules. Dolores, Teresa et Djilali ont chacun confectionné la leur, et nous avons procédé à trois inhumations successives et solennelles. Bien qu'elles ne se soient pas concertées, les jumelles ont collecté des objets similaires en tout point : mèches de leurs cheveux flamboyants, bonbons, flacons de vernis à ongles, photos d'elles et lettres émaillées de points d'exclamation. Djilali s'est bien gardé de nous montrer le contenu de la sienne et je peine à imaginer ce qu'un petit garçon juge digne de traverser le temps : des billes ? Des images de Pokémon ? Une dent de lait ? Ou alors, qui sait, un cadavre de mulot, une mue de serpent, une lame ensanglantée, des lanières de peau prélevées sur sa cuisse tendre, tout l'attirail macabre d'un enfant perturbé...

J'ai bien évidemment parlé à Nelly de nos coffres au trésor respectifs. Je savais qu'en digne fille d'archéologue, elle ne manquerait pas d'être intéressée, et ça n'a pas loupé.

– Oh, quelle bonne idée ! Tu te rends compte, si ça se trouve, dans deux cents ans, quelqu'un tombera sur l'une ou l'autre de vos capsules !

– Ben ouais, c'est ça le truc. J'espère juste que ça sera pas un mec qui construira des immeubles tout pourris à un kilomètre de la maison ! Tu vois ce que je veux dire ? Genre en creusant là où y'a les vaches et en coupant tous les arbres, bang, il trouve ma boîte !

– On sera mortes toutes les deux, Farah ! On s'en fiche !

– Ben et alors ? Je veux pas, moi, qu'on détruise tout ça ! Tu imagines, ici, sans les pins, sans les châtaigniers, sans les bêtes ? Même après ma mort, pas question que ça arrive !

Contrairement à la sienne, ma mort me semble hautement improbable, ou en tout cas aussi lointaine qu'une campagne de fouilles archéologiques en l'an 2200. Mais bon, pourquoi aller dire ça à une octogénaire statistiquement au bord de la tombe – sauf à vouloir l'y précipiter, ce qui n'est pas du tout mon intention.

Hop, d'un dernier bond je rallie ma cache et son dais alourdi par l'eau de pluie, que je m'empresse de décrocher et de mettre à sécher. Un emballage froissé de Pavesini attire mon attention : qui que soit le voleur des biscuits de Fiorentina, il est passé par ici. Je m'en fous : Arcady ne va pas tarder et je m'allonge à même l'herbe encore humide et déjà chaude. Tandis que je m'étire voluptueusement, les paupières closes sur un kaléidoscope rougeoyant, je perçois un bruissement dans les noisetiers, puis une ombre interposée entre le soleil et moi. J'ouvre les yeux : un inconnu me dévisage, apparition se découpant sur le fond de l'air bleu. À mesure que l'éblouissement se dissipe, je distingue, non, je prends en plein cœur et dans le désordre, la splendeur de sa peau brune, la masse instable et crêpelée de ses cheveux, l'éclair d'argent à son poignet délié, sa bouche maussade et ses pommettes érythréennes. Un migrant.

Il y en a plein dans la vallée. On les voit marcher le long des routes, grimper vers la montagne en short et en tongs, inconscient des conditions climatiques qui les attendent – sans compter qu'au bout de trois villages français, ils se retrouvent dans l'Italie qu'ils ont cru fuir. Ils s'agglutinent aussi sur les berges de la rivière sans nom, sous des bâches qui ne les protègent de rien, et surtout pas de la montée des eaux. Si à Liberty House les migrants ne sont pas un sujet, au collège ça se tape constamment sur la gueule entre petits fachos qui veulent renvoyer tout ça au pays de la guerre, et enfants de militants No Border. Ce qui se chuchote aussi entre gamins, c'est que les migrants qui meurent ici, emportés par les crues, fauchés sur l'autoroute ou dans les tunnels, reviennent ensuite hanter la vallée. Le mien, en tout cas, a l'air bien vivant, l'œil ardent et le menton agité d'un mouvement de mastication. J'ai à peine le temps de me demander s'il mange un des Pavesini de Fiorentina, qu'il recrache à mes pieds un noyau de pêche sombre et scintillant. Il se volatilise ensuite, accréditant par là la thèse du fantôme – sauf que les fantômes ne mangent rien.

Arcady arrive sur ces entrefaites :
– Ah, tu es là! C'est bien : j'avais peur que tu te laisses décourager par l'orage...
– Il y avait un mec, là, y'a deux secondes! Un renoi!
– Un quoi?
– Un migrant!

– Ah bon ? Bizarre. En principe, ils n'arrivent pas jusqu'ici.

Ça n'a pas l'air de l'intéresser plus que ça, mes histoires de réfugiés voleurs de pêches et de biscuits : tout ce qu'il veut, c'est qu'on baise, et c'est tant mieux vu que je suis aussi chaude et aussi mouillée que l'herbe alentour. Une fois finie notre petite affaire, il me quitte sur un dernier enlacement fougueux, et s'éloigne avec ce dandinement allègre qui n'appartient qu'à lui, silhouette vite engloutie par la futaie voisine.

Je reste là, à me tripoter vaguement, à profiter des dernières trémulations du plaisir en moi, puis je retends le baldaquin au-dessus de notre lit d'amour, extrais de mon panier une édition bilingue des poèmes d'Emily Dickinson, et m'installe commodément pour en poursuivre la lecture. Nelly soutient qu'à la fin des années 1970, la sonde Voyager est partie dans l'espace en emportant un poème d'Emily Dickinson – entre autres échantillons de vie terrestre. Bien qu'aucune recherche Internet interdite ne me l'ait confirmé, j'adore cette idée. Comme capsule temporelle, une sonde spatiale, c'est quand même autre chose qu'une boîte en fer-blanc enterrée sous des bouses de vache. Si ça se trouve, je suis en train de lire *How dreary – to be – Somebody!* en même temps qu'une créature extraterrestre, à des années-lumière de mon trou de verdure.

Au moment où je m'apprête à tenter une communication télépathique avec l'espace intersidéral, un bruit de branches brisées attire mon attention. Il est là de nouveau, mon migrant ensauvagé, le Vendredi de ma robinsonnade – et à son regard franchement égrillard, je comprends qu'il a assisté à mes ébats avec Arcady. Histoire de ne me laisser aucun doute à ce sujet, il me pointe du doigt et éclate de rire. Rajustant mon short et mon débardeur, je m'efforce de conserver un semblant de dignité tout en me demandant ce qui peut bien susciter chez lui une hilarité aussi folle. Vite, vite, je me repasse le film de la dernière demi-heure : des caresses bucco-génitales, une semi-pénétration de mon vagin atrophié, et un finish éclaboussant au-dessus de mon ventre aussi vibrant que la peau d'un djembé – rien que du classique, même pas de sodomie haram ou d'éjac' face hardcore, bref je ne comprends pas. À moins qu'il ne rie tout bonnement de moi et de mes dysmorphismes ? Au bord de la mer Rouge, les gens ont beau être arriérés, ils savent à quoi les filles de seize ans sont censées ressembler. Comme je m'apprête à tourner les talons, il pose une main légère sur mon épaule et me force à me retourner. C'est à mon tour de le dévisager, et de noter sa jeunesse éclatante, les nœuds lustrés de ses muscles, et surtout, la soie tendue de sa peau sur l'ossature délicate de son visage. Dieu existe, qui produit de telles créatures.

Tirant une langue exagérément rose, Vendredi l'agite hors de sa cavité buccale, tandis qu'il enfourne son majeur droit dans l'anneau que forment le pouce et l'index de l'autre main, en un geste universel de dérision obscène. Je m'enfuis. Ils ont beau être forts à la course en Afrique de l'Est, je serai toujours meilleure que lui. Non seulement je cours depuis toujours, mais je connais le terrain et je suis en baskets. Avec ses tongs de merde, il ne fera pas long feu dans la caillasse d'un lit de rivière à sec ou sur les pentes abruptes de la châtaigneraie, hop, je suis déjà loin. Arrivée en vue de la maison, je me retourne : personne. En revanche, Daniel, Djilali et les jumelles ont étendu un plaid sur la restanque, et s'y partagent équitablement un reste de *pan de muerto* mexicain.

– Putain, vous savez quoi?
– Non, mais tu vas nous dire.
– On a un migrant!
– Un migrant?
– Oui! C'est lui qui vole les provisions de Fiorentina, j'en suis sûre!
– Ben, il est où?
– Je sais pas, mais en tout cas il connaît ma cachette!
– Nous aussi on la connaît! Tout le monde la connaît, ta cachette!

Je retourne à Djilali un regard furibond : autant je n'ai pas de secrets pour Nello, autant je préférerais que les petits ignorent le lieu de mes rendez-vous avec l'homme de ma vie.

— Tu connais rien du tout, mongol !

— Si, je connais ! Et Dolores et Teresa aussi ! On t'a vue !

— T'as rien vu ! Ta gueule !

Djilali se referme aussitôt, ombrageux comme une huître. Je devrais savoir, pourtant, qu'il ne faut pas lui parler brutalement. Daniel reprend les choses en main :

— On se calme ! C'est quoi, ce migrant ?

— Un Noir. Jeune. Il était près des noisetiers, après les vaches, là où j'ai installé mon coin : j'ai de l'eau, des livres, un parasol...

Les jumelles ricanent d'un air entendu et lubrique, tandis que Djilali promène furieusement un silex dans la terre meuble. Silence. L'ombre d'Arcady plane un instant sur le plaid pelucheux. Si je veux mener ma vie amoureuse comme je l'entends, il faut vraiment que je quitte la communauté.

— Il t'a dit quoi ?

— Rien. Peut-être qu'il parle pas français.

— Il est noir comment ? Noir-bleu ?

La question de Dolores peut paraître étrange, voire carrément raciste, mais il faut se rappeler que tout ce qui tourne autour de la mélanine est d'une importance cruciale pour les filles d'Epifanio — sans compter qu'aux yeux des collégiens, il existe

plusieurs façons d'être Noir – tout un nuancier que je maîtrise mal, mais dont les jumelles sont très au courant. Et pour autant que je sache, il ne fait pas bon être noir comme du charbon dans le monde impitoyable des onze-quinze ans. Pas plus qu'il ne fait bon y être roux ou intersexué. J'espère, pour les jumelles comme pour moi, que ça s'arrange au lycée. En tout cas mon migrant n'est pas noir-bleu.
— Il est gentil?
— Je l'ai pas vu longtemps. Mais non, il a pas l'air spécialement gentil. Il s'est foutu de ma gueule.
— T'as dit qu'il parlait pas!
— Non, mais il a rigolé.

Je garde pour moi son vilain geste, l'anneau du pouce et de l'index, les va-et-vient du majeur, le frétillement salace de la langue, tout le langage des signes par lequel il m'a exprimé à la fois son excitation et son mépris. J'ai besoin d'y réfléchir avant de les livrer en pâture aux membres de mon club des cinq. À mon tour, je m'agenouille sur la nappe improvisée et arrache la dernière part de brioche des mains de Djilali.
— Pourquoi vous mangez ça? On est en août!

Je ne suis pas une spécialiste du *pan de muerto*, mais comme son nom le laisse entendre, on le consomme à la Toussaint. Je crois même que dans leur folie macabre, les Mexicains en déposent sur les tombes, en offrande à leurs chers disparus.
— C'est Papa. Il arrête pas d'en faire.

– Ah bon ? Qu'est-ce qui lui prend ?
– Il est déprimé.

Je n'ai pas envie d'en apprendre davantage sur cette énième phase dépressive d'Epifanio. Tant qu'il se borne à confectionner son pain de mort à la fleur d'oranger, tout va bien. Qu'il fasse gaffe quand même, parce que Fiorentina est très à cheval sur les rites – sans compter qu'elle a sa propre variante italienne du pain de mort, infiniment plus riche en fruits secs et fruits confits que la version mexicaine. Elle prendrait très mal que nous en mangions comme ça, hors saison, en dehors de toute prescription culturelle.

La conversation languit un peu, mais nous finissons par convenir que migrant ou pas, l'intrus doit être surveillé de près, voire bouté hors du royaume. Il ferait beau voir que nous soyons envahis ; que des hordes de réfugiés viennent camper sur nos terres, voler notre bouffe, laisser leurs détritus partout, souiller notre Éden, violer notre tranquillité. De nous cinq, c'est clairement Djilali qui se montre le plus belliqueux. Il en est déjà à épointer ses flèches de noisetier et à parler de les faire durcir au feu. Il faut dire que la bible de Djilali est un guide survivaliste des années 1970, trouvé dans notre inépuisable bibliothèque : la fabrication d'un arc ou d'une fronde n'a plus de secrets pour lui, et je le soupçonne de s'être entraîné à la chasse sur notre cheptel de poules, dont les plumes bleu et or ornent ses flèches et son carquois. En tout cas, deux de nos wyandottes ont disparu.

– Je sais, mais c'est pas moi. Les plumes, je les ai prises dans le poulailler.

– Si ça se trouve, c'est lui, c'est le migrant !

– Ben ouais, c'est sûr que c'est lui : faut bien qu'il bouffe !

– Mais il a pas le droit : elles sont à nous, les poules !

– Et en plus, nous, on les mange même pas !

Un léger soupir soulève notre petite assemblée, à peine une onde, une risée sur les principes végétariens qui nous ont été inculqués. Les grands sont bien gentils d'avoir choisi pour nous, mais ils ont complètement sous-estimé l'attrait qu'un pilon de volaille fricassée pouvait exercer sur de jeunes estomacs. Nous nous séparons sur l'engagement solennel de veiller au grain. Inspection de l'arsenal, quadrillage du royaume, rondes diurnes, tours de garde nocturnes, les esprits s'échauffent et nous aimons ça : rien de tel qu'un ennemi commun pour réveiller l'esprit clanique – et peut-être aussi, soyons justes, rien de tel pour redevenir des enfants tant que c'est encore possible, en cette fin d'été qui voit quatre d'entre nous battre pavillon vers les rives, sans charme ni mystère, de l'âge adulte.

23. Le commencement du terrible

Dès le lendemain, une battue rondement menée nous permet de collecter de nouvelles preuves de l'occupation du territoire : restes calcinés de nos poules, excréments humains, mégots de cigarettes et détritus divers. L'ennemi n'adhère visiblement pas à notre charte environnementale, et Nello fulmine :
– Non mais, il se croit où ? Il ferait quoi si on venait salir comme ça chez lui ?

M'est avis que *chez lui*, notre migrant et ses compatriotes doivent avoir d'autres préoccupations que l'urgence écologique, mais je ne pipe mot. D'autant que Vendredi ne s'est pas contenté de profaner nos taillis et de chaparder nos pêches : dans un baluchon dissimulé à la fourche d'un chêne, nous trouvons des couvertures brodées du Sacré-Cœur de Jésus et une bouteille entamée de barolo.

Il n'en faut pas plus pour que Djilali mette en branle ses capacités de déduction :

— Les couvertures, elles sont sous les combles, dans la buanderie. Et la bouteille, il l'a prise à la cave : donc il se balade dans toute la maison ! Peut-être même qu'il va dans nos chambres quand on n'est pas là !

— Si Fiorentina apprend ça, elle va lui arracher les yeux !

— Peut-être qu'ils sont plusieurs : Farah en a vu qu'un, mais ça veut rien dire !

— Peut-être qu'il a toute sa famille avec lui, sa femme, ses enfants !

— En plus, les Noirs, ils ont plusieurs femmes et plein d'enfants !

À la seule idée de ce regroupement familial incontrôlable, notre indignation monte d'un cran, et nous convenons qu'il faut faire vite :

— Après, ça va être la rentrée, on aura moins de temps et on se verra moins. Surtout Daniel et Farah, vous allez avoir plein de travail, avec le lycée ! Le bac !

Daniel ne partage évidemment pas la terreur sacrée des petits : pour y avoir déjà fait une année, il sait que le lycée n'exige pas d'efforts démesurés – et comme les adultes de Liberty House n'en exigent pas davantage, voire se foutent complètement de notre scolarité, il doit y avoir moyen de continuer à caboter paisiblement. Il n'empêche que nous aurions l'esprit plus tranquille si nous parvenions à nous débarrasser de Vendredi et de sa tribu virtuelle avant la reprise des cours. Malheureusement, il s'est volatilisé et s'amuse à semer des indices déroutants sur nos hectares de prés et de forêts. Car si les emballages de Pavesini et les étrons blanchis par le soleil sont faciles à interpréter, que penser des grigris composites qui se balancent aux branches de nos frênes et de nos châtaigniers ? Plumes, ficelles, écorces, grappes de résine, brins de lavande, queues de lézards, mues de serpents ou chrysalides de cigales, Vendredi nous parle la langue de l'été indien, mais nous peinons à traduire. Un jour, toutefois, nous tombons sur une pastèque érigée sur un tumulus de pierres sèches – intacte à l'exception d'une excavation cylindrique. Tandis que les petits se perdent en conjectures, Daniel m'entraîne à l'écart, brusquement assombri :

– Putain, le con ! Il baise les pastèques !
– Quoi ?
– Mais oui ! Il met son zguègue dans le trou, et vas-y !
– Mais comment tu sais ?
– Regarde bien dedans.

Qu'on puisse avoir des relations sexuelles avec un fruit me laisse rêveuse, mais pas franchement désapprobatrice. C'est même plutôt l'inverse : ça m'ouvre des perspectives, mais en attendant de les explorer, j'empêche Djilali et les jumelles de se livrer à un examen trop scrupuleux des entrailles de la pastèque. Elle reste sur son tas de pierres, comme une borne ou un totem, et quand j'ose enfin y jeter un œil, le sperme, si sperme il y a eu, a disparu, comme infusé dans la chair rose et granitée. J'envoie un doigt prudent dans le cylindre, mais n'en ramène qu'un pépin noir, luisant, maléfique, un signe de mauvais augure que je m'empresse de jeter dans la poussière.

Galvanisé par la présence du serpent dans notre Éden, Djilali est sur le sentier de la guerre et arbore d'inquiétantes peintures faciales, sans parler de sa coiffe de plumes. Quand il ne patrouille pas dans la pinède, il est dans la bibliothèque, en train de compulser des livres sur l'anthropophagie.

– Tu veux bouffer de la chair humaine ?

Il lève sur moi ses yeux doux, frangés de cils invraisemblables :

– Non, beurk, jamais de la vie ! Non, je me renseigne au cas où Vendredi serait cannibale.

– Mais pourquoi tu veux qu'il soit cannibale ?

– Je veux pas qu'il soit cannibale, mais je sais qu'il y a plein de Noirs qui le sont.

Reniflant mon scepticisme, il renchérit avec conviction :

– C'est Fiorentina qui me l'a dit !

– Ça m'étonnerait !

– Si ! Elle m'a dit que les Africains, ils mangeaient des êtres humains : t'as qu'à lui demander !

Fiorentina n'aime pas les Noirs, c'est une chose entendue, mais de là à fantasmer et colporter ces inepties, il y a un pas que je ne l'imaginais pas franchir.

– Ben moi je te dis qu'ils en mangent pas : alors, qui tu préfères croire : Fiorentina, ou moi ?

Il fait celui qui n'a pas entendu :

– Dis, tu crois que ça a quel goût, la chair humaine ?

– Comment tu veux que je sache ?

– J'ai lu que ça ressemblait au poulet ! Mais bon, moi j'ai jamais mangé de poulet, alors...

Ça ne m'étonne pas, vu que sa mère compte parmi les végétaliens les plus enférocés de la communauté.

– T'as jamais mangé un McChicken ?

– Non.

– T'es jamais allé au KFC ?

– On n'a pas le droit.

– Non, mais on y est tous allés au moins une fois.

– T'y es allée ?

– Oui.

– Daniel et les jumelles aussi ?

– Oui, je te dis.

– T'as trop de la chance.

– Je peux t'emmener, si tu veux.

Un sourire l'illumine fugitivement, avant qu'il se ressaisisse, baisse les yeux, et marmonne une formule de refus poli. Il faut vraiment que je prenne en main l'éducation de Djilali : à force de subir romances hystériques et lubies communautaires, il a pris le parti d'être raisonnable, et ça n'est jamais une bonne idée de l'être à ce point. Il est là, sagement assis dans un rai de lumière dansante, son gros livre sur les genoux, l'index pointé sur une gravure ancienne figurant un explorateur dépecé par une tribu de sauvages. Il vit au XXIe siècle, mais rien n'y paraît. C'est tout l'intérêt d'élever des enfants en zone blanche : ils y prennent des habitudes d'un autre âge, celles de la lecture et de la contemplation en particulier. Je suis la première à m'en féliciter et à trouver que ça nous donne un avantage décisif sur nos contemporains, mais ça ne m'empêche pas de m'inquiéter. Consulté, Daniel se montre rassurant :

— Bah, je trouve qu'il va bien, moi. Il est plutôt tranquille, comme gamin, mais bon, où est le problème ?

— Tu trouves ça normal d'être obsédé par les cannibales ?

— Tous les petits garçons ont des obsessions : les dinosaures, les extraterrestres, les requins...

— C'était quoi ton obsession quand tu avais neuf ans ?

— Les bites.

— Quoi ? À neuf ans ?

— Oui. Et même avant. Déjà, j'étais obsédé par la mienne, que je trouvais ridiculement petite et dépourvue de poils. Tu comprends, je voyais celle des grands et je me demandais pourquoi la mienne ne ressemblait pas à la leur. Personne ne m'avait expliqué, la puberté, tout ça. Et puis je pensais à celle des garçons de ma classe. Je n'arrivais pas à m'en empêcher. Je les imaginais, bien au chaud dans leurs slibards; j'avais envie de les voir, de les toucher, de les prendre dans ma bouche. Je bandais de ouf, et je croyais que c'était pareil pour eux. Ça peut te paraître bizarre, mais jusqu'à onze ou douze ans, j'ai cru que c'était les hétéros, la minorité, pas les homos !

– Quoi ?

– Ben oui ! Je te ferais remarquer qu'à part tes parents, y'a aucun couple hétéro à Liberty House.

– Ben y'a pas de couples du tout, tu veux dire !

– Y'a Arcady et Victor, déjà. Et puis Malika et ta grand-mère. Tu vois : que des homos.

– Et Epifanio ? Et Jewell ?

– Epifanio et Jewell, ils sont tout seuls ! On sait même pas s'ils préfèrent les hommes ou les femmes !

– Ben Epifanio, il a deux filles !

– Ça veut rien dire. Si tu savais le nombre de pères de famille que je me suis faits !

Nous sommes tous les deux avachis dans la cuisine de Fiorentina. Aucun risque qu'elle se formalise de nos propos : bites, bander, homos, hétéros, sont des mots qui n'appartiennent ni à son vocabulaire ni à son univers mental. L'idée même d'une bite n'a jamais dû lui traverser l'esprit. Alors qu'on puisse en être obsédé, voilà qui la ferait probablement rire aux éclats, de ce rire jeune et fou qu'elle réserve d'habitude aux frasques des bébés d'animaux. Et de toute façon, elle ne s'intéresse pas à ce que disent les gens. Pour trouver le chemin de son conduit auditif, nos propos doivent concerner l'intendance de la maison et être extrêmement prosaïques. On ne gagne son attention qu'en lui parlant de provolone ou de haricots borlotti, et on ne conquiert son estime qu'en étant comme elle un bourreau de travail : étendre du linge, passer les plinthes à l'encaustique, faire sécher des cèpes, trier des lentilles, ramasser des œufs, tondre des pelouses, battre des tapis – voilà à quoi Fiorentina passe ses journées et à quoi elle enrôle quiconque se trouve à portée de sa voix de contralto. D'ailleurs, ça ne loupe pas, s'avisant que nous avons l'air désœuvrés, elle nous expédie dans le potager :

– Des tomates, de la menthe, des fleurs de courgette. *Subito* !

Il est onze heures du matin, la chaleur est déjà accablante, mais pas question de lambiner. Et je vous le donne en mille, qui trouvons-nous au milieu de nos plants de fraisiers ? Vendredi, bien sûr – geste suspendu, regard traqué, bouche ouverte, il nous dévisage le temps de trois poignantes secondes avant de détaler en zigzag, comme un lièvre.

– Putain, il est carrément trop beau ! Tu m'avais pas dit !

C'est vrai. J'ai gardé pour moi le secret de sa beauté : le blanc bleuté de l'œil, les dents aiguës, la flèche du nez, l'ombre des cils sur les pommettes altières, la nasse annelée des cheveux, comme une couronne, une tiare, un emblème.

– Quand je pense qu'il se tape des pastèques alors que je suis là !

Avec un gémissement de convoitise désespérée, Daniel s'effondre sous un massif de pyrèthres, que mon père a planté là pour ses propriétés insecticides. Je me garde bien de lui dire que l'objet de son désir m'a signifié le sien par un frétillement suggestif de sa langue rose, et un va-et-vient obscène de ses doigts fuselés – car à la réflexion, j'ai choisi de prendre la pantomime de Vendredi pour une invite plutôt qu'une insulte faite à mon anatomie ou à mes mœurs.

– J'ai trop envie de ken, j'te jure !
– Quoi ?
– J'ai trop envie de pécho ! C'est sa faute : il m'a trop mis la quille ! Faut qu'on le retrouve, vite !
– Même si on le retrouve, c'est pas sûr qu'il ait envie de coucher avec toi.

Arrachant une poignée de fleurs, Daniel essaime feuilles et pétales sur ses mèches lustrées, fronce ses lèvres avantageuses et prend la pose :

– Il aura envie, crois-moi...
– T'es con.
– Bon, viens : si on lui rapporte pas ses tomates, Metallica va nous tuer. Mais cette nuit, on va pas

dormir, O.K.? On va le chercher, on va trouver sa cachette! Et alors...

Il me précède dans les allées du potager en roulant ostensiblement des hanches et en me jetant des regards émoustillés par-dessus son épaule osseuse. Hop, il se baisse pour cueillir des fleurs de courgette, non sans se trémousser, histoire que son cul tende avantageusement son short bicolore – celui de George Michael. Je déteste quand il fait sa follasse, mais je lui conserve mon amitié en dépit de ses manies agaçantes, parce qu'il a aussi des qualités précieuses – sans compter que je ne peux pas me montrer trop regardante en matière d'amis, vu la solitude à laquelle me vouent mes propres bizarreries. À la nuit noire, nous nous retrouvons au pied du grand chêne où Vendredi a sommairement caché son ballot de couvertures. Il n'y est plus.

– Il doit dormir pas loin. Faut qu'on fasse gaffe.

Malgré nos précautions, les branches craquent sous nos pieds et les insectes stoppent net leur chanson de nuit. S'il est dans les parages, Vendredi nous entendra venir de loin et aura largement le temps de fuir. Au bout de deux heures de battue infructueuse, nous rebroussons chemin et sommes en vue de Liberty House quand un clapotis inquiétant parvient à nos oreilles. J'aimerais préciser que depuis le printemps, nous devons à Dadah la réfection d'un ancien bassin d'agrément. Comme il s'agissait de damner le pion à Nelly, Dadah a vu grand : le vieux bassin, exigu et craquelé, s'est mué en un étang furieusement romantique, cerné de joncs bruissants, émaillé de nymphéas, et alimenté de cascatelles qui dévalent des escaliers moussus. Djilali et les jumelles y passent l'essentiel de leurs journées, à barboter et à traquer nos esturgeons ou nos koïs tricolores. Qu'on me permette de dire, par parenthèse, que la lutte à mort que se livrent nos deux vieilles est d'un incontestable profit pour toute la communauté : non seulement toitures et bassins ont été restaurés, mais des essences d'arbres rares sont venues ombrager le jardin de devant, tandis que la façade nord se voyait dotée d'un bow-window aux vitraux ambrés. Je crois savoir aussi que le budget alloué à Fiorentina pour nous nourrir a été multiplié par deux. Nous nageons dans l'opulence, et nos carpes aussi : grasses, chatoyantes, elles ondulent dans un rayon de lune laiteuse tandis que Daniel et moi progressons à pas de loup en direction du bassin.

Il est là. Sur l'onde calme et sombre où dorment les étoiles, il flotte, comme un lys noir, un de ceux que mon père cultive à grands frais grâce aux largesses de Dadah, dont c'est la fleur préférée voire l'emblème – de son côté, Nelly revendique la simplicité rustique des asters, histoire de bien marquer sa différence, et mon père a intérêt à ce que nos serres ne manquent ni des uns ni des autres. N'empêche que notre bon sauvage est là, à profiter éhontément de nos eaux lustrales pour faire ses ablutions entre les tiges de nénuphar et celles des joncs. Autour de nous, la nuit remue, soupire; un oiseau invisible lance un rourou intermittent, comme une interrogation inquiète. Avec un élan de tout son corps, Vendredi s'immerge et disparaît entièrement sous l'opercule argenté de l'étang. À côté de moi, Daniel retient son souffle et enfouit sa main dans le short bicolore, à la recherche de sa bite, j'imagine. Je tchipe d'exaspération, sans le détourner une seconde de sa petite affaire : car bien sûr, il est en train de se branler, ce con! Whouf, Vendredi refait surface, tendant son visage extasié vers la lune, et secouant dans tous les sens les étamines noires de sa chevelure alourdie par l'eau. Le voici qui sort de l'onde, nu comme au premier jour, et le mouvement de la main de Daniel se fait frénétique tandis qu'il me glisse à l'oreille :

— Putain, t'as vu comme il est gaulé?

Oui, j'ai vu, et c'est sûr que ça me change de la morphologie rondouillarde d'Arcady, ces cuisses denses et longilignes, ce ventre martelé comme un heaume, cette carrure somptueuse, ces fesses hautes et pleines, ces hanches étroites... Comme pour saluer cette apparition, le chant des crapauds monte d'un cran dans la ferveur passionnée. Sentant que Daniel est à deux doigts de bondir vers l'intrus, j'agrippe l'élastique du short bicolore :

— Reste là!

Inconscient de notre présence, Vendredi s'accroupit sur la berge, fouille dans le petit tas de vêtements qu'il y a laissé, puis se roule une cigarette, ou plus vraisemblablement un joint si j'en juge par les effluves qui nous parviennent.
– C'est l'herbe de ton père !
Je confirme : l'intrus a visiblement accès au petit jardin médicinal que Marqui a pourtant enclos de demi-rondins, histoire d'en signifier le caractère hautement privé – et pour cause, entre sauge et millepertuis, il y a planté des opiacés dont il teste l'efficacité sur son épouse. Je reconnaîtrais entre mille ce parfum riche, exotique, qui accompagne ma mère en permanence, comme un petit nuage de bonheur personnel au-dessus de sa tête.
– Il ressemble à Bob Marley, tu trouves pas ?
Ce n'est pas faux. Entre les volutes voluptueusement expirées, le tressage charbonneux de sa chevelure, et le placage acajou de sa peau érythréenne, Vendredi a tout du mythique Natty Dread de Trenchtown. J'opine silencieusement, mais Daniel s'en fout vu qu'il est sur le point de gicler dans un bosquet d'herbes de la pampa, sans égard pour leurs plumeaux duveteux et frissonnants. Tandis que nous retenons, lui son gémissement, moi mon rire, notre migrant se redresse, expédie d'une chiquenaude désinvolte son mégot dans l'étang, inspecte les alentours du regard, se

rhabille, regagne la lisière du bois et se laisse avaler par le peuple des arbres.

— Putain, il est vraiment crade, t'as vu ça ?

Mais Daniel a désormais perdu toute objectivité et accueille avec indulgence ce qui lui paraissait insupportable hier, à savoir l'inconséquence avec laquelle Vendredi sème ses déchets.

— Il est pas crade ! Au contraire : il se lave !
— Il jette ses clopes dans l'eau !
— On s'en bat les couilles qu'il jette ses clopes dans l'eau ! T'as pas vu comment il est trop beau ?

Si, j'ai vu, bien sûr que j'ai vu, mais on ne m'enlèvera pas de l'idée que cette beauté est le commencement du terrible et la fin de l'innocence.

24. La santé mentale est une chose fragile

    Visiblement déboussolé par la naissance de sa Vénus noire, Daniel est passé dès l'aube réveiller les membres du club, histoire de nous réunir tous les cinq en conseil extraordinaire sur la restanque – pour le moral des troupes, rien de tel qu'un rendez-vous secret dans les hautes herbes. Surexcitées, les jumelles ont rassemblé tout un attirail de détective : loupe, boussole, couteau suisse, rations de survie, sifflet, et même un flacon d'encre invisible dont je vois mal l'utilité, mais que Djilali a l'air de trouver fascinant. Lui-même arbore la panoplie complète du chef sioux : arc et carquois, regard farouche, plume fichée dans son épaisse chevelure brune – à moins qu'elle ne soit directement plantée dans son crâne. Au secours. Je suis apparemment la seule à avoir conservé un peu de bon sens. Car si les petits sont fermement décidés à bouter l'énergumène, on va voir que Daniel est passé à l'ennemi avec toute la fougue des apostats.

– Farah et moi, on a revu le migrant : la nuit, il vient se baigner dans le bassin.

Sans mot dire, Djilali jette son arc à nos pieds, ce qui doit équivaloir à une déclaration de guerre en langage d'Indien. Daniel le recadre illico :

– Non mais attends, tu vas faire quoi ? Lui tirer dessus ? Il a quand même le droit de prendre un bain ! Et le droit à l'hygiène, tu en fais quoi ? C'est un migrant, je te rappelle : il n'a pas de maison, pas de salle de bains, rien ! Et si ça se trouve, il est tout seul ici, sans famille, sans amis !

– Tu as dit qu'il avait sûrement plein de femmes et plein d'enfants !

– C'est Dolores qui a dit ça, pas moi. Non, moi, je pense qu'il est seul comme un rat.

– Ouais, c'est un rat ! C'est dégoûtant les rats !

– C'est les racistes qui comparent les étrangers à des rats ! Depuis quand on est des racistes ?

Contrits et déconcertés, les petits baissent le nez et n'osent plus échanger un regard. Il faut savoir aussi ! Hier Vendredi était l'homme à abattre, et aujourd'hui il faudrait lui trouver toutes les excuses et l'accueillir à bras ouverts – et encore, Daniel leur cache les motivations libidineuses de son revirement. Bref, Djilali et les jumelles sont sommés de débusquer notre voleur de poules, mais ont interdiction de lui tirer dessus.

– Si vous le voyez, vous ne dites rien, vous n'essayez pas de lui parler, mais vous venez me chercher, O.K. ?

– Et s'il nous voit ?

– Il faut pas qu'il vous voie ! S'il vous voit, il va se barrer ! Si vous êtes deux, y'en a un qui reste le surveiller et l'autre qui vient me prévenir, moi ou Farah.

Sitôt reçu leur ordre de mission, les petits s'égaillent aux quatre coins du royaume, nous laissant Daniel et moi avec notre langueur et nos regrets. Il aurait fallu agir hier soir : tout le monde sait bien que dans la brousse, c'est au point d'eau qu'on guette la venue des animaux, au moment où ils sont vulnérables, vigilance amoindrie dans la paix trompeuse du marigot, jambes largement écartées pour boire... Du coup, et bien qu'il fasse grand jour, nous traînons autour du bassin, mais seul Epifanio s'y trouve, en contemplation devant les koïs, l'une d'elles surtout, qu'il pointe d'un doigt tremblant à notre intention :

– Elle aussi, elle se dépigmente, regardez !

Nous regardons, juste à temps pour voir une grosse carpe enfouir sous la vase ses flancs tavelés – mais ni Daniel ni moi n'avons de temps de cerveau disponible pour l'empathie et la commisération : qu'Epifanio se débrouille avec ses propres obsessions, et qu'il nous laisse à l'ombre lancinante de la nôtre. Car en ce qui me concerne, c'est bien d'obsession qu'il s'agit, de visions impossibles à décrocher de mon arrière-plan mental, d'images aussi insupportables que jouissives : noyau de pêche craché dans la poussière, chevelure trempée fouettant l'air de la nuit, pommettes altières, fesses creusées, cuisse sur laquelle serpente une algue émeraude.

Les pieds dans l'eau fraîche, la tête ombragée par une palme d'acanthe, nous échangeons sombrement quant à nos chances respectives. Ayant laissé tomber ses fanfaronnades, Daniel est beaucoup plus enclin au doute que la veille.

– Tu crois qu'il est hétéro ? Parce que s'il est hétéro, ça te donne un avantage d'être une fille. Surtout s'il est muslim.

– Même s'il est hétéro, y'a peu de chance pour que je lui plaise. T'es sûr qu'ils sont musulmans, chez lui ? Ils sont pas feujs, plutôt ?

– En même temps, s'il a pas baisé depuis longtemps, peut-être qu'il va sauter sur l'occase. Il a bien baisé une pastèque...

Djilali et les jumelles reviennent sur ces entrefaites, aussi bredouilles qu'il fallait s'y attendre, ce qui nous stoppe net dans nos conjectures érotiques et décousues. Ils ont trop chaud, ils en ont marre de chercher le migrant, ils veulent se baigner et passer à d'autres jeux. C'est la même chose pour moi, sauf que c'est l'inverse – enfin je me comprends : pour la première fois depuis six mois, j'ai autre chose en tête que ma traversée des apparences, et mon passage cahoteux de l'un à l'autre genre. Même Arcady est soudain relégué au second plan, comme quoi il n'y a pas de grand amour qui tienne. Ou alors, je me trompe depuis le début en m'imaginant aimer. Dommage que je n'aie personne à qui demander la différence entre le véritable amour et le désir tel qu'il me torture en cette brûlante journée d'août. Arcady la connaît sûrement, mais je ne vais pas lui mettre la puce à l'oreille avec mes questions : j'aime autant qu'il ne sache pas que je lui suis infidèle. Bon d'accord, il prêche l'amour libre, et en plus je ne l'ai pas encore trompé, mais c'est peut-être pire vu que j'en crève d'envie et que je n'ai plus une seconde à moi pour penser à autre chose.

Le soir tombe sans que j'y voie plus clair. J'ai même franchi un cap dans l'obscurcissement de mes facultés intellectuelles. La santé mentale est une chose fragile. Il suffit d'un rien pour la faire dérailler, et alors, fini les circuits courts d'une idée à une autre : les miennes se galopent derrière, sans attraper la moindre formulation claire ni donner lieu à la moindre velléité d'exécution.

Le dîner nous rassemble autour d'une pizza aux artichauts marinés, suivie d'un sublime fondant chocolat-framboise, mais ni Daniel ni moi n'avons le cœur d'en profiter : nos jambes s'agitent sous la table, nos doigts pianotent sur la nappe, et les conversations nous insupportent tant elles sont en décalage avec notre idée fixe et notre désir d'honorer un rendez-vous tacitement passé – car bien qu'il n'en sache encore rien, Vendredi a rendez-vous avec nous.

À minuit sonnante, nous sommes de nouveau en vue du bassin, tapis derrière un rideau de bambous cliquetants. Sur la berge, nous avons déposé un panier d'offrandes propitiatoires soigneusement choisies : une part de pizza, un morceau de provolone, un reste de pâte de coings, des olives farcies aux poivrons, une bouteille de barolo, des biscuits Pavesini, trois joints de l'herbe de mon père, un briquet, des bonbons au café, et une boîte de préservatifs. L'idée, c'est qu'il comprenne que non seulement nous ne lui voulons aucun mal, mais que nous connaissons ses goûts et le trouvons au nôtre.

Il déboule nonchalamment vers une heure du mat'. Sans voir notre panier, il se débarrasse en un tournemain de son maillot du Barça et de son short effrangé avant de s'avancer vers l'étang, plus lactescent que jamais sous sa dentelle de lentisques. Comme hier, il disparaît sous l'eau, mais contrairement à hier, il ne resurgit pas. Il s'est noyé : il a été happé par des tiges de nénuphars, puis retenu dans la vase par des souches pourrissantes – fin de l'histoire, délivrance, je vais pouvoir reprendre une vie normale, même si la normalité ne signifie rien dans notre asile à ciel ouvert, notre station climatique pour déficients en tous genres.

– Putain, il est où ? Faut qu'on aille voir : il a peut-être fait un malaise...

Quittant le couvert de la bambouseraie, Daniel s'avance dans l'eau jusqu'à mi-cuisses et en scrute la surface. Rien. Tout juste un chapelet de bulles désespérées que je me garde bien de lui signaler. Il ferait beau voir que nous portions secours à celui qui va nous détruire. Autant le laisser livrer son combat dans les profondeurs. J'ai à peine le temps de croire à mon histoire et d'être envahie par l'épouvante et la culpabilité, que Vendredi surgit derrière nous : loin de se noyer, il a dû nager d'un bout à l'autre du bassin et en faire le tour pour venir nous surprendre. De saisissement, Daniel tombe à genoux dans l'eau verte, et se retrouve à rouler des yeux au-dessus de la coupelle vernissée d'un nénuphar, tête coupée d'avance, offerte sur un plateau, Vendredi n'a qu'à se servir – et je ne doute pas qu'il le fasse, tout juste s'il n'a pas procédé lui-même à la décapitation. Je sais ce que je sais. Peu importe d'où me vient ce savoir entre espoir et terreur, entre réflexe de survie et désir du pire.

Nu comme au jour de sa naissance, les bras croisés entre son nombril argenté et son bouclier pectoral, Vendredi nous toise sévèrement et je me sens mollir sous ce regard : je suis très bon public pour la réprobation. Toujours agenouillé dans l'étang, Daniel hèle timidement notre visiteur du soir :

– Salut. Tu parles français ? Anglais ? I'm Daniel.

Hop, ça y est, ça me reprend : au moment où je m'apprête à parler moi aussi, mon trouble dissociatif me saute sur le râble et me voici pétrifiée sur la rive, à ne plus savoir comment me présenter : hello, I'm Farah ? Mais non, justement, je ne suis pas Farah, je suis tout l'univers, une encyclopédie en douze tomes à moi toute seule. Dommage que ça m'arrive alors même que je voudrais désespérément faire bonne figure, corriger l'impression fâcheuse que j'ai dû faire la première fois. Dans l'amour, pour peu qu'on s'abandonne, on n'est pas toujours à son avantage : qui sait ce que Vendredi a pu surprendre en fait de grimaces, de bruits, de positions ingrates. Si je veux établir le contact, il faut absolument que je revienne à moi, que je rapatrie mon âme dans mon corps terrestre, sinon c'est Daniel qui mettra le grappin sur notre migrant, et c'en sera fait de mes rêves de rencontre amoureuse.

Pour être franche, c'est la rencontre qui me fait rêver, bien plus que d'amour. L'amour, je l'ai déjà, alors que je n'ai jamais rencontré personne. Entendons-nous bien, je connais une foule de gens, mais pour la plupart j'ai grandi avec et sous leur égide : il n'y a pas eu de fulgurance, d'instant T convulsif, de premiers regards miraculeux – un noyau de pêche craché dans la poussière et à jamais scintillant. La rencontre pourrait avoir lieu ici et maintenant, mais voilà, je ne suis pas au rendez-vous, et c'est Daniel qui va tirer profit de cette situation sauvagement romantique, love at first sight under the cherrymoon. Car elle est rouge cerise, la lune, et c'est peut-être la raison de ma mise en orbite intempestive, de ce ravissement qui m'ôte tous mes moyens et me soustrait provisoirement au monde.

Le temps passe. Quand je reviens à la réalité, Daniel et Vendredi sont accroupis face à face et plongés dans une conversation animée, à base de franglais et de langage des signes. Daniel tourne vers moi un visage stupidement réjoui :

– Il s'appelle Angossom, en fait !
– T'es sûr ? C'est bizarre comme nom.
– Archisûr : regarde, il me l'a écrit !

De fait, huit lettres capitales sont gravées dans la terre argileuse de la rive : ANGOSSOM. On ne m'enlèvera pas de la tête que ça ressemble fortement à « angoisse » et que ça accrédite la mienne.

– C'est peut-être son nom de famille.
– Non, son nom de famille c'est encore autre chose : il me l'a dit mais j'ai pas compris.

En même temps, je m'en fous de son nom de famille : quand il me prendra dans la sapinière ou sous mon dais nuptial, c'est « Angossom » qui me montera aux lèvres, « Angossom » que je hurlerai sous la voûte étoilée. À mon tour, je m'agenouille à même le sol et écris mon prénom à côté du sien, tout juste si je ne les entoure pas d'un cœur, Farah

+ Angossom = Amour Éternel. Je sais, j'ai l'air comme ça de déraisonner, et c'est vrai, je déraisonne, je veux tout et son contraire, qu'Angossom crève et qu'il me baise, mais pas dans cet ordre-là, bien sûr.

Si j'en juge par leur pantomime, les deux garçons en sont déjà aux grands serments d'amitié : main sur le cœur, regards solennels, brève étreinte sous la ramée. Je ne compte pas. Tout le monde s'en fiche que je sois là ou pas, ce qui fait mon affaire en temps normal, mais là non : j'existe.

– Où tu dors ? Sleep ?

Paumes jointes sous la joue, yeux clos, Daniel feint le sommeil, puis pointe Angossom de l'index avant d'écarter les mains et de lever les yeux au ciel en signe d'incertitude. Avec un petit sourire pitoyable, Angossom désigne la lisière du bois et les rangées de troncs rectilignes qui lui ont offert le gîte. Daniel prend illico les choses en main :

– Cette nuit, this night, tu vas dormir dans un vrai lit. Bed : you know bed ? Come with me.

Come with us aurait été plus élégant, mais les deux tourtereaux sont seuls au monde. Toujours aussi nu, Angossom avise le panier débordant de victuailles, suscitant les braiements enthousiastes de Daniel :

– Yeah, it is for you ! Food ! Wine ! Tu veux ?

Aussitôt dit, aussitôt fait, Daniel ouvre la bouteille, déchire l'enveloppe des Pavesini, et brandit une part flageolante de pizza aux artichauts en direction de son protégé, qui ne fait pas de manières pour l'accepter. Nous trinquons dans des gobelets empilables en verre ambré, héritage des années pensionnat de Liberty House. Mes lèvres s'y posent en frémissant, vu qu'à chaque fois que j'y bois, j'ai des flashs d'amitiés saphiques en rafales. Et encore, les amitiés saphiques, ça pourrait aller, mais je dois aussi supporter des visions plus inquiétantes, des halos verdâtres, des coiffes empesées et fantomatiques, des rictus, des mains crispées sur des rosaires – sans compter des chuchotis suppliants, des gémissements, des bruits de pleurs étouffés dans l'oreiller depuis plus d'un siècle. Je ne sais pas pourquoi ça m'arrive à moi ni si ça arrive à tout le monde. Il se peut que ça fasse partie de mon spectre de symptômes, que ça aille avec le reste, mes assomptions, les clignotements de ma conscience, mais aussi ma progressive réassignation sexuelle – comment savoir? Je ne suis pas médecin, et ceux qui le sont n'ont que faire de cas comme le mien, qui défient à la fois leur entendement et leur petit bagage scientifique.

Une fois le barolo fini, nous regagnons la maison tous les trois. Il a été convenu qu'Angossom dormirait sous les toits, dans une chambre inoccupée à deux pas de la mienne. À charge pour lui d'aller et venir discrètement, quitte à ce que Daniel ou moi faisions le guet. Sans attendre, nous fourrons notre panier sous son lit : les olives, la pâte de coings, les trois joints intacts... Les toilettes sont au bout du couloir. Mieux vaut ne pas imaginer de collision nocturne avec une Fiorentina ensommeillée mais tout à fait à même de reconnaître un pensionnaire clandestin.

Je vais me coucher, et contre toute attente, je m'endors et rêve de cygnes enlaçant leurs cols sinueux, enluminant l'étang d'un cœur de plumes lustrées et de becs noirs : ça doit vouloir dire quelque chose, mais quoi?

25. Hermaphrodite anadyomène

Debout dès l'aube, je décide de faire passer une inspection poussée à chaque parcelle de mon anatomie. Qu'ai-je à offrir au monde – et par monde j'entends surtout Angossom – en dehors du cirque fixe de mes pensées ? Dans le grand salon que Victor a si bien pourvu en miroirs, je m'examine sous toutes les coutures, levant les bras, écartant les jambes, me dévissant le cou. Après dix bonnes minutes de contorsions, je suis bien obligée de convenir que ma métamorphose poursuit son cours inéluctable. Mon cou s'est encore épaissi, une couronne de poils drus cerne mes aréoles, mes arcades sourcilières sont plus proéminentes, et tout ce que ma silhouette comptait de tendres renflements, seins, fesses, motte pubienne, s'est racorni jusqu'à disparaître dans le bloc minéral de mon nouveau corps. L'involution de mes caractères sexuels secondaires féminins s'est accompagnée d'un mouvement contraire et de la tumescence, encore timide mais incontestable, d'une paire de testicules dans le prolongement de mes grandes lèvres. Leur couleur hésite entre bistre et vert-de-gris, mais heureusement, j'ai vu des testicules se balader toute ma vie, et je sais qu'ils peuvent adopter toutes sortes de teintes étranges sans que ce soit le signe de leur pourrissement. Bref, ne nous voilons pas la face, je suis désormais un monstre et le syndrome de R. n'y est pour rien : on m'a jeté un sort, voilà l'explication, et à moins d'un sort inverse, je ne retrouverai jamais une apparence normale. En attendant, il faudra que mes amants aient l'estomac bien accroché – ou qu'ils soient équipés d'un radar ultra sensible pour détecter mon potentiel de séduction.

Autant dire qu'avec Angossom, rien n'est gagné. Face au miroir trumeau XVIIIe surmonté de sa toile peinte – une scène galante qu'encadrent des moulures de bois doré –, je jauge sévèrement l'étendue des dégâts et j'évalue mes chances. Les uns sont conséquents et les autres bien faibles, mais peu importe : il faut aimer avec courage. Comme je n'en manque pas, j'enfile un short vert émeraude et un top rouge sorbet, histoire d'envoyer un signal au cortex limbique d'Angossom, un souffle de fraîcheur, une vision subliminale de pastèque emperlée, de muqueuses, de fente mouillée et offerte. Il ne me reste plus qu'à le cueillir au saut du lit, pour profiter d'une érection matinale pas trop regardante. Quand n'y tenant plus je finis par entrouvrir sa porte, Angossom s'est volatilisé, et toute la journée à venir se décolore brutalement. C'était bien la peine que je me mette sur mon trente et un, et à ma déception je mesure combien la vie est insatisfaisante quand elle n'est pas dangereuse.

Une fois n'est pas coutume, je décide de ne pas honorer mon rendez-vous matinal avec Arcady. J'ai beau avoir été élevée par des adeptes de l'amour libre, je sens bien que la fidélité est dans ma nature. Non que j'aie cessé d'aimer Arcady, mais je vois mal baiser avec mon amour n° 1 tout en ayant en tête les charmes avantageux de mon amour n° 2. Ce serait même le moyen infaillible de tout faire foirer, la vieille idylle comme la nouvelle. Pour réussir, les gens comme moi doivent se vouer entièrement à leur entreprise, un seul objectif à la fois. En plus, je suis douée pour ça : la focalisation, la précision, la persévérance, les travaux de longue haleine. Or, les prescriptions non écrites de Liberty House, nos tables de la loi gravées dans l'air et sur le sable, enjoignent exactement l'inverse : papillonner, ne pas s'attacher, ne pas attacher, fuir la constance, l'exclusivité, la relation fusionnelle. Mais justement, ça me fait envie, moi, la fusion. Tant qu'à disparaître, autant que ce soit pour la bonne cause, absorbée par un corps étranger, fondue à lui comme une neige au feu – crépitante, exaltée, heureuse.

Plutôt que de passer la journée à lire et à traîner, sans compter les heures de discussion oiseuse avec Daniel, je lui emprunte sa moto et fonce vers la ville sans nom, histoire d'y trouver un dérivatif à mon mal d'amour – car pourquoi s'obstiner à appeler désir un sentiment aussi impérieux et aussi absolu ? J'aime Angossom, et je peux le crier dans le vent chaud de ma course folle, sûre que personne ne m'entendra ni ne fera attention à moi : Angossom, je t'aime ! La ville est là avant que j'aie épuisé ma jubilation. Tant mieux : comme ça, il m'en reste pour parcourir les rues sans être accablée par la chaleur et les regards qui se lèvent sur moi sans la moindre étincelle d'intérêt. Pour me préserver de leur indifférence, j'ai toutes les fureurs de l'amour, mon illumination personnelle et perpétuelle.

Sur la plage, je retrouve les grappes de touristes blanchis par la crème solaire – dont les composés chimiques vont aller se déposer tout droit sur les massifs coralliens, décimant au passage algues et plancton. Pour le moment, l'eau est encore cristalline, et les ondulations du sable bien visibles sous les ocelles qu'y fait le soleil du matin. J'irais volontiers nager – si j'avais un maillot. Cela dit, vu le tour qu'a pris mon anatomie, je peux sans doute me contenter de mon boxer-short. Ce serait même une bonne idée que de faire le test sur cette plage où seuls les hommes se permettent le topless. Hop, aussitôt dit, aussitôt fait, je me retrouve torse nu au milieu des baigneurs auxquels je jette des regards prudents, histoire de constater l'effet produit par ma nouvelle poitrine, soit deux pectoraux à peine plus renflés que la moyenne, bien loin des mamelles que les filles enserrent triomphalement dans des bandeaux fleuris ou des triangles strassés. Comme par ailleurs mon boxer est suffisamment lâche pour laisser le doute sur mon architecture génitale, je ne suscite ni coups d'œil surpris ni ricanements malveillants : ma virilité ne fait pas un pli. Pour me faire à cette idée, je m'éloigne de la plage à brasses vigoureuses, gagne une grosse bouée jaune et légèrement gluante que j'enserre un moment de toute ma force neuve, avant de m'aventurer hors du périmètre de sécurité, loin des eaux tièdes et moirées du rivage. Je plonge : il y a peut-être des vérités apaisantes à retrouver dans les abysses, des rencontres à y faire, moins bouleversantes que celles qui se produisent sur la terre ferme.

À mon retour sur le sable sec, j'adopte une démarche un peu chaloupée, me rhabille avec des gestes désinvoltes, et jette à la ronde des regards façon Stallone, entre maussaderie ostensible et agressivité voilée. J'aimerais bien m'en empêcher, mais c'est plus fort que moi. Tout juste si je ne roule pas des mécaniques en sifflotant – et pourtant je déteste les gens qui sifflotent ou chantonnent. Bref, il semblerait que quelque chose se soit produit tandis que je nageais en apesanteur, dans cet espace-temps sans réalité – une bascule imperceptible, un ralliement secret et involontaire de toutes mes cellules à ce nouveau programme : être un garçon. Sauf que je n'en veux pas, moi, de ce programme : ça ne m'a jamais fait envie, l'attirail masculin, la panoplie complète, les attributs génitaux pourpres et fripés, les tambours battants, la sonnerie au clairon, les efforts incessants et sans cesse ruinés pour être à la hauteur, toute une vie d'inquiétude, non merci ! Je préfère la conque close sur ses triomphes, la victoire sans chanter, les grappes de ma vigne : le château de ma mère, ce royaume bien administré, plutôt que la gloire de mon père, toujours fragile et menacée.

Comme je longe la plage en direction de l'Italie, mon regard est attiré par de grandes lettres noires, peintes à même les rochers : *no nation, no border, fight law and order*. Née de qui je ne devais pas naître, élevée au sein d'une secte de naturistes illuminés, j'étais sans doute vouée aux désordres intimes, mais justement, j'ai toujours aspiré à suivre la loi et l'ordre. Ça me va très bien, moi, les nations et les frontières, même si ça ne doit pas faire l'affaire d'Angossom et des autres exilés. J'ai envie de rentrer sous terre, ou à défaut, de me recroqueviller dans la jarre funéraire de Nelly, histoire que se termine mon histoire, qui est une erreur depuis le début.

Je shoote tristement dans un caillou, comme le font les garçons, toujours et en tout lieu – sauf

que chez moi c'est tout nouveau, cette propension à m'inventer des ballons et à jeter des pierres, c'est le signe que la métamorphose est accomplie. Même si j'aspire à me retrancher dans ce qui reste de ma féminité, autant me résigner, entériner le changement, me faire appeler Farell, m'inscrire au foot, cracher par terre, baiser des filles... Alors même que mon esprit s'empare de cette dernière idée, histoire de l'examiner plus attentivement et plus sérieusement que d'habitude, une voix joyeuse me hèle, une main s'abat sur mon épaule, je me retourne, et c'est Maureen, comme un génie frotté de ma lampe intérieure. Elle arbore désormais de jolies mèches roses, assorties à sa carnation de blonde :
— Hé, salut Farah!
— Salut.
— C'est trop l'hallu que je tombe sur toi : j'ai trop pensé à toi! Ça va?

Il y a un « trop » de trop dans ses salutations, mais je lui pardonne en raison de son enthousiasme gratifiant — car on sait que je n'ai pas l'habitude d'en susciter. Installées en terrasse face à la mer, nous échangeons les dernières nouvelles, c'est-à-dire pas grand-chose en ce qui me concerne, vu que mes dernières nouvelles sont inavouables : non seulement mon cœur est pris, mais je suis un garçon, autant d'informations qui devraient conduire Maureen à lâcher l'affaire. Il ne lui faut d'ailleurs que trois gorgées de bière au bar de la plage pour froncer son petit nez – tout juste un renflement dans le prolongement velouté de son front :

– Putain, c'est toi qui sens le keum, comme ça ?
– T'as un problème avec ça ?
– Avec quoi ? Avec les keums ou avec les odeurs ?

Sans lui répondre, je me carre sur ma chaise, étends les jambes devant moi, et prends un air déterminé pour fixer l'horizon.

– Pourquoi tu joues les bonhommes ?

Comment lui dire que je ne joue à rien ? Que c'est plutôt moi qui suis le jouet de forces obscures qui visent à faire de moi une anomalie biologique et un objet de risée ?

– Je ne te plais plus ?

Elle me dévisage, le nez toujours froncé, cherchant à déceler le piège que je lui tends avec mes nouveaux airs de garçon :

– Faut voir.
– Qu'est-ce que tu aimes en moi ?
– Ben je sais pas, je te kiffe, quoi !

Bon, si je veux comprendre à quoi tient ma force d'attraction, Maureen n'est pas la bonne interlocutrice. C'est quoi ces gens qui ne savent rien sur rien et ne pénètrent même pas les arcanes de leur propre psychisme ?

– Bah, laisse tomber !

Apparemment, laisser tomber n'est pas dans sa nature : en dépit de mon odeur mâle et de mes poses de matamore, elle abat sa main sur ma cuisse. Il faut croire que mon pouvoir sur elle survit aux changements de sexe. Comme c'est précisément ce dont je veux avoir le cœur net, j'envoie un jet de salive éclabousser virilement le trottoir surchauffé. Peine perdue : Maureen resserre l'emprise de sa main.

— Putain, Maureen, faut savoir : t'es homo ou t'es pas homo ? Tu vois pas que je suis un gars ?

Elle retire sa main comme si elle s'était brûlée. Sur son visage clair, les expressions défilent à toute vitesse et de façon presque comique : dégoût, incompréhension, méfiance.

— La dernière fois, tu m'as dit que t'avais pas de téléphone et maintenant tu me dis que t'es un mec ? Non, mais tu sais plus quoi inventer pour te débarrasser de moi !

— Tu me traites de menteuse ?

— Carrément !

— Mor, je sais que c'est super-chelou, mais c'est vrai : je suis en train de me transformer en mec !

— T'es transsexuelle ?

— Euh, je sais pas.

— Comment ça, tu sais pas ?

— Ben les transsexuels, ils choisissent ! Moi, j'ai rien choisi : j'étais une fille, un peu cheum, mais une fille quand même, et là, j'ai mes seins qui rentrent et mes couilles qui poussent !

— Je connais plein de filles qui ont des sortes de couilles, enfin, des trucs, là, qui pendent sous leur chatte. C'est pas des mecs pour autant !

– Ah bon ? T'en connais ? Et elles ont des seins ?

– Certaines oui, d'autres pas. Tu sais, les seins, y'en a de toutes les tailles et de toutes les formes.

Oui, je sais, merci. Les seins, c'est comme les testicules, j'ai eu l'occasion d'en observer toute ma vie : ceux de ma mère, de ma grand-mère, de Malika, de Jewell, de Dadah... Je sais à quoi ça peut ressembler et je sais ce que ça devient avec l'âge, car l'un des bienfaits du naturisme est de dissiper toute illusion sur les ravages du temps.

– Enfin, je sais pas comment sont les autres, mais c'est sûrement pas tout le monde qui change de sexe à la puberté.

À la réflexion, tout le monde change de sexe à la puberté, tout le monde voit ses organes génitaux être frappés d'une malédiction : lisses, tièdes, relativement inodores, et source de plaisirs inoffensifs dans l'enfance, ils se couvrent de poils, se pigmentent, prennent du volume, exigent des mesures d'hygiène, se mettent en tension et alimentent les rêveries les plus inquiétantes.

– Peut-être que t'étais un mec dès le départ et que c'est juste maintenant que ça se voit. J'ai vu une émission à la télé...

Dès qu'on parle d'intersexuation, il y a quelqu'un qui a vu quelque chose à la télé. À croire que la télé ne parle que de ça. Sauf que moi, je n'ai pas la télé, ni Internet, ni rien, ce qui fait que je suis toute seule avec mes symptômes, ni transgenre, ni shemale, ni hermaphrodite, ni ladyboy, et encore moins transsexuelle ou trav' ou je sais pas quoi. Oui, c'est ça, je suis seule : personne, jamais n'a traversé ce que je traverse. C'est peut-être une mutation ? Après tout, je suis bien placée pour savoir que nous vivons une époque dangereuse, dans un contexte environnemental qui dérègle les saisons, favorise les cancers, les allergies croisées, les règles à huit ans, la ménopause à trente, et l'infertilité dans l'intervalle. Du coup, si ça se trouve, nous sommes des milliers à assister impuissants à la mutinerie de nos organismes, bombardés qu'ils sont d'ondes électromagnétiques, de perturbateurs endocriniens et autres polluants invisibles. Mais bon, on va bien voir qui commande de mon corps ou de moi : ce ne sont pas les testicules ou les pectoraux qui vont m'empêcher d'être une fille si tel est mon projet. C'est en substance ce que j'explique à Maureen, qui me soutient à cent pour cent :

– Ouais, t'as trop raison : c'est trop nul d'être un mec. Ils sont trop cons, j'aime pas les mecs. Bon, en même temps je suis pas fan des nanas genre trop meufs, tu vois ?

Oui, je vois très bien – mais il faut vraiment que j'enseigne à Maureen un usage plus parcimonieux de certains adverbes, parce qu'à force c'est fatigant de l'écouter. En fait, ce que Maureen essaie de me dire, c'est qu'elle aime les filles qui ressemblent à des mecs. Ma grand-mère, pourtant tout aussi gouine, préfère les nanas genre trop meufs, les Malika fleurant le musc et empestant l'angoisse, les règles douloureuses, les crises de spasmophilie, toute une fragilité à conjurer, tout un chagrin à consoler sans cesse, soit très exactement ce qu'il faut à ma grand-mère. Comme quoi, il y a plusieurs façons d'être homosexuelle et plusieurs façons d'être femme – et en tout état de cause, tellement de façons d'aimer... Moi, ce serait plutôt celle de ma grand-mère, protectrice et consolatrice, mais comme ma vie amoureuse s'est jusqu'ici résumée à Arcady, qui se protège et se console tout seul, je ne sais pas ce que je peux donner face à quelqu'un de vulnérable. Quant à Maureen, je vois bien que son climat sentimental, c'est le rapport de force, la lutte, les prises de tête – ça se sent rien qu'à la regarder, son front têtu, son air buté, sa jambe qui s'agite sous la table, la façon dont elle s'empourpre... Elle a l'air en permanence prête à bondir, à foncer, à cogner. Les butch mal embouchées, ça a son charme, et je ne peux pas dire que j'y sois insensible, mais bon, j'ai déjà suffisamment de problèmes à gérer sans y ajouter l'amour vache avec Maureen.

Sous son beau regard perplexe, je me lève en m'efforçant à la souplesse et à la douceur. C'est fou, mais maintenant que vous êtes prévenus, observez la façon dont garçons et filles font leurs entrées et leurs sorties : les uns sautent sur leurs pieds, tapent dans leurs mains et envoient leur chaise claquer contre la table, tandis que les unes en effleurent l'osier presque tendrement et comme à regret. Dommage que je ne sois pas en mesure de procréer, parce que j'ai des idées en matière d'éducation : mère de garçons, je leur aurais appris à caresser le velours et leur aurais fait passer l'idée de shooter dans les galets – sans parler de cracher par terre. Et mes filles auraient grandi comme moi, dans les arbres et avec les poules : pas question d'aller apprendre les rudiments du contouring sur YouTube. Salut Maureen, que tu le croies ou pas, je n'ai pas de portable, pas de 06 à te donner, mais on se recroisera bien un jour ou l'autre, toi la fille qui aime les filles, et moi la fille qui s'achemine vers une anatomie qui ne sera pas un destin. Car tout bien pesé, ce qui me va le mieux, c'est encore le stade intermédiaire, tout un méli-mélo ni mâle ni femelle dont je veux faire ma condition.

Elle me rattrape avant que je ne démarre la 125, et agrippe mon bras, l'air à la fois implorant et déterminé :

– C'est quand tu veux Farah, je suis sérieuse. Tu sais où me trouver. Si c'est pas ici, c'est aux Tamaris ou à l'Arbor. Ou en ville : je bosse au Pulp : tu vois le grand bar avec les stores verts ? Y'a le Longchamp-Palace, aussi. Près du marché couvert. J'y vais souvent. O.K. ?

– O.K. Promis, je te chercherai.

26. Incidents de frontière

Je n'ai pas plus tôt remisé la 125 que retentit un premier coup de gong, tout de suite suivi d'un second, puis d'un troisième, ce qui a pour effet de rameuter toute la maisonnée, Dadah bonne dernière mais tout émoustillée de ce tocsin – qui fait étrangement écho à mes alarmes intimes. Sur la terrasse, Arcady et Victor attendent leurs ouailles avec un air préoccupé qui n'augure rien de bon. Pour les repas ou les péroraisons, un coup suffit. La dernière fois que le branle-bas de combat a été déclenché, c'était pour l'exorcisme du potager, mais je ne vais pas tarder à découvrir qu'une nouvelle invasion a été détectée et qu'elle nécessite une purge et un rituel tout aussi féroces. C'est Victor qui prend la parole – car les circonstances exceptionnelles le trouvent immanquablement sur le pont, œil riboulant, écume aux lèvres, appuyé des deux mains au pommeau de sa canne :

– Fiorentina a une communication à vous faire !

Fiorentina dément cette annonce solennelle d'un geste agacé, mais je la connais suffisamment pour détecter son trouble. Ordinairement aussi placides et ivoirines qu'une motte de burrata, ses joues sont roses d'émotion, et une mèche échappée à sa gangue de laque tire-bouchonne sur son front. Comme elle persiste à se taire, Victor parle à sa place :

– Depuis quelques semaines Fiorentina a remarqué qu'il manquait des choses dans nos réserves. Des provisions, je veux dire : des biscuits, du fromage, des conserves de champignons au vinaigre, de la pâte de coings, du chocolat, des olives farcies aux poivrons, du vin...

À la mention de la pâte de coings et des olives farcies, je cherche Daniel du regard, et le même sourire monte à nos lèvres, amené par le même souvenir, des cuisses de triton, argentées sous la lune, un ventre ensorcelant, une lourde chevelure d'eau noire, des cils comme une menorah biblique, mais avec plus de branches qu'il n'en faut. Victor poursuit sans remarquer nos signaux de connivence ni l'état de béatitude dans lequel nous plongent nos visions :

– Ce matin, quand Fiorentina s'est levée, elle a vu un homme qui sortait de la chambre verte. Vous savez, celle de Charlie. Je dis ça pour ceux qui l'ont connu...

Il laisse planer un silence ému sur cet hommage à un résident disparu, un sexagénaire apoplectique, converti trop tard à la frugalité : boum ! Il a explosé sous nos yeux au cours d'une randonnée sous les sapins géants de la Maïris, pour laquelle il avait présumé de ses forces – mais après tout, personne ne l'avait obligé à venir.

– La chambre donne tous les signes d'une occupation récente : le lit est défait, il y a un panier de provisions sous le lit, une bouteille d'eau sur la table de chevet, bref le doute n'est pas permis : nous avons un squatteur !

Le front de Victor arbore illico un pli soucieux de circonstance, tandis qu'il nous fusille du regard, histoire de nous pénétrer de la gravité de la situation.

– Selon Fiorentina, il s'agit d'un homme de couleur. Un migrant, selon toute probabilité...

Une brise d'inquiétude agite faiblement l'assistance, majoritairement blanche. Notre seul nègre, c'était Epifanio, mais dans sa volonté éperdue d'intégration, il a réussi le double exploit de se dépigmenter et d'enfanter deux enfants rousses, ce qui le rend insituable sur le plan ethnique.

Le vent se lève, un libeccio fantasque, avec des bourrasques brûlantes qui pourraient bien m'emporter, mais je me cramponne au pianotement nerveux de Fiorentina sur la balustrade, à sa grimace courroucée, son air à mille lieues de tout plaisir, si loin de mes fantasmes bucoliques que je reviens à la raison. Mes coreligionnaires, ces gens que je connais depuis toujours et qui m'ont quasi élevée, bruissent autour de moi, agitent la main pour prendre la parole, et ce ne sont qu'exclamations furieuses et protestations indignées :

– Non mais !

– N'importe quoi ! Liberty House n'est pas un hôtel, que je sache !

– Ni un centre d'accueil pour migrants !

– On commence comme ça, et on se retrouve dans la jungle, comme à Calais !

À ce mot de « jungle », qu'ils semblent prendre au pied de la lettre, les membres de ma communauté entrent en transe. Leurs vociférations sont telles qu'on ne s'entend plus – sauf que j'en entends malheureusement assez pour être édifiée :

– Oui, on commence comme ça, un migrant, puis deux, puis trois, et hop, en moins de temps qu'il n'en faut pour le dire, ils sont des centaines !

– Des milliers, tu veux dire !

– Des hommes, généralement ! Jeunes, sales, pas éduqués !

– À Cologne, ils ont violé des tas de femmes, la nuit du nouvel an !

Je peux me tromper, mais il me semble percevoir comme une rupture de ton dans les clameurs, une imperceptible montée des aigus – à se demander si leur indignation est sans mélange, si ne s'y ajoute pas le désir inavouable d'être violentés à leur tour.

— Forcément! Ils sont dans un tel état de frustration sexuelle qu'ils sautent sur tout ce qui bouge! Faut les comprendre, aussi!

— Non, non, la frustration, la misère sexuelle, tout ça, c'est pas une raison : on n'est pas des animaux!

— En tout cas, il faut absolument qu'on prenne des mesures pour ne pas être envahis!

— On n'a qu'à condamner la chambre de Charlie!

— Et mettre un cadenas au cellier!

Et pourquoi pas des barbelés, des grillages électrifiés, des tessons de verre au sommet de nos murailles, des douves remplies d'eau stagnante, des mâchicoulis depuis lesquels ébouillanter les forcenés qui menacent de nous assaillir? À mes côtés, je sens Djilali frémir d'ardeur belliqueuse et de rêveries chevaleresques, mais il a l'excuse de ses dix ans, et pas mal de lectures médiévales à son actif : la virulence soudaine de tous ces adultes pacifiques s'explique et se pardonne plus difficilement. Heureusement, Arcady n'est pas comme eux : tel que je le connais, il ouvrira largement ses bras à Angossom, lui offrira le gîte et le couvert jusqu'à la nuit des temps, sans compter qu'il ne manquera pas d'être sensible à tant de beauté altière, et que tout ça se finira peut-être par un plan à trois dans mon trou de verdure – perspective qui m'excitait moyennement avec Daniel, mais qui devient subitement très engageante. Et qui sait s'il n'y a pas moyen d'étendre cette générosité à d'autres réfugiés privés d'amour depuis des mois voire des années ? J'ai la vision soudaine, et d'une incroyable netteté, de corps entremêlés sous la clarté lunaire, jeunes migrants et vieux sociétaires, peaux sombres et chairs flétries, irrigation brutale, meilleur avril, élixir de jouvence – de quoi éviter à notre maison sa chute prochaine et prévisible. Car à quoi bon se préparer à la fin du monde si nous périclitons dans l'intervalle ? De fait, Arcady lève les bras pour ramener le calme parmi nous : les glapissements s'éteignent et Victor recule d'un pas, bien conscient qu'une parole souveraine va s'élever et ridiculiser ses propos pontifiants et mesquins. Liberty House n'a peut-être pas vocation à héberger des réfugiés, mais la tolérance et l'amour sont dans nos statuts, et Arcady est le premier à prôner une aide humanitaire tous azimuts.

– Mes amis...

Son regard clair parcourt nos rangs houleux, avec un tressaillement imperceptible quand il croise le mien. Eh oui, mon amour, je suis là, je t'écoute. Ce n'est pas parce que j'en aime un autre que tu as cessé d'être le maître de mon âme. Arcady s'éclaircit la gorge, avec un petit rire nerveux qui ne lui ressemble pas :

– Mes amis, je vous demande juste de penser un instant à ce que vivent tous ces gens, à tout ce qu'ils ont traversé avant d'arriver jusqu'ici.

Bravo. Je lève un pouce appréciateur histoire de signifier mon soutien inconditionnel à son discours, m'apprêtant à le laisser couler en moi comme un miel suave.

– Essayez de ne pas les juger trop rapidement ni trop sévèrement. Demandez-vous d'abord ce que vous feriez à leur place, hein... Est-ce que vous n'essayeriez pas vous aussi par tous les moyens de quitter un pays en guerre, une ville bombardée en permanence, où vous n'avez plus de maison, plus de métier, plus d'avenir pour vous et vos enfants?

– Bon, les Syriens, on peut comprendre, mais les Guinéens? Et les Érythréens? Ils viennent faire quoi chez nous, les Érythréens? Ils sont en guerre, peut-être, les Érythréens?

Un grommellement unanime salue l'intervention outrée de l'inénarrable Salo. Si j'avais un smartphone et une connexion, j'irais illico en vérifier la véracité, mais il me semble bien que l'Érythrée n'est pas épargnée par les conflits armés – sans compter que le régime d'Isaias Afewerki compte parmi les pires dictatures du continent africain. Que dirait Salo, si on s'avisait d'entraver sa petite liberté de mouvement, d'expression et de pensée – même si dans son cas, la pensée se réduit à un incessant transit de récriminations oiseuses et de considérations angoissées ? De nouveau, le regard de Daniel cherche le mien et nous échangeons des grimaces d'exaspération. Arcady ne prend même pas la peine d'apporter une rectification géopolitique aux questions oratoires de Salo le bien nommé. Il continue, œil dans le vague, comme fixé sur un horizon mental moins bouché que celui de ses paroissiens :

– Syriens, Afghans, Érythréens, Soudanais, peu importe. Mettez-vous bien dans la tête que ces gens ne sont pas là par plaisir, ni par caprice. Vous-mêmes, qui m'écoutez, si vous êtes à Liberty House, c'est que vous avez abandonné votre vie d'avant, quitté vos domiciles et vos familles. Parce que si vous étiez restés, ce qui vous attendait à plus ou moins brève échéance, c'était la mort !

Autour de moi, tous opinent gravement du bonnet : ça leur plaît, cette idée, ça les flatte, cette image dramatique d'eux-mêmes en étonnants voyageurs, en aventuriers qui se sont trouvé in extremis une arche perdue où fourguer leurs névroses, leurs syndromes, leur invalidité permanente, leur incapacité à fabriquer de la vie. Pauvres gens ! Je me garde bien d'interrompre Arcady par les considérations sarcastiques que je formule *in pectore* ; au contraire, je manifeste derechef mon approbation par un applaudissement silencieux, mains jointes en conque, sourire jusqu'aux oreilles. Je connais trop bien les ruses rhétoriques de mon mentor, sa capacité à attendrir les cœurs, à ouvrir les esprits, à tirer le meilleur de nous-mêmes. J'attends la suite, l'obligation qui va nous être faite d'ôter nos œillères et de faire bon accueil à tous les migrants, à commencer par Angossom le magnifique. Or, la suite tarde à venir : Arcady patauge, trouve des excuses à tout le monde, aux demandeurs d'asile comme à ceux qui le leur refusent, et au bout d'un quart d'heure de ratiocinations et circonvolutions acrobatiques, finit par trancher en faveur du protectionnisme et de la vigilance citoyenne :

– Bon, nous allons cadenasser ce qui doit l'être : les chambres inoccupées, le cellier, le grenier. De votre côté, ouvrez l'œil. Et si vous tombez sur des intrus, demandez-leur gentiment et fermement de quitter les lieux. Au besoin, menacez-les d'appeler les gendarmes.

Quoi ? Ai-je bien entendu ? Tandis qu'en face de moi Daniel fourrage désespérément dans sa chevelure récemment décolorée, je me laisse submerger par un dégoût sans nom, une déception telle qu'elle pourrait bien me tuer. Mes jambes tremblent, mon cœur cogne, mon estomac se soulève. Il faut croire que jusqu'ici je n'ai rien compris à rien, rien saisi à l'ordre de la horde : une horde, ça finit toujours par resserrer les rangs autour de ses intérêts propres et par faire front contre un ennemi commun – un ennemi déjà terrassé, si possible. Notez bien que les sociétaires de Liberty House n'ont rien contre les réfugiés, le droit d'asile et tutti quanti, mais il ferait beau voir que ce droit d'asile s'exerce ici même, et qu'ils soient les dindons d'une farce internationale à laquelle ils se sont prudemment soustraits. Que cette farce soit d'abord une tragédie ne leur échappe pas complètement mais ils ne sont pas suffisamment charitables pour aller jusqu'à en plaindre les vraies victimes. Comme je sens l'assemblée prête à se disperser, je lève précipitamment le bras pour demander la parole.

– Est-ce qu'on ne pourrait pas plutôt ouvrir un centre d'hébergement pour les réfugiés ? Ici, je veux dire. On a la place. Suffirait qu'on aménage un peu les combles, qu'on mette des lits. Et puis on n'en accueillerait pas vingt mille, hein, juste une dizaine. Le temps qu'ils se requinquent et qu'ils fassent leurs démarches administratives. Et même, on pourrait les aider à la faire, leur demande d'asile, ou de regroupement familial, ou je sais pas trop. Après ils partiraient et on en ferait venir d'autres, y'aurait un roulement.

Je m'enflamme en parlant, les idées me viennent :

– Ils sont jeunes, la plupart : ils pourraient travailler sur le domaine ou dans la maison, aider Titin et Fiorentina, rentrer le bois, retaper le mur d'enceinte... Du coup on pourrait avoir une serre de plus, pour les fleurs de Marqui. Agrandir le potager. Et ouvrir une laiterie, faire du fromage : ça fait un moment qu'on en parle, ce serait génial, non ? On les aide, ils nous aident, tout le monde y trouve son compte !

Autour de moi, les adultes se taisent. Sans doute réfléchissent-ils à mes propositions et sont-ils en train de se rendre compte de la manne précieuse que représentent tous ces jeunes gens qui errent dans la vallée – sans compter qu'un apport de sang neuf revivifierait notre tribu fin de race et dangereusement étiolée. Toussotements prudents, murmures songeurs, les premières réactions sont difficiles à interpréter. Tous les yeux se tournent vers Arcady – et j'imagine que tous les cerveaux font de même sous les boîtes crâniennes : hop, ils accomplissent la minuscule rotation héliotropique qui va les aligner sur les décisions du chef. Finalement, ils le payent aussi pour ça, pour être déchargés du soin de penser et de trancher, pour être dédouanés de leurs préoccupations et de leurs responsabilités harassantes. Mais si tout le monde regarde Arcady, Arcady ne regarde que moi, avec une expression un peu douloureuse et imperceptiblement égarée. Il finit par reprendre son discours de tout à l'heure, brassant les truismes sur la charité bien ordonnée, les limites de l'hospitalité, le danger que ferait courir à notre communauté la présence d'étrangers incontrôlables, le difficile équilibre financier à trouver entre hôtes payants et hôtes hébergés à titre gratuit, mais plus il parle et plus m'apparaît clairement à quel point je me suis trompée – sur lui, donc sur tout.

– Tu vois, Farah, je partage tes sentiments, hein, ne va pas croire que... Ces pauvres gens, mon cœur saigne... Ils viennent de si loin, ils traversent le désert, la mer, au péril de leur vie, bon, ben, ça me touche, évidemment. D'autant que, hein, ils sont à la recherche d'un monde meilleur, exactement comme nous, finalement. Et alors, on les voit, là, qui marchent, en tongs, au bord de la route... C'est sûr, ça fait pitié. Et la situation est absurde, je reconnais, on les refoule, ils restent bloqués à Vintimille. Ou bien on les renvoie, je sais pas, à Gênes, à Bari... Alors que... Et puis, tu es jeune, forcément, tu te dis, ici, on a toute cette place, ces chambres inoccupées, tout le confort, et eux, ils sont là, ils n'ont rien, ils dorment dehors, où ils peuvent... Mais, bon, c'est pas si simple, hein, faut toujours se méfier des solutions simples. Et puis c'est pas à nous de remédier aux carences de l'État... Les migrants, la solution, elle doit être politique, d'accord ? Nous, à notre niveau, on peut pas grand-chose, hein...

Il s'attend sûrement à ce que j'approuve son pauvre laïus, mais le temps de l'approbation est terminé. J'ai des chiffres à opposer à tous ces hein, ces bon et ces ben, à toutes ces phrases hésitantes et doutant d'elles-mêmes : 7 495, c'est le nombre de personnes ayant trouvé la mort sur le chemin de l'exil, rien que pour l'année dernière, ce qui nous fait un total journalier de 20,5 – je ne parle ici que des morts dûment recensées, pas de celles qui passent tout aussi inaperçues que les vies auxquelles elles mettent un terme. Et qu'on n'aille surtout pas croire que la France ou l'Italie sont la fin du périple et celle du danger : on meurt aussi dans notre vallée des merveilles même si le plus souvent personne n'en sait rien ou que tout le monde s'en fout. De nouveau je m'enflamme, mais cette fois-ci, c'est de penser à toutes ces morts noires qui ne comptent pour personne ; c'est d'évoquer toutes ces fins de vies qui n'en étaient qu'à leur début, des vies tout aussi uniques que celles de n'importe qui – et sûrement beaucoup plus dignes d'être vécues que celle des membres de ma communauté, ces aboutiques, ces frileux, qui ne font que vivoter en attendant la mort. Soudain, à regarder les faces inexpressives de Victor, Jewel ou Kinbote, il me vient des envies d'eugénisme : à quoi bon la vie quand on n'en fait rien ? Qu'ils la donnent à ceux qui en ont l'usage – et s'ils ne la donnent pas, qu'on la leur prenne : est-ce qu'on demande leur avis aux comateux en état de mort cérébrale avant de leur piquer leurs organes inutiles ?

Le regard d'Arcady ne cherche plus le mien, il se fait inattentif, nuageux – ou se fixe sur mes lèvres, comme s'il cherchait à y lire un message caché, moins virulent que les accusations qu'elles profèrent. Il n'a pas l'habitude d'être contesté au sein de ce qu'il faut bien appeler sa secte – et il a encore moins l'habitude de ce que la contestation vienne de moi, moi sa disciple la plus énamourée et la plus zélée. Quand je croise triomphalement les bras pour clore ma diatribe, il lève les yeux au ciel, en une pantomime qui peut aussi bien signifier l'agacement que l'attente d'une inspiration, un petit coup de pouce du divin, histoire de rabattre mon impudent caquet.

– Mais Farah, ce n'est pas à nous que tu vas apprendre que la crise migratoire est une véritable tragédie. Oui, bien sûr, des gens meurent tous les jours, noyés en mer, asphyxiés dans des camions, ou que sais-je. Mais pour info…

Il marque un temps d'arrêt, vérifie qu'il nous tient suspendus à la suite de son discours, puis agite dans ma direction un index sentencieux et vengeur :

– …sache que le paludisme a tué 1 175,3 personnes par jour sur la même période !

Eh oui, ma petite Farah, avant de monter sur tes grands chevaux, avant d'accuser tout le monde d'égoïsme et d'insensibilité, réfléchis un peu et relativise ces morts à la fois déplorables et dérisoires, car un anophèle femelle cause beaucoup plus de ravages qu'une embarcation libyenne ou qu'un camion frigorifique autrichien. Il parle d'une voix enjôleuse et émue, sa voix de d'habitude – et d'habitude, cette voix me fait perdre la tête, mais là je la garde, bien à moi, capable de raisonnements froids et de jugements lucides.

Saisie d'horreur, je fais les trois pas titubants qui me séparent de ma famille d'accueil, mes frères et sœurs en religion, cette religion que j'ai prise à tort pour une bonne nouvelle, une déferlante d'amour, un message de paix et de tolérance. Jusqu'ici je n'avais pas compris que l'amour et la tolérance ne s'adressaient qu'aux bipolaires et aux électrosensibles blancs : je pensais que nous avions le cœur assez grand pour aimer tout le monde. Mais non. Les migrants peuvent bien traverser le Sinaï et s'y faire torturer, être mis en esclavage, se noyer en Méditerranée, mourir de froid dans un réacteur, se faire faucher par un train, happer par les flots tumultueux de la Roya : les sociétaires de Liberty House ne bougeront pas le petit doigt pour les secourir. Ils réservent leur sollicitude aux lapins, aux vaches, aux poulets, aux visons. Meat is murder, mais soixante-dix Syriens peuvent bien s'entasser dans un camion frigorifique et y trouver la mort, je ne sais pas quel crime et quelle carcasse les scandaliseront le plus. Ou plutôt, non, je le sais, je connais trop bien leur mécanique émotionnelle, leur attendrissement facile concernant nos amies les bêtes, et leur cruauté pragmatique quand il s'agit de nos frères migrants. Ils ne mangent plus de viande et ils ont peur de la jungle, mais ils tolèrent que sa loi s'exerce jusque dans leurs petits cœurs sensibles.

Sur notre terrasse de pierres blondes et de balustres ouvragés, les sociétaires se dispersent avec la conscience tranquille et le sentiment du devoir accompli. Ils vont regagner leur antre ou vaquer à leurs occupations, avant qu'un nouveau coup de gong ne les rassemble pour le dîner. Fiorentina a fait des terrines de légumes et des cannelloni au caciocavallo : ils vont se gaver consciencieusement avant de quitter la table sans le moindre remords et sans l'ombre d'une pensée pour ceux dont ils ont réglé le sort une fois pour toutes. Pour ma part, je vais sécher le repas du soir : hors de question que je m'empiffre en compagnie de tous ces traîtres, tous ces déserteurs de la grande idée de l'amour. Parce que c'est quand même dans cette idée que j'ai été élevée, et à cet évangile que j'ai naïvement cru. J'avais tort, et j'ai sans doute enduré en pure perte dix ans de sermons et de prônes inspirés. Car à quoi bon prêcher l'altruisme à tous crins, le désir ardent, la grande mansuétude, la bonté, le pardon, si c'est pour renâcler au premier obstacle, au premier demandeur d'asile, au premier migrant noir et désargenté ?

Daniel me rejoint entre les plates-bandes rectilignes du potager, là où mon père fait régner sa version personnelle de l'ordre et de l'amour. Cet endroit m'a toujours apaisée : je m'accroupissais au milieu des choux montés en graine et des ombelles de fenouil, je laissais monter vers moi l'odeur verte des tomates, j'émiettais la terre grasse, je pensais à mon père, ce cœur simple – et le mien retrouvait un rythme normal après mes cavalcades folles dans la pinède et mes rêveries non moins folles et tout aussi agitantes. Mais il faut croire que j'ai grandi, là, aujourd'hui, brutalement, parce que les légumes ont perdu leurs vertus lénifiantes.

— Qu'est-ce qu'on va faire?

— Faut qu'on prévienne Angossom. Qu'il fasse super-gaffe! Qu'il se repointe pas par ici!

— Ah ouais? Et comment on va faire pour le prévenir? Tu sais où il est, toi?

— On peut le choper ce soir, quand il viendra se baigner...

Il ne reste qu'à espérer que la tombée du jour le ramène effectivement au point d'eau. À côté de moi, Daniel soupire comme une âme en peine, à l'unisson de mes tourments intimes et de mes interrogations inquiètes : comment sauver Angossom? Car je vois bien que les membres de ma communauté n'attendent plus qu'un signal pour se mettre en chasse – et d'où leur vient ce goût soudain pour la vénerie, la meute, le sang, l'hallali? Quelle manette a été secrètement actionnée pour qu'ils se départent de leur douceur placide? *Omnia vincit amor*, tu parles, c'est exactement l'inverse... L'amour est faible, facilement terrassé, aussi prompt à s'éteindre qu'à naître. La haine, en revanche, prospère d'un rien et ne meurt jamais. Elle est comme les blattes ou les méduses : coupez-lui la lumière, elle s'en fout; privez-la d'oxygène, elle siphonnera celui des autres; tronçonnez-la, et cent autres haines naîtront d'un seul de ses morceaux.

27. À quoi bon l'amour ?

Nous voici de nouveau embusqués près de l'étang, à guetter l'apparition d'Angossom, ce moment qui le verra émerger de la ligne légère des frênes et des saules, d'abord semblable à eux, puis détachant ses chairs des leurs, s'avançant jusqu'à l'étang laqué par la lune pour y refléter son ombrageuse beauté de cygne. Et ça ne loupe pas, là au moins pas de déception, il arrive à petites foulées et se déshabille du même élan, envoyant vers nous, par intermittence, des effluves tièdes, mâles, musqués. Histoire de vérifier si je sens encore la fille, j'envoie discrètement le nez sous mon aisselle : mais là aussi, mes glandes commencent à semer le trouble et à émettre des signaux perturbants. On n'est jamais si bien trahi que par soi-même – par soi-même en général, et par son corps en particulier.

Sur la rive, Angossom nous tourne le dos. La lune est-elle plus pleine et plus claire que la veille ? Sommes-nous plus près ? Plus attentifs ? Plus soucieux de ne rien perdre du spectacle que nous voyons pour la dernière fois ? En tout cas ce qui nous saute aux yeux cette nuit, c'est l'entrelacs de cicatrices qui lui boursoufle l'échine et les omoplates. Je retiens un hoquet de saisissement tandis que mon regard cherche celui de Daniel et que nous communions dans la même horreur et la même pitié. Illico, mes mains veulent m'échapper, plaquer leurs paumes lisses sur ce treillage de chéloïdes douloureuses, leur infuser l'antidote de mon désir et de ma bonne volonté éperdue. Mes pieds veulent marcher, partir à la rencontre de ses pieds à lui, dont la plante claire luit un instant sous la lune avant qu'il ne plonge dans notre bassin d'agrément. Ma bouche aussi aurait voulu en être et rejoindre la sienne entre lentisques et nénuphars. Trop tard, tant pis, et d'ailleurs il refait surface, paupières closes, corps ruisselant – naïade impeccable, odalisque sans peintre pour en fixer la perfection. Comme nous quittons les roseaux faiblement cliquetants pour nous avancer vers lui, il ouvre les yeux et nous offre le spectacle merveilleux et terrible de son sourire, ses dents éblouissantes, la confiance et la gratitude de son regard, tout ce que nous allons bafouer et saccager en quelques secondes. C'est Daniel qui s'y colle, dans son mauvais anglais :

– You have to go far away, Angossom. People here, they don't want you. If they see you, they will call the police.

À ce dernier mot, le merveilleux sourire s'envole définitivement. Sans demander son reste, Angossom récupère un sac de sport dissimulé dans les taillis, enfile un slip élimé et grisâtre, un jean, un tee-shirt. Il ne nous regarde même plus, il est ailleurs, concentré sur ses gestes de fugitif, nouer ses lacets, vérifier le contenu de son sac, et s'éloigner, déjà, sous le couvert des arbres, sa chevelure encore gorgée d'eau et dégouttant largement sur le tee-shirt du Barça que nous lui avons toujours vu, poignante image d'une solitude inimaginable et probablement invivable.

Il s'en va. Nous avons tout juste eu le temps de passer de la crainte à l'amour, des préjugés les plus honteux au désir le plus dévorant, qu'il sort de nos vies, nous laissant avec le mépris que nous inspire désormais notre communauté, tous ces adultes égoïstes et inconséquents. Je n'attendais pas grand-chose de Victor, Palmyre ou Salo, mais Arcady? Comment vais-je pouvoir continuer à aimer Arcady après cette déception, cette trahison de tous nos principes, cette pollution bien pire que toutes celles que nous fuyons, puisqu'elle empoisonne mon jeune esprit?

Sans nous concerter, Daniel et moi prenons la direction de la forêt. Il ne s'agit pas tant de suivre

Angossom que de perdre de vue l'étang, les jardins, et surtout notre maison close – refermée sur un bonheur qui ne prend plus de passagers. Notre royaume autarcique s'accommode très bien d'un peu de férocité entre ses murs – et il s'accommode encore mieux du règne de la barbarie et de la servitude dans les États voisins. Les discours herbivores d'Arcady ne doivent pas m'abuser plus longtemps ni me dissimuler la vraie nature de mon foyer : un pavillon de chasse auquel ne manquent que les bois de cerf sur la façade. Notre liberté commence là où celle des autres s'arrête net, face à nos auvents, nos tourelles, nos pans d'ardoise bleutée, nos murailles de pierres sèches, notre *hortus conclusus*, notre Éden privé ; notre liberté est interdite aux rôdeurs, elle est réservée à des gens qui ne savent absolument pas qu'en faire et qui l'ont abdiquée en venant vivre sous la houlette d'Arcady, ce dictateur qui s'ignore, ce roi de cœur cruel, et d'autant plus cruel qu'il ignore sa propre cruauté :

– Qu'on lui coupe la tête !

Personne n'a prononcé cette sentence, mais elle est dans l'air, elle y flotte, depuis qu'Arcady a décrété qu'il n'y avait pas de place chez nous pour des gens qui ne sont pas nous. Qu'on leur coupe la tête, à tous ces voyageurs sans bagage : ça leur apprendra à débarquer chez les gens les mains vides. Qu'on leur coupe la tête, vite fait bien fait : ça leur évitera des mois d'errance et de tortures supplémentaires.

Qu'on leur coupe la tête, parce que finalement, elle fait tache dans le paysage, elle dépasse, elle dépare au pays des merveilles. À Liberty House, on a le droit d'être vieux, laid, malade, drogué, asocial, ou improductif, mais apparemment pas jeune, pauvre et noir.

Tandis que nous nous enfonçons plus avant, la forêt se referme sur nous, comme si elle n'avait attendu que notre passage pour resserrer ses troncs squameux et exhaler son haleine balsamique. À notre passage, des pépiements et des roucoulements brefs se déclenchent çà et là dans la ramée, cette ogive tressée par les palmes des mélèzes comme une voûte gothique entre nous et le ciel. En d'autres temps, nous aurions sans doute été émus et heureux de tant de beauté, mais à quoi bon la beauté ? À quoi bon les forêts enchantées, les vallées des merveilles, les nirvanas sous bulle, les paradis terrestres sous haute surveillance ? La nuit s'avance sans faire baisser la chaleur accablante. Assis entre les racines moussues d'un grand chêne, nous échangeons des propos et des projets désabusés :

– On n'a qu'à se casser d'ici.

– Tu veux qu'on se casse ?

– Ouais, je suis trop dégoûté, sur ce coup-là.

– Ouais, moi aussi, carrément.

– Non, mais c'est quoi les bails ? Ils sont sérieux avec leur cadenas, les keufs, tout ça ?

– Je suis sûr que c'est Victor. Arcady tout seul, il aurait eu jamais l'idée d'appeler la police.

— Tu dis ça parce que c'est ton mec.

Daniel a parfaitement raison : je ne suis pas encore tout à fait prête à admettre que j'aime un imposteur depuis toujours et que je baise avec lui depuis des mois. Il a raison, mais au lieu d'épiloguer sur le sujet, je l'entraîne sur le terrain des décisions pratiques :

— Mais on ira où, si on part d'ici?

L'idée me traverse l'esprit de faire comme Angossom et ses frères : errer sur les routes avec mon sac de hardes, dormir dans des camps, attraper des trains... Sauf que la police aux frontières aurait vite fait de m'alpaguer, vu ma dégaine, mes joues acajou, mes cheveux des Andes, et tous les messages contradictoires qu'envoie mon corps. Daniel a un plan moins foireux : aller à Palma de Majorque, où Richard a promis qu'il lui trouverait un taf.

— Ah bon? Mais t'as même pas dix-huit ans!

— T'inquiète, Richard m'a dit que je bosserai pour lui au black — en attendant que je sois majeur.

Il me jette un regard en dessous, entre satisfaction et légère inquiétude quant à mon jugement :

— J'ai eu, euh, une petite histoire avec Richard, l'hiver dernier...

— Quoi? Mais il est hétéro, Richard!

— Ben pas tant que ça, faut croire.

J'ai beau avoir grandi dans une confrérie libertine, j'ai bien vu qu'en dépit de leurs assertions véhémentes, mes frères et sœurs du libre esprit étaient orientés dès l'enfance vers l'un ou l'autre sexe. À part Arcady, bien sûr : mais Arcady, tout décevant qu'il soit, reste ce prodige érotique, cet homme-fontaine dispensant généreusement sa semence – mais aussi son temps, son énergie, son attention, son désir, son plaisir. Je n'ai que seize ans et je suis au début de ma vie sexuelle, mais je sais déjà que je rencontrerai peu de partenaires aussi doués que lui pour l'amour physique. Daniel, qui a lui aussi tâté de la bite infatigable d'Arcady, m'a prévenue :

– Arcady, il a raté sa vocation : il aurait dû faire hardeur. J'ai jamais vu ça : putain, il bande tout le temps, il a tout le temps envie, tout l'excite ! Même la de !

– La quoi ?

– La merde ! Ce que je veux dire, c'est que même dans les plans merdiques, il garde la quille. Et je parle en connaissance de cause, vu qu'on s'en est fait quelques-uns, des plans merdiques, tous les deux.

– Genre quoi ?

– Genre, quatre heures du mat', tout le monde bourré, avec Dadah qui doit vider sa poche iliaque, et Victor en pleine crise de parano. Je te raconte pas...

En dépit de notre végétarisme intégriste et de notre cahier des charges détox, nous avons sanctuarisé la question de la consommation d'alcool : à

Liberty House, tout le monde boit, à part Fiorentina, qui doit avoir un chromosome en plus ou un enzyme en moins, ou je ne sais quel gène qui lui permet de naviguer sereinement entre les pochetrons sans être tentée. Comme quoi notre développement personnel n'a pas encore atteint le niveau optimal. Arcady boit peu, cela dit. Et même en ayant bu, il ne tombe jamais dans les travers diversement pénibles des buveurs : l'amour œcuménique, les bouffées paranoïaques, l'agressivité amère, l'auto-apitoiement, et j'en passe. Il reste délicieusement lui-même et parfaitement serein. Mais je n'ai pas envie de me réconcilier avec l'idée que je me fais d'Arcady : c'est bien joli d'être un bon amant et de tenir l'alcool, mais encore faudrait-il se mettre en conformité avec son propre enseignement.

Daniel se blottit contre moi et nous passons les heures qui nous séparent du jour à dormir par à-coups, et à converser rêveusement de notre avenir loin d'ici. Comme quoi grandir sur une colline radieuse, sans parents attitrés ou presque, avec comme seule consigne d'aimer et de jouir sans entraves, n'empêche ni la crise d'adolescence ni l'art de la fugue.

28. The long goodbye

À l'aube, main dans la main et sans nous concerter, nous entamons un tour du propriétaire, un dernier état des lieux avant notre évasion. Nous quittons la forêt par sa lisière la plus septentrionale et nous retrouvons dans les prés, face aux vaches qui sabotent lourdement dans notre direction, comme pour nous dire adieu. Elles me reconnaissent maintenant ? Après toutes ces années passées à me tourner le dos, quand elles ne se carapataient pas à l'autre bout de l'enclos, horrifiées par ma seule présence ? Maintenant qu'il est trop tard pour se lier d'amitié, les voici qui se pressent contre la clôture, nous présentent leurs mufles roses, et soufflent à notre passage en signe de bonne volonté. Crétines...

Laissant les pâturages derrière nous, nous empruntons le sentier qui borde le domaine, entre murets effondrés, chapelles fleuries par des mains inconnues, troncs argentés, tertres et combes tapissés d'herbes folles. Nous ne tardons pas à tomber sur mon trou de verdure, tendre, engageant, et toujours pavoisé de son dais effrangé, d'un rose un peu passé après tout un été d'amour. Daniel me pince la joue avec entrain :

– Il t'a bien star-star, hein, Arcady ?

– Parle-moi en français si tu veux que je comprenne.

– Vous avez bien ken, hein, dans votre petite planque ?

– Pourquoi tu poses la question puisque tu sais ?

– Moi aussi j'ai baisé ici, au fait.

– Salaud, c'est ma cachette ! Je t'ai pas donné la permission...

– C'était avec un gars du lycée, en plus.

– Oh non ! T'as pas fait ça ?

– J'allais me gêner !

Bon, en même temps, l'idée ne me déplaît pas complètement : autant que tout le monde s'envoie en l'air dans mon lit d'herbes à baldaquin. De toute façon, je suis bien tranquille, personne n'y jouira aussi fort que moi sous la langue fougueuse de mon premier amour.

La masse claire de Liberty House ne tarde pas à se profiler entre les pins et nous marquons un temps d'arrêt pour en admirer la majesté et les proportions harmonieuses. Un jour rose vibre à l'horizon, pressé d'étendre ses nappes miroitantes au-dessus de la campagne accablée, à l'instant où nous nous faufilons dans le hall monumental. Personne : ça tombe bien. J'entraîne Daniel dans la bibliothèque, où les rosaces en vitrail, les tapis de la Savonnerie, le cuir cossu des reliures, le velours élimé des fauteuils, tout m'arrache des soupirs de regret anticipé. Nous montons ensuite le grand escalier, le marbre poli de ses marches, la douce usure de sa rampe. Comme d'habitude, j'ai un flash LGBT en passant ma main sur le bois ciré. Ça me donne une idée, d'ailleurs. Mais en attendant d'y réfléchir, je me contente d'encaisser mes habituelles visions de filles à califourchon sur leur monture de chêne sombre, leurs cuisses drues, le coton blanc de leurs culottes, leurs blazers à écusson, leurs tresses déjetées sur l'épaule, et leurs rires décroissant dans la cage d'escalier.

Une fois dans ma chambre, je rassemble quelques affaires, essentiellement des livres et de quoi m'habiller sans ressembler à un épouvantail : je laisse sur leurs cintres les vestes à épaulettes, les tops à franges, les ponchos et les sarouels en velours frappé hérités de ma grand-mère. Et à défaut de celles de mes parents, je glisse dans mon portefeuille les photos de Farrah Fawcett et de Sylvester Stallone. De mon index replié, je code un petit message d'adieu à l'enfant turc de ma jarre funéraire : adieu l'ami, je t'aimais bien, mais tu m'encombrerais sur la route de la liberté.

Daniel est là très vite, avec son propre baluchon, toute une grappe de sacs tendus à craquer. Il a une expression que je ne lui ai jamais vue, un air d'impatience heureuse. Peut-être n'ai-je jamais mesuré combien ça lui pesait de grandir dans la maison du jouir. Car l'une de nos anecdotes fondatrices veut qu'Arcady et Victor aient disputé longtemps pour savoir quel nom donner à leur utopie autogérée, Arcady penchant évidemment pour la formule de Gauguin tandis que Victor s'évertuait à faire triompher le programme hugolien.

Je referme la porte de ma chambre avec un soin infini, histoire de ne pas réveiller Fiorentina. La voir débouler en robe de chambre molletonnée est la dernière chose dont j'aie envie. Cela dit, Fiorentina est toujours la première levée, insensible qu'elle est aux injonctions dionysiaques : jouir ? Très peu pour elle. Daniel m'entraîne, me fait dégringoler les marches quatre à quatre :

– On va faire un selfie. Avant de partir. C'est quoi, la pièce de la maison que tu préfères ?

– La cuisine.

– Moi aussi, viens.

Nous voici dans l'antre de notre sorcière bien-aimée, unis dans la même appréhension délicieuse, le frisson que nous inspire notre audace : être là en son absence et sans son autorisation. Je hume une dernière fois l'inimitable parfum des lieux : à force d'être équeuté et ciselé à longueur de journée, celui du basilic a fini par imprégner les murs, mais s'y superposent aussi l'anis du buccellatto, l'odeur verte des dernières tomates et l'arôme insistant des citrons de Menton.

Comme Daniel brandit son Samsung, je prends la pose à ses côtés, et mon sourire forcé ricoche sur les cuivres et les poêlons lustrés par la maîtresse des lieux.

– Qu'est-ce que tu vas en faire ?
– Rien. C'est un souvenir : je le regarderai quand tu me manqueras. Et note mon numéro, ça peut servir. De toute façon, tu seras bien obligée d'avoir un portable tôt ou tard.

Nous terminons notre tournée d'adieu par toutes nos dépendances domestiques, le poulailler, la gloriette, le potager, les serres, avec une pause pour fumer un joint dans le *hortus conclusus* de mon père. Le jour en profite pour se lever et Fiorentina pour faire sa première apparition matinale. Déjà habillée de pied en cap, elle s'assied sur un petit banc de bois adossé au mur et exposé aux premiers rayons du soleil. Elle est rapidement rejointe par une silhouette claudicante, qui s'affale à ses côtés avec un soupir d'aise : c'est Titin – dont je m'aperçois que je n'ai encore jamais parlé, alors qu'il fait partie intégrante de la vie que je m'apprête à laisser derrière moi. Ancien ouvrier agricole, Augustin

Pesce fait partie de nos murs, encore qu'il soit plutôt un homme d'extérieur. À quatre-vingts ans et quelques, il passe l'essentiel de son temps à rentrer du bois, tailler les haies, curer les bassins, gauler des noix, ramasser des champignons ou des myrtilles. Avant que Liberty House ne passe au régime sans viande, il braconnait pas mal, et je ne jurerais pas qu'il ait complètement cessé de poser ses collets, mais si infraction il y a, ces deux vieux emporteront dans la tombe le secret de leurs médianoches – *vitello tonnato*, *fritto misto* ou *carna crude* avalés dans le silence de la cuisine et le reflet poli de la lune sur le cuivre des bassines et le verre des bocaux.

Tous les matins, qu'il pleuve ou qu'il vente, Titin et Fiorentina prennent leur café sur le banc, tout en échangeant des chuchotis passionnés. De cette conversation ardente et poursuivie de jour en jour, rien ne filtre jamais, et nous en sommes réduits aux conjectures. Titin ne communique d'ailleurs qu'avec Fiorentina : à moitié aveugle et tout à fait sourd, il met la main en cornet sur l'oreille dès qu'on s'adresse à lui, histoire de signifier que c'est peine perdue de lui parler. Moyennant quoi, il coule une vie tranquille, indifférent aux ordres, aux conseils, aux remarques. Et comme il abat le travail de quatre, Arcady et Victor lui foutent une paix royale. Adieu Titin : je n'aurai donc jamais percé à jour le mystère de ta petite existence bucolique. Mais peut-être n'y avait-il pas de secret ? Et peut-être est-ce là le secret :

qu'il n'y en ait pas. Je retiens cette idée pour la creuser plus tard, cette possibilité d'une vie sans recoins ténébreux dont on pourrait redouter l'exposition.

Progressant sous le couvert des buissons de lavande et des massifs d'asters exubérants, nous gagnons l'allée principale sans être repérés par l'œil implacable de Metallica. Devant l'entrelacs héraldique dont Victor a cru bon d'orner la grille principale, nous marquons un temps d'arrêt un peu ému et vite interrompu par un bruit de pas précipités derrière nous. C'est Arcady. Contrairement à Fiorentina, impeccable à quelque heure qu'on la prenne, il a juste passé une chemise à liquette d'un autre âge, sous laquelle se dessine la protubérance familière de ses organes génitaux. Il se tient là, devant nous, une main au côté pour reprendre le souffle que sa cavalcade lui a coupé – à moins que ce ne soit la tristesse. Car il embrasse la scène d'un œil tragique, comme s'il en avait immédiatement perçu le caractère définitif et sans appel :

– Mais vous partez? Comme ça? Sans dire au revoir?

Nous protestons de concert, mais sans espoir de convaincre :

– Ben on voulait pas déranger. Et puis c'est pas pour toujours, hein...

– On va juste... se balader un peu.

Brusquement durci, son regard cherche le mien, ce regard qui s'est toujours posé sur moi avec amour et confiance, ce regard qui m'a si souvent vue chavirer de plaisir, pas plus tard qu'avant-hier, en fait – mais avant-hier est aussi loin que l'Inde ou que la Chine, avant-hier est un vert paradis saccagé par la trahison.

– Me raconte pas d'histoires, Farah. Pas toi. Et pas à moi.

Exclure Daniel de cet échange, nous enfermer brutalement lui et moi dans le souvenir incommunicable de notre liaison, voilà qui est sans doute une façon de me couper les jambes, de me stopper dans mon élan en me rappelant à l'ordre amoureux. J'ai passé tout l'été à aimer Arcady, à courir ventre à terre à nos rendez-vous sous le dais de fortune ; tout l'été à découvrir mon corps et le sien dans la langueur interminable des plaisirs et des jours. Je dis *l'été* pour faire simple, mais en réalité mon amour pour Arcady remonte aux débuts d'une vie consciente que j'ai toujours organisée autour de lui : d'aussi loin que je me souvienne, je l'ai toujours vénéré aveuglément et éperdument désiré. Je viens de vivre non seulement les plus belles semaines de ma jeune existence mais aussi la concrétisation miraculeuse de mes attentes les plus folles. Et voilà qu'il se tient devant moi, m'intimant du regard de ne pas le quitter, mettant silencieusement dans la balance le poids considérable de ces années d'adoration et celui de toute une saison de déchaînement érotique – ma saison du jouir. Sous les bourrasques du libeccio, les pans de la chemise battent ses cuisses puissantes, et rien que d'imaginer l'étau de ses cuisses, tel qu'il s'est refermé tant de fois autour de ma taille, je sens ma résolution faiblir, ma main s'accrocher à la grille au lieu de la claquer derrière nous. Mais seul le désir est là : la confiance, l'estime et l'admiration ont disparu. Je suis même à deux doigts d'avoir pitié d'Arcady, parce que je m'apprête à plonger dans le tourbillon de la vie alors qu'il va rester coincé là, à professer son évangile inapplicable pour le seul bénéfice de vieillards mélancoliques, de malades, d'impuissants, et d'inadaptés sociaux en tous genres.

– Farah...

Il a toujours prononcé mon prénom d'une façon incroyablement sexy, mais pour la première fois, la magie n'opère pas. Je reste froide à ces deux syllabes, telles qu'elles tombent de ses lèvres charnues, un peu violacées dans la lumière crue du matin, et tellement moins séduisantes depuis que je les ai entendues décréter l'état de siège, en lieu et place des formules de bienvenue que j'attendais. Le souvenir d'Angossom expulsé sans sommation de notre paradis artificiel balaie mes dernières hésitations et mes velléités de compassion : si je dois éprouver de la compassion, autant qu'elle aille aux vrais nécessiteux, et pas aux quinquagénaires charismatiques qui ne se réclament de l'amour que pour mieux baiser les jeunettes.

Aux vibrations de la grille sous ma main, je me rends compte de la tension qui est la mienne en ce moment de vérité cruelle. Ce que j'éprouve, là, en face de cet homme, qui est aussi mon père spirituel, mon directeur de conscience et mon premier amour, c'est à quel point j'ai seize ans. J'ai beau être physiquement étrange et impossible à assigner dans quelque genre que ce soit, je n'en suis pas moins tout à fait normale sur le plan du développement psychologique, et l'ordre des choses veut que je quitte ma famille d'accueil et ma confrérie de valétudinaires pour aller dans le monde. Je n'ai pas besoin de regarder Daniel pour savoir qu'il tremble de la même rage d'en finir. Notre jeunesse, notre énergie, c'est trop pour Liberty House et ses habitants : si nous restons, nous ne leur laissons pas d'autre choix que de nous dévorer, et je ne doute pas qu'ils le fassent à leur façon, plutôt succion lente et manducation silencieuse que coups de dents à la loyale. C'est eux ou nous, voilà ce que je me dis pour ne pas avoir envie de pleurer, mais je pleure quand même parce que l'amour a la vie dure.

29. Loin du paradis

Sans Maureen, ma réinsertion serait problématique : les enfants de Liberty House ont beau être scolarisés à l'extérieur, il leur manque clairement les bases pour y être tout à fait à l'aise. Heureusement qu'elle est là pour me donner les clefs d'un monde assujetti à des lois inimaginables, et pour faciliter mes premiers pas hors de la station spatiale. Cette sortie, il me faut quand même la négocier : c'est bien joli d'être partie sac au dos et en claquant la grille mais je ne suis pas encore en âge de gagner ma vie. Si je ne veux pas vivre aux crochets de ma petite amoureuse, je dois obtenir des subsides de ma confrérie, et accordons-lui qu'elle ne m'aura marchandé ni ma liberté ni son soutien logistique. Il aura suffi d'un coup de fil, passé depuis mon tout nouveau smartphone. Grâce à Nelly, je bénéficierai même d'une rente mensuelle qui laisse Maureen à la fois pantoise et méfiante. Pour elle, tout se gagne ou se paie, et je ferais bien de m'interroger sur les véritables motivations de cette munificence.

Comment lui expliquer que j'ai déjà payé ? Des années durant, tous ces vieux se sont réchauffés à ma vitalité et à mon innocence ; des années durant, ils se sont payés sur la bête et seront à jamais mes débiteurs. Moi partie, ils continueront à prélever leur dîme de chair fraîche sur Dolores, Teresa, Djilali, ou tout autre enfant intégrant la communauté. Ainsi va la vie à Liberty House – et je ne suis pas certaine que le monde extérieur fonctionne différemment. En attendant, j'y suis et chaque jour m'assène son lot de découvertes surexcitantes – car la surexcitation est le climat dans lequel j'évolue désormais, bien loin des quatre saisons paisibles qui ont rythmé ma vie d'avant. Et une autre découverte est de réaliser à quel point je suis peu préparée à cette effervescence érotique et à cette tension permanente. On m'a élevée dans l'idée que l'amour était la grande affaire de la vie, mais on ne m'a jamais parlé de la séduction. À Liberty House, pas besoin d'entreprises ou de manœuvres préliminaires pour se trouver un partenaire : en intégrant la communauté, tous les membres s'engagent à coucher les uns avec les autres. Il n'est pas question que quelqu'un reste sur la touche sous prétexte d'infirmité ou de sénilité. Arcady y veille : au besoin, il paye de sa personne pour que tout le monde ait son content de plaisir sexuel, ou à défaut, d'échange charnel : dans la maison du jouir, jouir n'est pas obligatoire ; ce qui l'est c'est le contact, la caresse, et la bonne volonté. Du coup, mes coreligionnaires ne font aucun effort pour plaire. Avec une ingénuité de macaques, ils se contentent d'exhiber leurs organes génitaux, et hop, le tour est joué ! Non, j'exagère. D'une part certains veillent à rester désirables et d'autre part le truc est moins facile qu'il n'y paraît. Dadah, que l'âge n'a pas rendue moins lubrique, profite souvent de nos assemblées hebdomadaires pour se plaindre de ce que l'on a repoussé ses avances. Notre règlement intérieur ne prévoit pas de sanction, mais un blâme unanime s'abat alors sur le malheureux contrevenant. Après tout, on ne lui demande pas grand-chose, et Dadah fait justement partie de ceux qui maintiennent en nos murs un certain niveau d'élégance vestimentaire – dont elle s'estime bien mal payée. Mais bon, pour une Dadah qui se chignonne, se pomponne, change tous les jours de robe et s'asperge de musc, on a droit aux survêts de Palmyre, aux polaires boulochées de Jewel, aux treillis de Titin, et à la nudité négligée de Salo, Vadim ou Orlando, qui titubent dans leurs mules ou dans leurs espadrilles, sans rien nous épargner de leurs attributs flasques.

Tout ça pour dire que la ville sans nom, avec ses rues commerçantes, ses terrasses bondées et ses plages populeuses, c'est autant de possibilités de tenues affriolantes, de sourires aguicheurs, de bijoux clinquants, de bouches vernies, de peaux tendues, de corps exposés aux regards et offerts aux désirs. Les premiers jours, je rentre grisée, brisée, tout juste bonne à m'affaler sur le clic-clac de Maureen, laquelle n'a pourtant pas manqué de m'offrir son lit, ses bras, son cœur. Je ne dis pas non, mais je dois d'abord encaisser le choc et apaiser la tempête sous mon crâne : toutes ces sollicitations, c'est trop pour moi, mon cerveau sature, mes connexions neuronales peinent à se faire, ma chatte palpite au-delà du raisonnable.

Le lycée reprend, mais le lycée je m'en fous car la vie est ailleurs, la *vita nuova* que j'appelais de mes vœux, sans toutefois imaginer à quel point elle les comblerait. Je vais en cours, je rends les travaux demandés, et passe à peu près inaperçue. De toute façon, j'ai vite découragé les curiosités, et rembarré ceux qui me demandent si je suis une fille ou un garçon. Je ne sais pas ce que je suis, mais je n'entends pas en faire un sujet de conversation.

Avec mon iPhone reconditionné, j'ai envoyé à Daniel mon premier texto, auquel il a répondu par un selfie hilare sur fond de mer et de lumière majorquines. Mais bon, la lumière n'est pas ce qui manque ici, et la mer je n'y vais jamais : j'ai bien trop à faire, et je réserve mes séances de plongée au monde de la nuit. Car s'il y a un espace-temps dans lequel mon intersexuation ne suscite ni questions ni réserve, c'est bien celui-là. Mes soirées en boîte avec Daniel ne m'en avaient finalement donné qu'un faible avant-goût, et il faut dire aussi que Maureen fait un guide beaucoup plus averti et beaucoup mieux à même de m'introduire in the heat of the night que ce pauvre Nello. Cela dit, il a l'air de faire à Palma des expériences tout aussi enthousiasmantes que les miennes, si j'en juge par les snaps obscènes que je reçois à l'aube, quand lui et moi rentrons de nos nuits queer. Il me manque et j'ai hâte de le revoir, mais je n'ai pas plus de temps pour les regrets que je n'en ai pour la plage et autres distractions diurnes. La nuit m'occupe, elle m'occupe même le jour – que je passe à récupérer de mes frasques ou à rêvasser sur les rencontres que j'ai faites au Panic Attack ou à l'Arbor.

Je ne couche avec personne, mais à la limite, je n'en ai pas besoin : boire, fumer, danser, me faire tripoter dans la cohue des corps, rouler une pelle par-ci par-là, voilà qui suffit à mon bonheur et me permet de ménager Maureen, qui s'est clairement positionnée pour être mon amoureuse en titre et qui ronge son frein en attendant la minute du déclenchement merveilleux, le déclic qui me fera ouvrir les yeux sur elle. En réalité, mes yeux sont déjà grands ouverts : Maureen est généreuse, franche, curieuse, enthousiaste et dix fois plus jolie que je le serai jamais; elle m'inspire de la gratitude, de l'estime, de l'affection, du désir, mais la somme de tous ces sentiments ne s'appellera jamais l'amour.

L'amour, c'était courir dans la rosée pour rejoindre Arcady, c'était avoir son nom sur les lèvres en m'éveillant, le soir en m'endormant ; c'était lui dédier non seulement tous mes scénarios érotiques, mais aussi tous les moments d'une vie que je n'imaginais pas sans lui. L'amour, c'était les surgissements imprévisibles d'Angossom, le douloureux désir d'intégrer son corps parfait – ou à défaut, d'être une pastèque pour qu'il en pénètre les entrailles humides, un noyau de pêche pour qu'il le recrache. De même que je sais reconnaître l'amour quand je le vois, je sais admettre sa défection inexplicable. J'aimerais aimer Maureen, mais ni elle ni moi ne connaissons l'alchimie qui convertit une tendresse poussive en or incandescent.

– Je te plais pas ?
– Mais si, bien sûr que tu me plais.
– Tu me trouves trop grosse ?
– Arrête, t'es super-belle : me force pas à te faire des compliments.
– C'est parce que je suis une meuf ?
– Putain, on en a déjà parlé cent fois, t'es relou.
– T'es hétéro, c'est ça ?
– Arrête avec ça : comment tu veux que je sois hétéro ? Pour être hétéro faut être quelque chose, à la base. Moi, je suis rien.

— T'es pas rien. Personne n'est rien. Soit t'es un pur keum, soit t'es une pure meuf, soit t'es un mec trans, soit t'es une meuf trans.

À ce stade de la conversation, je la laisse se perdre en considérations stériles et distinctions oiseuses – ou alors je lui cloue le bec en l'embrassant fougueusement. J'ai beau n'être rien et n'aimer plus personne, mon seuil d'excitation demeure très bas. À la voir là, devant moi, avec ses mèches blondes et roses, ses bonnes joues et ses épaules de lutteuse, je me sens fondre et j'ai très envie d'elle, envie de la déshabiller brutalement, d'enfouir mon nez, ma bouche, dans la masse gélatineuse de son ventre ; envie de la tenir par les hanches et de faire valdinguer ses gros seins blancs ; envie de la fourrer de mon poing dur, elle qui aimerait tant l'être aussi, mais qui n'est que courbes élastiques, et chairs irritables. C'est même comique, ce contraste entre les prétentions de Maureen à la force, ses affectations de brutalité, et ce corps suave à force d'être clair, doux et rond, ce corps qu'elle déteste et se dit prête à taillader :

— Enfin plus maintenant, hein, mais quand j'avais quatorze, quinze ans, quand c'est venu, tout ça, les eins, le bide, enfin quand ça s'est vraiment installé, parce qu'au début j'espérais que ça allait partir si je bouffais moins et que je faisais du sport, bref, quand j'ai compris que c'était ça mon corps, je te jure que j'avais envie de couper, de tailler des tranches là-dedans ! Regarde-moi ça !

Elle agrippe à deux mains la graisse qui flageole un peu autour de son nombril et enrobe paresseusement ses hanches avant de remonter jusque dans son dos, en un pli adipeux, à mille lieues de ma propre morphologie – et c'est sans doute un autre contraste comique que celui qu'offrent nos deux corps emmêlés sur le clic-clac, la sécheresse fuselée de mes jambes, mon torse d'éphèbe, mes mains brunes sur l'efflorescence mauve de ses mamelons. Finalement, la puberté a joué à Maureen le même tour qu'à moi, et son corps l'a trahie de façon tout aussi ignominieuse que le mien, la transformant en une petite grosse à forte poitrine tandis qu'il faisait de moi une créature androgyne. Il ne me reste plus qu'à lui inculquer l'un des rares chapitres de l'enseignement d'Arcady que je n'aie pas jeté à la poubelle en même temps que ses fadaises antispécistes et son évangile libertin à deux balles :

– Tous les corps sont dans la nature, Mor.

Rien que de reprendre la formule de mon mentor, je me sens faiblir. J'entends les inflexions de sa voix familière, je me revois vautrée à ses côtés, humant à la fois les odeurs d'écorce, d'herbe écrasée, tous nos sucs mêlés, sa sueur, sa liqueur séminale, l'ambre entêtant de son parfum, la levure fraîche de ma mouille, tout ce bonheur d'avant la chute. Tandis que j'essaie d'expliquer à ma petite amoureuse que le désir n'a jamais attendu la perfection d'un corps ni tenu à la beauté d'un visage, la mélancolie me submerge, mais joignant le geste à la parole, je finis par la baiser. Baiser a toujours fait remonter mon moral en flèche. Ça n'empêche pas la mélancolie, mais ça relègue à l'arrière-plan les souvenirs – et les regrets aussi. Et puis que regretter? Le jardin d'Éden? J'y ai grandi et j'y ai été aussi heureuse qu'on peut l'être, mais le temps de l'innocence, c'est bien fini, alors autant que je me fasse à la ville, à la foule, à la pollution électromagnétique, aux phtalates, aux McDo, aux particules fines, à la musique tout le temps, aux images partout, à la vie en réseaux, à la connexion permanente, à la surexcitation ambiante, et à l'amour possessif de Maureen. Car là aussi le changement de régime est radical : Arcady m'a aimée sans vouloir que je sois à lui, et je n'ai jamais osé lui avouer que je rêvais de l'être. Ensuite, Angossom est arrivé, chamboulant tout ce que je croyais croire, balayant mes velléités de constance et mes prétentions à la fidélité, balayant aussi tout le reste, pulvérisant mon château dans le ciel et le miroitement menteur de ses coupoles. Il a été mon ange exterminateur, mais loin de lui en vouloir, je ne peux pas m'empêcher de le chercher sur les routes de la vallée, ou dans les rues de Vintimille quand Mor et moi allons y faire des courses. Il suffit d'un profil, d'une joue brune, du rebond d'une pommette sous l'ombre fuligineuse des cils, pour que mon cœur saute un battement, mais ce n'est jamais lui. Et si jamais ça l'était, je n'aurais de toute façon rien à lui dire et rien à lui offrir en dehors de ma bonne volonté et de mon désir de réparer ce qui ne peut pas l'être : la misère native, l'encasernement, la torture, la traite, le naufrage, l'errance interminable, l'expulsion du paradis, le bannissement à vie, à deux pas de nos eldorados pléthoriques. Inutile d'essayer d'expliquer ça à Maureen, elle n'y voit qu'une menace planant sur nos amours. La seule fois où je lui ai parlé des apparitions archangéliques d'Angossom, elle m'a assaillie de questions :

– Mais c'est qui ce keum ? Il te plaît ? Il te plaît comment ? T'as envie de te le faire ? Tu vois que t'es hétéro !

– Mor, tu me fatigues, hein, tu me fatigues vraiment !

– C'est toi qui es fatigante, putain ! Je peux pas sortir avec toi sans que tu mates tout ce qui bouge ! Tu crois que je vois pas les bails ? Tu peux pas calmer ta schneck, une bonne fois ?

Avec Maureen, la conversation peut très vite déraper ou atteindre des sommets de fureur explosive et ordurière. Est-elle malade ? C'est la question que je lui ai prudemment posée au bout de trois mois de vie commune, tant ces humeurs tempétueuses me semblaient inexplicables autrement que par un dérèglement thyroïdien ou une tumeur cérébrale. J'ai vécu l'essentiel de ma vie au milieu d'adultes placides, qui fuyaient les conflits et n'aimaient rien tant que le consensus mou, alors cette irascibilité de bouvillon et ces crises de jalousie, j'ai du mal à m'y faire. Mais non, il s'avère qu'elle n'est pas malade et qu'elle n'a jamais imaginé autrement sa vie de couple que dans les disputes, les brouilles et les réconciliations passionnées. Sommes-nous un couple ? Telle est l'autre question que je me pose, mais que je me garde bien de formuler à voix haute, de peur de déchaîner un nouveau drame égyptien. Je garde mes doutes pour moi et je réserve ma passion au Nouveau Monde, et à la découverte de toutes ces terres inconnues que sont pour moi Instagram et Snapchat, Netflix et YouTube, Maps et Uber Eats. Dans ce Nouveau Monde, c'est Mor qui est mon guide et ma traductrice simultanée : je ferais preuve d'une rare ingratitude si je lui révélais le fond de ma pensée. Et puis, même si je ne l'aime pas au sens où elle l'entend, j'aime vivre avec elle, parce qu'en dehors des moments où elle fait la gueule, elle se montre attentionnée, affectueuse, énergique et gaie.

Par-dessus tout, j'adore dormir avec elle – j'ai toujours su que ça me plairait, de partager le lit de quelqu'un. Connaissant Arcady, on peut d'ailleurs trouver bizarre qu'il n'ait pas instauré la pratique d'un couchage collectif, mais tous nos sociétaires disposent de leur propre chambre, de leur petit bastion d'intimité dans une maison où elle est honnie. Même les enfants. Me lover le soir contre Maureen, me réveiller au milieu de la nuit, avec son souffle chaud sur la nuque, son bras lourd sur ma cuisse, l'entendre geindre ou respirer dans la pénombre confidentielle de sa chambre, ça me bouleverse comme un luxe inouï. Je n'ai pas d'explication à ce bouleversement, sauf, peut-être, le souvenir de mon premier matin à Liberty House : l'alcôve chaulée, le lit matrimonial, les draps empesés, les corps enfin détendus de Bichette et Marqui, et moi au milieu, bienheureuse, guettant les bruits et les lueurs de l'aube, les premiers chants d'oiseaux, les premiers bourdonnements d'insectes. De mon royaume, je parle le moins possible car le peu que j'en dis, c'est déjà trop pour Maureen. Nos mœurs la scandalisent, et elle n'a pas de mots assez forts pour vilipender à la fois le désert technologique et la promiscuité sexuelle dans lesquels j'ai grandi.

– Quoi ? Tu couchais avec ce type, là, votre gourou ? Mais c'est dégueulasse !

– J'étais pas obligée, hein. C'est moi qui voulais.

– Tu parles, ils ont des techniques de lavage de cerveau, dans les sectes : t'as cru que t'étais consentante, mais t'étais juste sous son influence, t'avais pas le choix.

Je me tais. À quoi bon lui expliquer que j'ai aimé Arcady comme on aime une fois dans sa vie, c'est-à-dire absolument et sans doute pour toujours ? Car j'ai beau savoir qu'il n'est pas celui que je croyais, je l'aime encore et je pourrais crever de son absence si je n'étais pas très occupée. Sauf que

Maureen n'en démord pas : selon elle, je suis trop bonne avec les membres de mon ancienne communauté, tous ces porcs pédophiles, qu'elle m'incite à balancer illico.

— Ils ont abusé de toi, Farah !

— Qui ça, « ils » ?

— Arcady, Victor, Kinbote, Richard, tous ces vieux keums dont tu m'as parlé ! Et tes parents, ils ont grave pas assuré, putain ! Ils auraient dû se tirer de la secte, quand ils ont vu que le gourou avait des vues sur toi !

— Arrête de dire « secte », c'est pas une secte ! Et Arcady, il a attendu que j'aie plus de quinze ans, je te rappelle ! C'est lui qu'a pas voulu coucher avant : moi, j'étais prête ! Même à treize ans, j'étais archi-prête ! C'est même moi qui l'ai harcelé !

— Ça change rien ! Tu le considérais comme ton père spirituel, tu m'as dit ! Alors c'était carrément de l'inceste ! Ça me dégoûte !

Si vue de l'extérieur mon histoire avec Arcady ressemble à de l'abus sur mineur par personne ayant autorité, j'en suis désolée, et ça m'apprendra à la raconter à des gens qui ne sont pas en mesure de la comprendre voire d'en admettre l'existence. Désormais, je vais garder pour moi le récit de mon enfance hors normes dans une confrérie du libre esprit. Je vais même y penser aussi peu que possible, à cette enfance. J'ai dix-sept ans : l'âge adulte, c'est maintenant.

30. Here but I'm gone

Avant toute chose, il a fallu que je me fasse à un autre rythme, à une temporalité déconcertante, une alternance de plages horaires atones et d'instants insaisissables. Rien à voir avec mes riches heures oisives et contemplatives sous la nue agitée, dans la fréquentation des arbres et des oiseaux. Rien à voir non plus avec nos temps forts collectifs, les repas au réfectoire, les sermons d'Arcady, les exorcismes, les grands déballages, les séances d'épuisement du chagrin par la transe chamanique. Ma vie hors les murs me laisse peu d'occasions d'être moi : je me fais plutôt l'impression d'être une oie qu'on remplit, un organisme qu'on sature de sensations fortes, de trop d'images et de trop de musiques – mais ça tombe bien, vu que j'aime la musique plus que tout. À Liberty House, elle était réservée à nos fêtes et interdite aux enfants. Nous n'avions ni radio ni télé : seule une chaîne hi-fi archaïque permettait aux membres de la confrérie d'écouter leurs morceaux choisis, la salsa d'Epifanio, la techno de Richard, ou les arias de Victor. Avant de sortir en boîte avec Daniel, je n'avais dansé que de façon occasionnelle : le nouvel an, les anniversaires des uns et des autres. Désormais, le silence a déserté mon existence, et la musique m'accompagne constamment. Grâce à l'argent de Nelly, je me suis payé un casque et un abonnement à Spotify. Avec Daniel, nous échangeons des playlists et des commentaires extatiques, aussi enchantés l'un que l'autre de cette immersion sonore permanente qui nous permet d'être seuls au milieu de la foule tout en nous connectant à une sorte de grande party mondiale, une vibration collective qui nous galvanise. D'une certaine façon, je suis plus proche de Daniel que quand nous habitions sous le même toit. À mille kilomètres de distance, nous vivons le même dépucelage sociologique et technologique, nous sommes sous le coup du même choc sensoriel et communions dans la même ivresse – même si je dois reconnaître qu'il avait pris une bonne longueur d'avance avec son smartphone et son addiction à George Michael. Mais bon, ça va vite, un dépucelage : en moins de temps qu'il n'en faut pour le dire, je suis très au fait de ce qui s'écoute et de ce qui se regarde.

Comme Maureen s'endort avec son ordi sur le ventre, dans la lumière clignotante et bleutée de ses séries préférées, j'ai même rattrapé mon retard en matière de *Game of Thrones*, *Atypical*, *Riverdale*, *Vikings*, *Narcos* ou *Gomorrha*, d'abord un peu estomaquée par son seuil de tolérance à la violence, puis suspendue comme elle aux génériques hypnotisants, surgissements de tours crénelées, drakkars noirs et images d'archives de Pablo Escobar. Une nuit, alors que je cuve mon rhum orange sur son épaule, je suis réveillée par des borborygmes et des ahanements, sans doute quelqu'un qu'on étrangle et qui cherche son dernier souffle. J'ouvre l'œil sur un faciès décomposé, des orbites excavées, des gencives pourries, des cheveux étoupés.

– Beurk, mais c'est quoi ce truc ?
– *Walking Dead*, putain, y'a que toi dans le monde qui connais pas !

Oui, c'est vrai, elle a déjà essayé de me refourguer cent fois ses morts-vivants, sa série préférée de tous les temps, enfin jusqu'à la saison quatre, parce qu'après, apparemment, ça se répète, ça tourne en rond, même elle en a eu marre et est passée à autre chose, mafieux napolitains ou narcotrafiquants. Ça ne l'empêche pas de se repasser de vieux épisodes de temps en temps, pour le plaisir de retrouver ses zombies. Me calant plus commodément contre elle, contre son corps tiède et sa réalité rassurante, je me décide à regarder une abominable scène d'éviscération : apparemment, se déguiser en charogne puante permet aux vivants de passer inaperçus au milieu des vampires.

– Pas des vampires : des morts-vivants !

– Ben quoi, les vampires aussi ce sont des morts-vivants.

– Ouais, mais c'est pas pareil. Si tu veux des vampires, je te montrerai *True Blood*. En plus, c'est une série crypto-gay. Trop bien.

– Non, pitié ! T'as pas plutôt une série où les gens sont vraiment vivants, en bonne santé, pas trop barges et pas trop délinquants non plus ?

– J'ai oim : vraiment vivante, en bonne santé, pas trop barge et archi pas délinquante. Ça t'intéresse, ma normalité ?

– Tu sais bien que oui.

– Alors profite ! Tiens : tout est à toi !

Au moment où je m'apprête à fondre sur ses joues saines, son ventre palpitant, sa bonne odeur de fille un peu alcoolisée, une image m'arrête dans mon élan, celle de corps sombres massés contre un grillage barbelé.

– J'ai mal calé les sous-titres.

Je m'en fous des sous-titres, des dialogues échangés : ce que je vois, c'est une citadelle assiégée, une bâtisse défendue par des individus en armes, une vie autarcique, avec ses lopins cultivés et ses enfants aux yeux clairs – tandis que de l'autre côté du grillage errent des marcheurs hagards et déguenillés ; ce que je vois, c'est mon existence d'avant, son organisation et son souci de préservation insoucieux de la vie des autres et de la misère du monde ; mon paradis perdu et réservé aux membres du club. Heureux les riches, car non seulement ils sont riches mais ils ont le droit de profiter du royaume enchanté avant tout le monde. Malheureux les autres, les exilés, les réfugiés, les démunis ! Je pense à eux, bien sûr, mais à quoi bon penser quand ce qu'il faudrait c'est ouvrir grand les portes, abattre les grillages, lever le siège, partager les récoltes, céder la citadelle. Comment faire comprendre à Maureen que *Walking Dead*, c'est l'histoire de ma vie et qu'avoir laissé Angossom réintégrer la cohorte des zombies, c'est quelque chose que je ne me pardonnerai jamais ? Elle aura beau me taquiner, me demander pourquoi je fais la gueule, éteindre l'ordi et se tourner vers moi, cette nuit l'amour est au-dessus de mes forces : il m'en reste juste assez pour lui taire les raisons de mon trouble et lui dire que je veux dormir, sans cauchemar si possible, sans cadavres déambulant à travers champs, à la recherche d'un asile. Maureen me tourne le dos avec un petit soupir de contrition. Inutile de lui souhaiter un sommeil paisible : elle dort comme une souche et prétend ne jamais rêver. Mes récits du matin la laissent pantoise :

– Mais comment ça se fait que tu rêves toutes les nuits ?

– Tout le monde rêve toutes les nuits, même toi : c'est juste que tu te rappelles pas.

— Ben ça revient au même. Et puis comment ça se fait que toi tu te rappelles ?

Il faut croire que rêver, ça s'apprend, comme le reste. J'ai grandi dans une communauté où on laissait une large place aux visions, aux fantasmagories, aux prémonitions. L'interprétation des rêves a fait partie de mon éducation au même titre que le dessin, le découpage, la botanique ou la lecture, tous ces passe-temps du XIXe siècle qui sont complètement étrangers à ma petite amoureuse et l'impressionnent comme autant de superpouvoirs. Il faut dire que ce que Maureen appelle sa bibliothèque tient en trois Libretto écornés : *Bel-Ami*, *Candide*, et *Le Jeu de l'amour et du hasard*. Elle n'a jamais pu terminer *Candide*, trouve Georges Duroy trop fort d'avoir pécho la meilleure go, et croit se rappeler qu'il y avait des chimpanzés dans la pièce de Marivaux, là où je ne me souviens que d'un laborieux jeu de dupes. Sa prof de français a dû lui montrer une mise en scène contemporaine – ou alors elle confond avec *La Planète des singes*, ce qui ne serait ni la plus grave ni la plus étonnante de ses confusions, elle qui parle sans sourciller de Johnny Hallydepp ou de Barack Obahamas.

— Ben quoi, Johnny Hallydepp ! Tu sais bien, çui qu'est mort !

— Ah tu m'as fait peur, j'ai cru que tu voulais dire Johnny Hallydepp, celui de *Charlie et la chocolaterie*, l'ex de Vanessa Paradis !

Elle me regarde d'un œil rétréci par le soupçon – ne serais-je pas en train de me foutre de sa gueule ?

– Rien à voir. Çui de *Charlie et la chocolaterie*, il est toujours vivant ! Même qu'il joue dans *Pirates des Caraïbes*. Et en plus, ils se ressemblent pas du tout !

Concernant le quarante-quatrième président des États-Unis, je ne vais pas insister : après tout, il est né à Hawaii, et entre un archipel et un autre, je comprends tout à fait que Mor ne s'y retrouve pas.

En dépit de l'illettrisme de ma compagne, je continue à lire pour le plaisir – mais quand il s'agit de me documenter, je sais gré à Internet de m'éviter des heures de recherche dans des rayonnages poussiéreux. Rien que d'y penser, je revois la canne de Victor délogeant les livres et les faisant tomber un à un sur le tapis, tout en égrenant les titres et les conseils :

– Tiens, lis *Guerre et paix* ! Lis *Le Bruit et la Fureur*, lis *Les Fleurs du mal*...

J'ai scrupuleusement suivi tous ses conseils de lecture, mais pour mener à terme ma grande enquête sur l'identité sexuelle, je vais désormais à la source, sur des sites dédiés aux gens comme moi. Comme je le soupçonnais, nous sommes des milliers à n'être sûrs de rien, même si je n'ai encore trouvé personne à qui soit arrivée la même chose qu'à moi : un changement de sexe tout à fait imprévu, pas franchement souhaité et surtout pas entièrement accompli. Car les mois passant, il semblerait que mon état se soit stabilisé à mi-chemin de l'un et l'autre sexe : j'ai une chatte mais pas d'utérus, des couilles mais pas de pénis, des ovaires mais pas de règles – sans compter que ma musculature et ma pilosité sont tellement troublantes que plus personne ne se risque à trancher. Quant à mon questionnaire, il reste sans réponse, ou du moins sans réponse satisfaisante : autant les intersexués ont conscience de l'être, autant les autres ne savent pas de quoi ils retournent. Ils ont beau avoir une base génitale moins équivoque que la mienne, ils n'en errent pas moins leur vie durant entre leur bonne conscience cisgenre et leur nostalgie d'androgynie fœtale. Faites le test, commencez à sonder les gens autour de vous, et vous verrez qu'ils ne savent absolument pas en quoi réside leur féminité ou leur masculinité. Finalement, personne n'y comprend rien, à part les dingues de la manif pour tous. Maureen, que j'ai évidemment sondée dès les premiers mois de notre cohabitation, a au moins fait l'effort d'y réfléchir sérieusement et de m'épargner un nouveau cliché sur la fragilité des filles ou leur générosité en amour. Un soir, alors que nous nous préparions à sortir en boîte, préparation minimale pour elle comme pour moi, ni make-up ni fringues de ouf, elle jette un œil au reflet que nous renvoie la glace du salon, sa bouille ronde, ma mâchoire chevaline, ses mèches blondes gelées en brosse dure, ma tignasse noire plaquée en arrière, et m'enlace solennellement :

– La féminité, c'est l'hyperconscience d'être pénétrable.

– Mais les mecs aussi sont pénétrables. C'est pas parce qu'ils ont un trou de moins...

– Un trou de moins, c'est pas rien ! Et puis le vagin, c'est pas n'importe quel trou, excuse-moi, mais tu peux pas comparer avec l'anus ou la bouche.

– Ah bon ? Mais en quoi c'est pas comparable ?

– C'est mieux lubrifié : c'est hyper-facile de s'y introduire.

– Mieux lubrifié que la bouche ? Ah, ah, laisse-moi rire !

– O.K., la bouche, c'est mouillé et tout, mais si un keum essaie d'y fourrer sa queue, tu peux la mordre.

Bon, si j'ai bien suivi, le problème du vagin, c'est qu'il a trop de cyprine et pas assez de dents. Sur cette petite conversation, nous partons pour le Fox, et toute la soirée, je me sens dans la peau d'un gibier fragile, alors même que mon apparence décourage les mecs les plus relous. De temps en temps, le regard de Mor croise le mien et son sourire me dit qu'elle pense elle aussi à tous les orifices moites qui dansent autour de nous, accessibles, vulnérables, tellement plus faciles à forcer que la barrière des dents ou le sphincter anal. Bien entendu, je pense aussi à mon propre vagin, ma cupule exiguë mais pénétrable quand même. Maureen ne se prive pas d'y envoyer langue, doigts, légumes, et sex-toys divers – toute sa collec y passe, godes, vibro, ou boules de geisha. Comment lui dire que je me fous complètement d'être pénétrée ou pas ? Comme elle a l'air contente avec son gode-ceinture, je la laisse s'activer dans un trou ou dans un autre, mais je peux jouir sans. Je peux jouir rien qu'en la caressant, je peux jouir quand elle me lèche ou qu'elle me branle – et avec un peu de concentration et un coussin entre les cuisses, je peux jouir rien qu'en y repensant, ou en repensant à mon baldaquin entre terre et ciel. Car tel est le problème dans ma nouvelle vie : la façon dont l'ancienne s'y invite. Il suffit d'un rien, d'un store qui claque dans le vent, d'une odeur d'herbes coupées, et bang, me voilà téléportée entre les bras puissants d'Arcady. Un effluve marécageux ? Cette fois-ci je me retrouve au bord de l'étang, accroupie derrière un faisceau de joncs, épiant mon obscur objet du désir, mon ange noir et la terrible apocalypse de sa beauté. Tout irait quand même à peu près bien si cette pauvre Maureen ne disposait pas d'un septième sens en matière d'infidélité virtuelle.

– Tu penses à quoi, là ? T'es avec moi, ou quoi ?

Elle a parfaitement raison de poser la question, car je n'y suis pas, je n'y suis pas du tout. Au lieu de me promener avec elle dans les rues de la ville sans

nom, au lieu de presser amoureusement son bras comme elle le fait avec le mien, j'entends la voix admirative d'Arcady souffler à mes oreilles :
– Putain, t'es une salope de première, Farah!

Oui, c'est vrai, et quel dommage que mon ardent initiateur, celui qui a fait de moi la salope que je suis, se soit révélé n'être qu'un prédicateur de pacotille, un charlatan échouant à mettre ses beaux principes en application, un chef de meute incapable de la maintenir dans la voie de l'amour véritable. Et en même temps, serais-je partie si Arcady avait tenu ses promesses intenables, l'amour pour tous et la vie éternelle dans notre utopie concrète? On pourrait me dire, et Maureen ne s'en prive pas, que j'ai été bien bête d'y croire un seul instant. Mais il faut se rappeler que j'avais six ans à mon arrivée dans la communauté et que j'ai grandi entourée d'adultes tout aussi dupes que moi d'une évangélisation à la fois exaltante et rassurante. Peut-être suis-je encore trop près, géographiquement s'entend, de sa pompe et de ses œuvres, pour échapper complètement à son influence et au regret intermittent de ce que j'ai laissé derrière moi. D'autant qu'à mes yeux, la ville sans nom s'est vite avérée trop petite pour y mener grand train. La ville, telle que je la rêve, c'est au moins Paris, Tokyo, Le Cap, L.A. ou New York, et je tanne Maureen pour que nous envisagions un nouveau départ et d'autres latitudes.

— Mais t'es sérieuse, là ? Qu'est-ce qu'on irait faire à Paris ? À Paris il fait mégafroid. Il pleut tout le temps.
— New York, alors. Ou Rio.
— Je parle pas brésilien.
— Portugais.
— Ici j'ai mon taf, ma famille.
— Tu les détestes.
— Mais non, pas du tout. Pourquoi tu dis ça ?

Je dis ça parce que la famille de Maureen, c'est un nœud de vipères qui n'attendent même pas qu'on leur marche dessus pour cracher leur venin, en petites phrases assassines, ricanements et jugements à l'emporte-pièce. Ils n'ont jamais dissimulé l'horreur que je leur inspire, moi, mon physique étrange, mon enfance dans une secte libertine – sans compter mes sources de revenus, aussi mystérieuses qu'enviables.

— Elle est trop moche : qu'est-ce tu fous avec une nana aussi moche ?
— Enfin, une nana, c'est vite dit. On croyait que t'aimais pas les mecs : tu nous déçois.

Il faut les comprendre, aussi : ils s'étaient habitués à l'homosexualité de leur fille, sœur ou nièce, ils en avaient même fait un motif de fierté, une preuve de leur grande ouverture d'esprit et de leur tolérance à l'intolérable, et voilà que je fous tout par terre avec mon sexe indécidable et ma laideur hors normes. Maureen a beau me défendre comme une diablesse, en public comme en privé, je ne conserve d'illusion ni sur sa famille ni sur mon physique. Reste à savoir pourquoi elle hésite à mettre neuf mille kilomètres entre elle et toutes ces bêtes venimeuses :

– Bon, O.K., tu les détestes pas. Mais reconnais que tu devrais.

– Lâche-moi avec ma famille. Elle est pas pire que d'autres.

Si, elle l'est. Elle est abominable. Je préfère encore ma secte d'inadaptés sociaux, ma parentèle de dingues abîmés par la vie. En dépit de leur frilosité, de leur égoïsme, et surtout de leur incapacité à mettre leurs actes en accord avec leurs dogmes, ils n'en demeurent pas moins gentils et bienveillants. J'ai bien fait de partir avant de les haïr : ils n'auront pas ma haine. C'est en substance ce que je m'efforce de dire à Maureen : quand tu aimes, il faut partir, mais quand tu n'aimes plus, il faut partir aussi pour préserver ce qui peut l'être, une tendresse résiduelle et une infinie pitié – soit le dernier stade avant trop de mépris et le début d'une rancœur définitive.

– Putain, Maureen, on va pas rester toute notre vie dans ce bled !

– Attends, mais ici c'est grave bien ! Les gens paient pour venir, ici, tu sais ça ? On est, genre, une des premières destinations touristiques de France !

– Ouais, on est même une des premières destinations touristiques du monde : regarde, même les Syriens et les Afghans nous envient ! Même les Guinéens, ils veulent venir chez nous !

– Arrête avec tes migrants ! Tu kiffes trop les Blacks, en vrai !

– Je kiffe rien du tout, Maureen ! Je te rappelle juste que les migrants, comme tu dis, ils aimeraient bien arriver jusqu'ici mais qu'en général ils se font gauler à Garavan ou pécho à Breil.

– Bon, ouais, et alors ? Moi aussi ça me fout grave les boules, genre, j'aimerais mieux qu'on les laisse entrer et vivre ici, mais bon, c'est ni toi ni moi qu'on décide, et en plus je vois pas le rapport avec le fait que tu veuilles qu'on se casse d'ici !

Moi non plus, je ne le vois pas. Je sais juste que ma vie ne peut pas finir où elle a commencé, dans ce département d'opérette coincé entre Italie et France, entre mer et montagne, entre militants No Border et sympathisants frontistes, entre seniors retranchés dans leurs résidences électrifiées, et jeunesse lancée sur les routes, sacrifiée au nom du pragmatisme, immolée sur l'autel du bon sens et de la bonne conscience – car la Riviera n'a pas vocation à accueillir toute la misère du monde. Mais quand bien même elle s'y déciderait, ma décision est prise : je veux vivre dans une ville, une vraie, pas une bourgade fière de son littoral et de ses citronniers. Daniel, à qui j'ai fait part de mes projets de départ, s'est montré beaucoup plus compréhensif que ma petite amoureuse butée, mais pas assez compréhensif à mon goût :

– Ben viens ici ! À Palma ! Tu vas adorer !
– Bof, une île, ça me dit rien. J'ai envie de voir des buildings, de me perdre dans les rues, de prendre le métro...
– Elles sont bizarres, tes envies.

Consulté par l'intermédiaire de Daniel, Richard me conseille New York, Hong Kong ou Berlin, des villes vibrantes de jeunesse et dégoulinantes de sensualité, selon lui – soit très exactement ce qu'il me faut. Dommage que Maureen freine des quatre fers :

– Mais faudra qu'on se trouve un boulot ! T'as même pas ton bac !

– Je vais le passer en candidat libre. Et je demanderai à Nelly de me filer plus de fric. Et puis toi, tu peux faire serveuse, Mor, y'a zéro problème ! Le seul problème c'est si toi, tu veux pas qu'on bouge ! Mais je te préviens, moi, je reste pas ici !

– Bon, O.K., O.K., je vais réfléchir. Mais t'es vraiment une forceuse !

Je force, effectivement, mais c'est dans l'intérêt de tous à commencer par le mien. Si je reste, je vais devenir dingue, entre bord de mer privatisé, postes-frontières et citrons vernissés. Sans compter que dans les hauteurs, à deux pas d'ici, mon ashram déploie toujours ses hectares de bois et de prairies, ses terrasses, ses étangs, et ses murailles écroulées sous l'assaut des clématites. Vivre ici, c'est vivre à deux pas de mon enfance sauvage, à deux pas de mon jardin des délices, et à deux pas de mon maître des âmes. Deux pas, ce n'est pas assez, ou c'est trop, trop pour moi, je risque à tout moment de succomber à la tentation de réintégrer mon meilleur des mondes – pour retrouver les serres de mon père, les *orechiette* de Fiorentina, les palabres entre enfants sur la restanque, et surtout, si je veux être honnête, les giclées de sperme de mon gourou.

J'en suis là de mes réflexions, à gamberger mes projets de grand remplacement, la mégapole au lieu du bourg méridional, l'inconnu et la nouveauté plutôt que la routine, quand mon père se pointe chez nous. Depuis mon départ, les contacts avec mes parents se sont limités au strict minimum, mais je les ai quand même eus au téléphone de loin en loin, pour des conversations pointillistes, de longs silences qui disaient leur tendresse et leur embarras. Que mon père se soit déplacé jusqu'au T2 de Maureen ne peut signifier qu'une catastrophe, la destruction d'un domaine que j'estimais trop proche à l'instant même, mais qui m'apparaît du coup insupportablement loin, hors d'atteinte, impossible à sauver des vandales, des pillards, une déferlante de migrants enragés, rendus fous par nos privilèges exorbitants, notre thébaïde fleurie, notre cocagne dans ses hauteurs. Le temps que mon père trouve ses mots, et on sait que chez lui ça peut être long, mon esprit a celui d'échafauder les pires scénarios – car l'avantage numéro trois d'une enfance

en zone blanche, c'est qu'elle développe considérablement vos facultés d'imagination.
— Quelqu'un est mort? C'est Maman? Arcady?
— Oui...
— Quoi *oui*? Maman ou Arcady?

Il fond en larmes tandis que je lui hurle dessus, ce qui n'est pas le meilleur moyen de le faire parler, mais aussi, il est horripilant avec sa lenteur et son incapacité à produire un discours intelligible, même en temps normal.
— Mais non...
— Quoi, *mais non*? Putain, papa!
— C'est Dadah.

Je suis soulagée, évidemment, parce qu'il y a des morts pires que d'autres, mais le soulagement ne dure pas et je suis instantanément rattrapée par la tristesse. Hésitant et reniflant, mon père reste sur le seuil, refuse d'entrer malgré l'invite réticente de Maureen et mes propres adjurations. Non, non, il est mal garé... le camion... il est juste venu me le dire... il n'aurait pas voulu que je l'apprenne autrement... et l'enterrement a lieu à Nice, conformément aux dernières volontés de la défunte.
— Enfin dernières, on n'en sait rien. Son neveu prétend... Il a retrouvé un testament. Mais qui date, hein. Si ça se trouve...
— Si ça se trouve?
— Elle aurait voulu, peut-être...
— Oui?

– Que ses cendres soient dispersées à Liberty House. Elle en avait parlé à Arcady. Mais bon...
– Bon ?
– Y'a rien d'écrit, tu vois...
Oui, je vois, je vois même très bien. C'est déjà beau qu'il y ait un testament, des dernières volontés exprimées, vu que Dadah refusait farouchement d'envisager un monde où elle ne serait plus. Encore que... Un soupçon me vient soudain :
– Le neveu, tu dis ? Mais à qui elle a légué son fric ? Pas à lui, j'espère ? Parce que d'après ce que je sais, c'est un vrai connard. Faut faire gaffe, hein, il est capable d'avoir fait un faux !
– Non, non, t'en fais pas. Enfin, il hérite, bien sûr, le neveu, mais c'est rien à côté de ce qu'elle nous a laissé. Je crois que de ce côté-là... Euh, tout est en règle. Enfin, moi, je sais pas trop, mais Arcady...
Comme d'habitude, c'est Arcady qui sait, Arcady qui gère, et Arcady qui défendra les intérêts de la communauté, ce qui vaut sans doute mieux pour tout le monde.
– Tu viendras ? À l'enterrement.
– Oui. Dis-moi bien où c'est, quand, tout ça.
Il s'en va, me laissant avec une Maureen circonspecte face à un chagrin dont elle ne peut pas comprendre l'immensité.

31. Le dahlia noir

Je sais très bien qu'il est dans l'ordre des choses que les nonagénaires finissent par mourir, et que Dadah ne devait sa survie qu'à des bouteilles d'oxygène et des poches de colostomie, mais on ne m'empêchera pas d'être triste. Je l'aimais. Elle était bête, égoïste et méchante, mais si on n'aimait que les gens qui le méritent, la vie serait une distribution de prix très ennuyeuse. Et puis Dadah compensait ses défauts innombrables par des qualités rares, comme celle de ne jamais se plaindre de ses infirmités et d'être toujours partante pour le plaisir : un repas fin, une fête, une visite, une promenade. Sans compter qu'à quatre-vingt-seize ans, elle ne désespérait pas de trouver l'amour, ou, à défaut, une bonne séance de baise, dans l'éventualité de laquelle elle se tenait prête : lingerie fine, parfum subjuguant, chignon d'ébène, dentier hollywoodien, et la cerise encore pulpeuse de ses lèvres. J'ai toujours vu Dadah se trimballer avec un réticule cliquetant de lipsticks, et se badigeonner furieusement les babines d'un carmin ou d'un grenat dont on retrouvait l'empreinte grasse un peu partout, les verres, les tasses, et jusqu'à nos propres joues qu'elle embrassait tout aussi furieusement.

Ayant très vite épuisé ses réserves de compassion, Maureen me tanne pour connaître mes intentions :

– Tu vas y aller ? À l'enterrement ?
– Évidemment.
– Bah elle est plus là pour te voir : qu'est-ce tu t'en fous ?
– Les morts ne sont jamais là pour voir qui assiste ou pas à leurs funérailles. Mais en général, quand on a aimé quelqu'un, on l'accompagne jusqu'au bout.
– Tu l'aimais, cette Tata ? T'en parlais jamais.
– Dadah.
– Ouais, Dadah, Dido, Tata, c'est pareil.
– Écoute, je te demande pas d'être triste avec moi, mais au moins accepte que je le sois, O.K. ?
– O.K., respect. Y'aura l'autre, là, ton vieux pervers ? Çui qu'a abusé de toi ?
– Personne n'a abusé de moi.
– Mais il y sera ?
– C'est quoi, ton problème ? Bien sûr, qu'il y sera : y'aura tout le monde, si tu veux savoir ! Liberty House, c'est une famille !

— C'est moi, ta famille, maintenant. Et j'aimerais mieux que t'y ailles pas. Ça te fera pas du bien de les revoir.

— Peut-être, peut-être pas, mais je vais y aller quand même. Tu peux m'accompagner si tu veux.

Au jour dit, nous nous retrouvons tous à piétiner derrière un corbillard croulant sous les gerbes et les couronnes – des lys noirs, évidemment, mais aussi des compositions florales exubérantes. Mon père a dû passer des heures dans la moiteur de ses serres à choisir et assembler pavots, pois de senteur, dahlias couleur de feu, vrilles vertes, fuchsias et palmes d'acanthe. C'est beau comme un feu d'artifice, vif et pétulant comme Dadah l'était, et mon chagrin redouble. Maureen à mon bras, je ferme le cortège, ce qui me donne toute latitude d'observer les membres de ma communauté dans toute leur splendeur – et malheureusement, ils sont tout sauf splendides. J'ai même l'impression qu'ils ont pris vingt ans en vingt mois. Ma grand-mère, Malika et Victor sont les seuls à s'être habillés élégamment pour la circonstance. Les autres ont eux aussi fait des efforts de toilette, mais le résultat est désolant : pantalons de velours frappé, spencers, sweat-shirt nid-d'abeilles, vestes à franges, chemisiers lamés, rien ne va avec rien et tout jure avec tout. La famille de Dadah n'a aucun mal à faire figure de parangon d'élégance. Le neveu est là – Lionel, son prénom me revient. Lui aussi a l'air d'avoisiner les cent ans, mais pour autant que je sache, il en a soixante-dix. Ses fils le flanquent, cintrés dans leurs petits costumes. À eux deux, ils ont péniblement réussi à avoir deux enfants, bâtis sur le même modèle décevant : gabarit modeste, teint hâve, cheveux ficelle, yeux couleur de câpre – à quoi bon se reproduire, je vous le demande ? Dadah nous en parlait souvent, de ses arrière-neveux. Pas une fois en onze ans je ne les ai vus à Liberty House, mais elle les retrouvait parfois à Nice, Paris ou Courchevel, histoire de les couvrir de cadeaux immérités et de rapporter toutes sortes d'anecdotes flatteuses à leur sujet : succès scolaires ou trophées hippiques. Prénommés Ralph et Lauren, ce qui doit être une blague de riche, ils se serrent frileusement l'un contre l'autre et nous jettent des regards effarés tout à fait compréhensibles eu égard au spectacle offert par ma petite troupe de freaks en tout genre, les dépigmentés, les obèses, les ex-junkies, les dingues agités de tics. Même les jumelles ont l'air de sortir d'une photo de Diane Arbus, dans la raideur empesée et désuète de leurs robes chasubles.

Le cercueil de Dadah, une affreuse boîte marquetée et probablement capitonnée de soie neigeuse, est descendu sans autre forme de procès dans une fosse fraîchement ouverte. Il semblerait que personne n'ait prévu de personnaliser cette inhumation par des chants ou des prières, comme s'il s'agissait de se débarrasser au plus vite de la dépouille. C'est compter sans Arcady, qui s'avance vers la tombe, l'air inspiré, les bras déjà tendus vers le ciel bas et lourd. Malheureusement, alors qu'il s'apprête à prendre la parole, Ralph et Lauren jettent chacun une poignée de terre sur le couvercle en acajou, avec ce qui me semble être une malignité concertée. Les autres leur emboîtent le pas avec un empressement tout aussi suspect, et ploc, ploc, les mottes se mettent à pleuvoir sur le bois verni, ploc, ploc, qu'on en finisse avec cette cérémonie embarrassante, qui réunit famille biologique et famille d'accueil – famille choisie, famille de cœur, la seule qui vaille, bien sûr, même si Lionel, Ralph et Lauren n'en conviendront jamais. Résignés à être évincés, les sociétaires de ma confrérie, qui sont pourtant les derniers compagnons de la défunte et ses amis les plus chers, se bornent à éparpiller aux quatre vents des pétales pourpres, avant de regagner leur flottille de véhicules fatigués, pour la plupart des utilitaires hors d'âge à la carrosserie enluminée par les bons soins de Jewel. Avant de partir, je serre brièvement ma mère dans mes bras, et Arcady me retourne un regard plein de l'espoir inquiet que j'en fasse de même avec lui. Mais impossible. D'une part je lui en veux trop, et d'autre part les doigts de Maureen s'enfoncent dans mon triceps pour prévenir toute effusion et empêcher toutes retrouvailles. Dans le train régional qui nous ramène dans la ville aux citrons, elle ne se prive pas de conspuer les membres de ma communauté :

– Ils sont vraiment trop nazes ! Tu dis de ma famille, mais franchement, ils ont l'air moins oufs, quand même, dans ma famille ! Comment tu dis qu'il s'appelle, le gros ? Victor ? Et l'autre, çui qu'a des taches sur le visage, c'est qui ? Ah et puis, les deux filles, là : c'est pas de schneck d'être aussi rousses ! Elles sont sœurs ? Les pauvres ! Et Arcady, on dirait un chimpanzé : comment t'as pu coucher avec lui, je comprendrai jamais !

– Lâche-moi avec ça !

Tout le trajet, elle continue à ricaner bêtement, à croire qu'elle n'a jamais rien vu d'aussi drôle que mes coreligionnaires endeuillés. J'ai beau savoir que le fond du problème, c'est la jalousie maladive que lui inspire Arcady, je n'en suis pas moins ulcérée par ses remarques ineptes – sans compter son indifférence totale à ma tristesse, si bien qu'arrivée dans l'appart, j'explose :

– Tu sais quoi, je me casse ! J'en peux plus de toi ! Tu m'as soûlée avec tes conneries ! Et puis d'où tu crois que tu peux juger les gens comme ça, sans les connaître ? T'es qui, toi ? T'es mieux que tout le monde, peut-être ? Tu t'es vue ? Tu t'es écoutée ? T'es juste une grosse conne !

Le poing de Maureen m'arrive dans la mâchoire, et ma réaction immédiate est de la plaquer contre le mur tout en comprimant fortement sa trachée de mon avant-bras. L'avantage d'être un mec, c'est que je suis plus forte qu'elle : incapable de se dégager, elle panique, vire au violet, et articule des suppliques étranglées. Je la lâche aussi sec, dégoûtée par les extrémités auxquelles nous venons d'arriver – mais je crois que le dégoût la gagne en même temps que moi, ce qui fait qu'un long moment, nous restons sans parler ni bouger, tout au plus se masse-t-elle vaguement le cou avant de murmurer d'une voix blanche :

– Tu saignes vachement.

C'est vrai : l'une de ses bagues gothiques m'a profondément entaillé le menton et le sang imbibe déjà complètement le plastron de ma chemise d'enterrement. Dadah aurait apprécié : elle aimait le rouge, la passion, les mises à mort.

– Faut qu'on te mette des points, je crois. Viens, je t'emmène à l'hosto.

Rien de plus misérable que notre trajet à scooter jusqu'au centre hospitalier. D'une main, je maintiens une serviette roulée en boule sous ma mâchoire sanguinolente, de l'autre, je m'accroche tant bien que mal au siège, m'efforçant de limiter tout contact avec Maureen, que je sens pourtant piteuse et repentante. L'infirmière qui me recoud, le fait avec une telle pétulance que j'ai bonne envie de lui en retourner une à elle aussi, histoire de lui apprendre ce que ça fait d'avoir le menton ouvert jusqu'à l'os et de devoir subir en sus son œil qui frise, ses commentaires enjoués et son allégresse à tirer l'aiguille. Au moment de nous congédier, elle adresse une dernière moue complice à Maureen :

– On nous bassine avec les femmes battues, mais si vous saviez le nombre de mecs amochés par leur nana qu'on voit passer ici ! Monsieur n'est pas le premier que je recouds ! Ni le dernier, ah, ah, ah !

Elle a l'air tellement contente de me prendre à la fois pour un homme et pour une victime de violence conjugale que ni Mor ni moi n'avons le cœur de la détromper. D'autant qu'avec les fils de suture, j'ai l'air d'avoir une barbichette, une coquetterie de jeune garçon, un caractère sexuel secondaire de plus pour ajouter à la confusion. Ai-je dit que dans le cadre de ma grande enquête, j'avais interrogé Dadah et recueilli ses confidences ferventes sur sa joie sans mélange et sa fierté sans bornes d'être née dans un corps de femme ? Aux antipodes de mes doutes et de mes affres, Dadah ne s'est jamais posé la moindre question quant à son identité ou à son orientation sexuelle : elle s'est glissée avec délectation dans la peau d'une brune flamboyante, un dahlia noir, une Miss Pandora, toute en lipsticks toxiques, bas fumés, caracos de soie cramoisie, crinière de jais et parfums poivrés. Il ne lui a jamais traversé l'esprit qu'il y avait d'autres façons d'être femme – ni même qu'il y avait une vie en dehors de la séduction. J'entends encore sa voix gutturale et le sifflement pénible de ses poumons emphyséteux tandis qu'elle s'efforçait de me convaincre de l'incroyable chance que nous avions elle et moi :

– Mais oui, Farah, crois-moi, ces pauvres hommes! Ils sont tellement à plaindre! Tellement faibles! C'est tellement facile de les tyranniser, de les mettre à genoux, de les mener par le bout du nez, tout ça! Un décolleté, une minijupe, et le tour est joué!

– Ah bon?

– Oui, bon, c'est sûr, pour toi, ça va être plus compliqué, ne le prends pas mal, hein, ma chérie, mais c'est vrai que tu n'es pas un prix de beauté... Mais même les filles comme toi, avec un petit effort... Après tout, tu as de jolies jambes, non?

– Pas spécialement.

– Tu as des jambes.

– Tout le monde a des jambes.

– C'est ce qui te trompe. Regarde Nelly, comme elle est courte sur pattes! C'est affreux! À sa place, je me serais suicidée.

Eh oui, à plus de quatre-vingt-dix ans Dadah se croyait encore en lice dans une sorte de grand palmarès international et considérait Nelly comme une concurrente à éliminer. Et peut-être n'a-t-elle vécu aussi longtemps que pour le douteux plaisir de prolonger cette compétition imaginaire, assister à la déconfiture de ses rivales, les voir se rider, se voûter, se tasser jusqu'à disparaître. En tout cas, elle se sera vue jusqu'au bout comme une vamp irrésistible, et si ça n'est pas le secret de sa longévité, ça a au moins été celui de son bonheur.

Moi aussi, je veux être heureuse. Mais je sens bien que je ne peux pas l'être à la façon de Dadah, qui implique trop d'égoïsme. Je veux l'être, mais si mon chemin vers le bonheur doit slalomer entre les malheurs des autres et m'aveugler à tout ce qui n'est pas mon petit intérêt, je préfère me fixer d'autres objectifs. Pour l'heure, je me couche en tournant le dos à Maureen. Notre réconciliation attendra que j'en sache plus sur mon plan de vie. C'est bien joli d'avoir opté pour le troisième sexe, mais ça ne résout aucun problème existentiel.

Et in Arcadia ego

32. Girls in Hawaii

— Papa ? J'ai mon bac !
— Ah, bravo. Tu reviens quand ?
— Jamais. Mention assez bien. Et j'ai loupé de peu la mention bien.
— Ah… Tu veux parler à ta mère ?
— Non, mais dis-lui que je l'ai eu.
— Oui. Tu veux parler à Arcady ?
— Non.
— Mais on te voit quand ?
— Ben si vous voulez me voir, venez. Mais venez avant le 15, parce qu'on part, avec Maureen.
— Ah. Tu es toujours avec elle ?
— Oui.
Et voilà. Si j'avais compté sur des effusions, des félicitations, un discours un peu senti sur l'importance des études pour réussir dans la vie, j'en serais pour mes frais. Heureusement que je ne

m'attendais à rien. Il ne m'a même pas demandé où nous comptions partir. Il faut dire que mes parents ne s'expliquent pas ma vie de couple, même si leur désapprobation s'exprime moins brutalement que dans la famille de Maureen.

– C'est bizarre, quand même...
– Quoi? Que je reste avec ma nana?
– Ben oui. On t'a pas élevée comme ça.

Effectivement, j'ai grandi dans la République de l'amour libre, dans l'idée que la monogamie conduisait à l'agonie de l'âme, et que le drame du monde prenait sa source dans une morale sexuelle hypocrite et étriquée. J'ai beau avoir quitté ma communauté, je n'en adhère pas moins à ses fondamentaux dogmatiques, à savoir qu'il faut désirer sans peur, libérer ses pouvoirs sexuels explosifs, noyer toutes les créatures dans un torrent d'amour, réparer les vivants, surmonter le traumatisme collectif, pour faire faire à tous, animaux compris, un joyeux bond en avant, hors de l'ornière technologique, hors du cul-de-sac évolutif, hardi, hisse et ho! Mais le bond civilisationnel attendra que j'aie un peu vécu et expérimenté autre chose que l'amour global. Pour l'instant, mon projet, c'est de voyager avec ma go et de l'amener tout doucement à partager mes vues libertaires et mes utopies concrètes. L'avantage avec Maureen, c'est qu'elle est jeune, et que sous ses airs de butch mal embouchée, elle est encore capable d'engouements passionnés, de revirements inattendus et d'adhésion à des projets fumeux. Le nôtre est désormais d'intégrer un hackerspace quelque part en Inde ou dans la Silicon Valley, mais je me garde bien d'en parler à mes parents à qui l'essor des tech for good a complètement échappé, et qui vivraient comme un échec personnel le fait que leur fille soit une geek assumée.

Contrairement à mes parents, Daniel a salué ma mention au bac d'une salve de snaps très hot :

– Putain, Nello, c'est quoi ce truc ? C'est ta bite ?

– Tu l'as pas reconnue ?

– Mais t'as mis quoi dessus ?

– Ben c'est un oiseau. Un truc en papier qu'on colle sur les verres à cocktail, une sorte de déco : c'est beau, non ? C'est juste pour te dire que chui trop content, quoi, t'as trop géré !

– Ben merci. Mais j'aurais préféré l'oiseau tout seul. Pas douze mille snaps de ton zboub.

– Allez, fais pas ta connasse : je sais que tu kiffes les bites.

En fait je ne les kiffe pas particulièrement mais j'apprécie qu'il y ait quelqu'un pour se montrer heureux et fier de ma réussite. Cela dit, soyons juste, Maureen et moi l'avons dignement célébrée au Fox, en même temps que l'imminence de notre grand départ.

– Et Hawaii ? Ça te dit pas, Hawaii ?

– Si... Mais pourquoi tu me parles d'Hawaii? Y'a un hackerspace à Hawaii?

– Sais pas. Mais on pourrait jober quelque part, et faire du surf.

– Tu fais du surf, toi?

– Non, mais je nous imagine bien sur une planche toutes les deux.

Autour de nous, ça tise, ça gobe, ça pulse, et je sens monter ma propre ivresse, due à ce Deutz brut dont Mor sait que j'aime le perlage très fin et la belle couleur ambrée. Tandis que ma petite amoureuse m'empoigne par la nuque et me fourre dans la bouche sa langue rafraîchie par le champagne, je nous imagine déjà à mille lieues du Fox, que j'aime beaucoup, mais qui n'est jamais qu'une boîte de filles moyennement excitante, avec ses banquettes orientales, ses coussins dépareillés, son comptoir circulaire, et le damier lumineux de son dance-floor. Juchée en face de moi sur un tabouret de bar tout aussi lumineux, comme un écrin à sa beauté de blonde, Maureen a fait l'effort de se mettre en robe, une tunique droite et sobre, mais une robe quand même, qui dévoile les cuisses et les mollets charnus dont je lui ai appris à ne plus avoir honte. Elle a du succès, mais j'en ai plus encore, et pas seulement dans les clubs lesbiens. Vu mon physique ingrat, je suis la première étonnée, mais c'est comme ça, et je le dis sans forfanterie, juste parce que la vérité mérite toujours d'être établie : Maureen a des coloris éclatants, des traits fins, des formes voluptueuses, mais de nous deux, c'est toujours moi qu'on drague, voire qu'on harcèle, en boîte, au café, dans la rue, dans le bus, partout. Depuis que je ne suis plus ni fille ni garçon, je plais à tout le monde. Hommes, femmes, jeunes, vieux, homos, hétéros, personne ne résiste à mes charmes – à l'exception des mâles alpha et des bonnes meufs, à qui je semble inspirer au contraire une répulsion insurmontable, mais bon, les mâles alpha et les bonnes meufs, c'est un pour cent de la population, alors je m'en fous complètement, ça me fait même plutôt rire de lire en eux, d'observer leurs visages crispés par le dégoût, l'incompréhension, et même l'effroi sacré d'avoir enfin trouvé leur maître. Comme en général ils décampent très vite après mon arrivée, je ne suis pas plus un problème pour eux qu'ils n'en sont un pour moi. Le problème, ce serait plutôt ceux qui restent et qui n'ont de cesse qu'ils ne me parlent, qu'ils ne me touchent, qu'ils n'obtiennent mon attention. Partout où je passe, l'atmosphère s'électrise, et je ne peux que le constater sans le comprendre. C'est peut-être Maureen qui s'est le plus approchée d'une explication convaincante :

– Ça a quelque chose à voir avec ta douceur.
– Comment ça ?
– Mais oui, personne n'est doux comme toi. Regarde comment les gens ils sont agressifs ! Toi, t'es toujours mégacalme, et en même temps méga-

attentive. Y'a des gens qui disent jamais rien, mais c'est juste parce qu'ils sont complètement cons et que genre, ils ont rien à dire. Vaut mieux qu'ils se la ferment, quoi. Toi, t'as plein de trucs à dire, vu que t'es super-intello, mais tu te presses jamais de parler, t'attends toujours le bon moment, t'es patiente.

— Je suis pas super-intello, t'abuses.

— Tu lis plein de livres, tu connais un max de trucs, tu gamberges de ouf, t'es trop une tête, en vrai. Et je crois que c'est ça que les gens sentent.

— Ouais, bon, s'il suffisait d'être calme, patient et intelligent pour plaire, ça se saurait.

— Ouais, mais en plus t'es sexy! Les intellos y sont pas sexy normalement. Ils sont tout cheums.

— Arrête, Mor, tu peux pas dire que je suis sexy. J'aimerais bien, hein, mais je sais de quoi j'ai l'air.

Je sais de quoi j'ai l'air, mais je sais aussi l'effet que je peux faire aux gens, la place que je peux prendre dans leur vie en moins de deux, comme si j'étais le surgissement de leurs rêves intimes et de leurs fantasmes tordus — comme si j'étais, aussi, la confidente idéale. Une fois qu'ils m'ont parlé, ils ont l'air soulagés, mais en tant que dépositaire de leurs insanités dérangeantes, je ne peux ni partager leur soulagement ni comprendre l'acharnement qu'ils mettent ensuite à me séduire. Ce soir au Fox, je suscite le même émoi que d'habitude, une cohue effarée et joyeuse, des filles qui jouent des coudes pour m'approcher, ou qui s'efforcent de m'attirer à elles sous l'œil désormais serein de Maureen. Il faut croire que c'est l'un des effets de ma douceur que de la susciter chez les autres, comme s'ils étaient gagnés par ma sérénité et mon art de la joie. Cette nuit, la vie a la suavité d'un sunset hawaiien, tout en ors tendres et roses effrangés, tout en alizés, embruns et alohas, le cadre parfait pour un nouveau départ avec une petite amoureuse que j'ai enfin ralliée à l'idée que je me fais du bonheur.

33. Pollice verso

Alors même que tout est prêt, billets d'avion, passeports, formulaires ESTA, valises, je reçois une alerte info sur mon smartphone : *Le neveu de la milliardaire attaque la secte pour abus de faiblesse et captation d'héritage !* La milliardaire, c'est Dadah, le neveu, c'est Lionel, la secte c'est nous. Le reste n'est qu'un tissu d'affabulations et de calomnies, et encore, nous ne sommes qu'au début d'un déchaînement médiatique dont la brutalité pourrait me surprendre, moi qui ai grandi chez les adeptes de la non-violence, mais non : j'ai eu deux ans pour me faire aux appétits sanguinaires de mes semblables comme à leur désir d'ignominie et de dégradation. À côté de ces loups, les habitants de Liberty House sont des agneaux. Je les ai détestés pour leur égoïsme et leur sécheresse de cœur ; je leur en ai voulu, je leur en veux encore, de ne pas avoir ouvert largement nos portes à d'autres réfugiés qu'eux-mêmes, mais en matière de méchanceté et de bêtise, ils sont battus à plate couture par n'importe quel échotier, par n'importe quel internaute – par n'importe qui en fait, vu qu'ils ne bénéficient pas du même entraînement à la cruauté que les gens qui vivent dans le monde extérieur.

Pour l'opinion publique, la plainte déposée par Lionel vaut condamnation, et je suis très vite submergée par un flot de hashtags haineux et de pouces levés en signe d'approbation du lynchage de notre communauté. Nous sommes tous coupables d'abus de faiblesse, d'emprise destructrice, et de boulimie d'appropriation – mais Arcady, bien sûr, est le pire d'entre nous, celui qui a planifié de longue date son projet délictueux, celui qui a instrumentalisé la volonté de Dalila Dahman, celui qui a brisé les liens qui l'unissaient à sa famille, celui qui a organisé à son profit le flux de ses largesses, et l'évasion fiscale de son patrimoine.

Sélectionnées avec une perversité diabolique, les photos sont à l'avenant de ce portrait à charge : bouffi, patibulaire, bouche tordue et regard en dessous, Arcady ne ressemble en rien à l'homme éblouissant qui m'a révélé le sens de l'amour et le sens de la vie. Victor, Orlando, Kirsten ou encore mes parents ne sont pas mieux traités : même l'exceptionnelle beauté de ma mère prend quelque chose de maléfique sur les clichés choisis. Quant à

Dadah, si je n'étais pas accablée par les événements, j'éclaterais de rire à voir les photos qui circulent et qui n'ont saisi d'elle que son grand âge et ses infirmités. C'est bien simple, elle en aurait avalé son râtelier hors de prix – avant de remuer ciel et terre pour obtenir la tête des responsables, journalistes ou photographes mal intentionnés. La présenter à longueur de pages et de tweets comme une « victime âgée », c'est insulter à sa mémoire, mais aussi à la vérité. Dadah n'a jamais été faible, ni même vieille à proprement parler : elle pensait que vieillir c'était bon pour les autres et qu'elle pouvait être après avoir été, être et être encore, avec la même intensité solaire à quatre-vingt-dix ans qu'à dix-huit. Et c'était vrai. L'âge, c'est dans la tête. Faites le test, agissez comme si vous aviez trente ou vingt ans de moins, et les gens s'ajusteront à l'idée que vous vous faites de vous-même : ils célébreront vos matins triomphants, boiront votre vin de vigueur, et se laisseront contaminer par votre jeunesse imaginaire.

Depuis Palma de Majorque, Daniel m'envoie force messages anxieux et compatissants – sans compter nos skype à une heure du matin :

– C'est n'importe quoi !

– Ouais, crari Arcady il aurait abusé de Dadah !

– Comme si Dadah c'était le genre de femme à faire ce qu'elle voulait pas faire !

– Genre !

– Putain, mais ils ont pas compris qu'Arcady il s'en fout de la maille ? Que c'est pas un michto ?
– C'est eux qu'ont des trucs tout pourris dans la tête !
– C'est le neveu, là, Lionel !
– Comment il leur a trop retourné le cerveau !
– Et c'est quoi les bails, maintenant ? Ils vont, genre, mettre Arcady en zonzon ?
– Mais non, y'a aucune preuve de rien du tout ! Le testament il est clean, t'inquiète, ça va passer crème !

Passer crème ? Laissez-moi rire, ou plutôt sangloter des heures durant. Non seulement la polémique ne faiblit pas, mais elle enfle, prend le tour d'un feuilleton dont l'opinion suit les rebondissements sordides, les mises en examen, les spéculations quant aux millions touchés par Arcady, à coups de chèques mirobolants, d'assurances-vie, et de nue-propriété de toiles de maîtres.

Quelques jours après le déclenchement de la procédure, je reçois un coup de fil de mon père. Inutile de dire que j'ai renoncé à Hawaii, à l'éternel été, et au nouveau départ entre sable doré et embruns vivifiants. Je ne partirai pas avant que l'honneur de Liberty House n'ait été sauvé, l'image d'Arcady réhabilitée, la justice rendue. J'ai moi-même appelé la maison et signifié à Fiorentina, seule à décrocher en ce moment de crise, que je me tenais prête à voler au secours de ma confrérie.

— Pronto ?
— Fiorentina ? C'est Farah. Tu vas bien ?
— Tu sais bien que non. Qu'est-ce que tu veux ?
— Rien. Non. Si. Je suis là, quoi. Si besoin.
— D'accord. Je lui dirai.

Lui, pour elle comme pour moi, c'est Arcady, l'homme de sa vie comme de la mienne, l'homme de notre vie à tous, non seulement parce qu'il l'a prise en main, mais aussi parce qu'il l'a rendue plus belle. Dès les débuts de l'affaire, j'ai oublié tous mes griefs, mis de côté tous mes doutes et toutes mes réticences, pour venir à son aide, voler à son secours, écrabouiller les méchants. La vie est mal faite, mais elle est très simple : il y a les méchants, et il y a les autres. Il faut juste choisir son camp. J'ai choisi depuis longtemps d'être du côté des gentils, mais aussi de ceux que tout désigne à la vindicte, les prédicateurs illuminés, les fruits étranges, les vies noires, les damnés de la terre et les travailleurs de la mer.

Quand mon père finit par me rappeler, il se montre aussi évasif qu'à l'accoutumée, mais l'idée est quand même qu'Arcady souhaite me rencontrer dans un lieu neutre, ni à Liberty House ni chez Maureen.

— Tu vois le Brazza ? Aux Sablettes ?

Si je vois ? Bien sûr... Le Brazza, c'est le café préféré d'Arcady, celui où il voulait m'emmener fêter mon syndrome de Rokitanski. Celui, aussi, où j'ai pris une bière avec Maureen le jour où nous

nous sommes retrouvées par hasard sur la plage. Contre toute attente, celle-ci ne voit aucune objection à ce que je renoue avec Arcady. Elle se montre même tout aussi alarmée que moi des coups portés à notre petite communauté libertaire, et je ne l'en aime que plus.

– Je suis avec toi, sur ce coup-là, tu sais.

– Ouais, bon, non, je savais pas. Mais merci. J'ai besoin que tu me soutiennes. Parce que ça va être dur.

Le jour même, je rejoins Arcady au Brazza, où une bouteille de prosecco m'attend dans un seau à glace. Arcady porte son éternelle veste de velours orange molletonnée et dégage la même odeur entêtante que d'habitude : palme verte, cèdre levantin, musc animal. Ce qui a changé, c'est son regard, et je dois prendre sur moi pour ne pas me précipiter sur lui et le serrer dans mes bras, histoire de lui faire passer cet air désespéré. Heureusement, il retrouve un peu de sa superbe pour trinquer avec moi et contempler songeusement la ligne des flots à travers sa flûte de San Simone millésimé.

– Je suis pas fan des flûtes, pour les spumante. Je préfère les verres à vin.

– On fête quoi?

– Nos retrouvailles. Tu m'as manqué. Ça se passe comment ta nouvelle vie?

– Bien. On va partir à Hawaii, avec Maureen.

– Ah? Super.

– Enfin pas tout de suite. Je vais attendre de voir comment ça tourne ici.

– Faut pas que tu t'inquiètes, hein. Je gère. C'est juste un moment un peu pénible à passer.

– Vous avez été mis en examen, Victor et toi : tu peux pas faire comme si c'était pas grave !

– Quatre-vingt-dix pour cent des mises en examen se terminent en non-lieu. Tu verras. Quand on connaît Dadah, enfin, quand on l'a connue, c'est tellement ridicule...

Il s'interrompt avec un geste désabusé :

– Non, ce qui est embêtant, c'est qu'il va y voir une autre instruction judiciaire. Je préfère t'en parler avant que tu lises ça dans la presse. Le père de Djilali est revenu dans le paysage. Toutes ces accusations, tous ces mensonges, ça lui a donné des idées.

– Le père de Djilali ? L'affreux ? Celui qui battait Malika ? Mais il veut quoi ? Récupérer Djilali ?

– Je crois que Djilali est le dernier de ses soucis. Non, il veut du fric, sa part du gâteau. Il se dit qu'il doit y avoir moyen de profiter de tout ce micmac. Enfin, je sais pas ce qu'il se dit et je m'en fous, mais en tout cas il a porté plainte pour viol et agressions sexuelles sur mineur. Et il s'est constitué partie civile.

– Mais t'as jamais violé personne ! Il dit quoi, Djilali ?

– Ben, il dit que je l'ai violé. Et les jumelles aussi.

– Quoi ? Dolores ? Teresa ? Mais elles sont folles ! Et Epifanio ? Il les croit ? Il est toujours à Liberty House ?

– Il croit ses filles, bien sûr. Il a même voulu me casser la gueule. Non, ils sont partis. Ils ont pris un appart à Nice.

– Je vais aller les voir, moi, je vais leur parler, je vais leur faire passer l'envie de mytho comme ça !

– Oui, Farah, parle-leur. Ils t'écouteront peut-être. Moi, j'ai essayé, Victor et Fiorentina aussi, mais c'est comme si... Enfin, je les reconnais pas, c'est plus les mêmes personnes. Dos, Tres, Epifanio, Djilali. Et même Malika, tu sais, elle me croit, mais quand même, elle a un doute, je le sens. Elle me croit, mais jusqu'à quand ? En même temps, je comprends, hein, quand ton fils de douze ans te regarde dans les yeux et te dit qu'il a été violé, et pas qu'une fois, hein, il dit que ça a commencé dès son arrivée à Liberty House, que je le coinçais dans le cellier, que je le traquais dans les bois, que je l'amenais dans ma chambre, enfin partout.

– Putain, j'y crois pas ! Mais pourquoi il dit ça ?

– Parce qu'il a envie de faire plaisir à son père, parce qu'il a envie qu'on s'occupe de lui, je sais pas, parce que c'est encore un petit garçon et qu'il ne se rend pas compte qu'il est en train de me détruire et de détruire tout ce que j'ai essayé de construire, on s'en fout des raisons, le résultat c'est que les flics vont interroger tout le monde, toi comprise ! Le résultat c'est qu'on va lire tous ces mensonges et toutes ces horreurs sur nous pendant des mois, et que même s'il finit par y avoir un non-lieu, ou même si je passe en jugement et que je suis acquitté, c'est foutu, quoi, tout est foutu !

— Mais tout à l'heure, tu disais, enfin t'avais l'air optimiste !

— J'essaie, et avec Victor on essaie de tenir bon, tu vois, de rassurer tout le monde, et ils nous soutiennent, pour la plupart, tes parents, ta grand-mère, Jewel, Orlando, Kinbote, Vadim... Mais y'en a aussi qui sont partis. Comme Salo et Palmyre.

— Enfin c'est n'importe quoi ! Je suis bien placée pour savoir que tu touches pas aux enfants !

— J'ai couché avec toi. Epifanio en a parlé aux flics.

— Si tu veux, je leur dirai que c'est pas vrai.

— Farah, je te demanderai jamais de dire autre chose que la vérité.

— Et Nelly ? Elle en pense quoi, de tout ça ? Elle aussi, elle raconte que tu l'as manipulée et violée ?

— Non, Nelly assure. Mais y'a sa famille, ses enfants, ses sœurs...

— Et alors ?

— Ben, ils la harcèlent pour qu'elle quitte la communauté. Et à ce que je sais, ils vont déposer une plainte, eux aussi. Abus de faiblesse, la même chose que pour Dadah. J'en suis à me dire qu'il vaut mieux que Nelly se barre, au moins pour un temps. Ça les calmera peut-être.

– En tout cas, t'en fais pas pour moi : je dirai aux keufs que tu m'as jamais mis la pression, ni sur moi ni sur les autres enfants. Et que t'as jamais eu de gestes, d'attouchements, ou je sais pas quoi ! Et que c'est moi qui t'ai séduite ! C'est vrai en plus !

Il a un rire sans joie, et retourne la bouteille vide dans le seau à glace avant d'en commander une autre qu'il entreprend de siffler illico, tout en fixant l'horizon avec une détermination tragique. Nous sommes ivres, et c'est peut-être mieux, parce que ce serait trop dur autrement de le retrouver dans ces circonstances aussi sordides, de le voir aussi affecté, aussi diminué, lui qui m'a habituée à sa splendeur insolente. Nous sommes ivres, la mer moutonne joyeusement, et la sono du bar balance *Viens, je t'emmène*. Michel Berger, Daniel Balavoine ou Jean-Jacques Goldman sont arrivés trop tard dans ma vie pour que je les aime et que je comprenne la nostalgie qui est le fonds de commerce de certaines radios, mais allez savoir pourquoi, la chanson de France Gall me remue et m'inspire le désir fou de prendre les mains d'Arcady et de lui dire que je l'emmène, loin, plus loin que la mer de corail, au pays des vents, au pays des fées, n'importe où pourvu qu'il échappe à la curée et à la catastrophe programmée.

– Viens.

– Quoi ?
– Viens, je t'emmène, on se barre.
– Mais où tu veux qu'on aille, Farah Facette ?

Il a sûrement raison, mais comme la radio embraye sur *Just an Illusion*, j'ai envie de croire qu'il y a un autre lieu, un autre temps, de la magie dans l'air, de l'espoir pour tous, et un abri quelque part, même pour les gourous manipulateurs et les agresseurs sexuels. Non que je reprenne à mon compte les termes par lesquels Arcady est désigné à la vindicte, mais autant se faire à l'évidence : la réalité intéresse beaucoup moins l'opinion que le scénario jubilatoire de la perversion, surtout s'il s'agit de pédophilie. Faites le test : dès qu'il s'agit d'enfants, l'excitation publique ne connaît plus de bornes. Je n'ai pas attendu ce qui arrive à Arcady pour savoir que la plupart des gens haïssent les enfants et leur souhaitent le pire, mutilations et abus sexuels compris : la pédocriminalité ne fait que répondre à leurs vœux inavouables. L'enfant est né libre, et partout il est dans les fers ; l'enfant est né pur, et partout on saccage son innocence originelle – car l'enfant n'est supportable que gouverné, et domestiqué, c'est-à-dire adulte. Je le sais d'autant mieux que grâce à Arcady, mon enfance a évité la gouvernance et la domestication. J'en veux pour preuve l'absolue liberté avec laquelle mon corps s'est développé. Comme s'il lisait dans mes pensées, et je sais qu'il en est capable, Arcady jette un œil à mon torse étroitement moulé dans un top à bretelles.

– T'avais pas un peu plus de poitrine, avant ?
– Carrément !
– Là t'as plus rien.
– Bah, en même temps, c'est pas comme si j'avais eu des gros eins, hein !
– Non, mais tu avais quelque chose. C'était joli. Prometteur. Deux colchiques. J'aimais bien.
– Ben, c'est parti.
– Note que j'aime bien aussi comme tu es maintenant.

Voilà, c'est ce que je disais. Vous connaissez beaucoup de filles qui entament une puberté normale, avec bourgeons mammaires et renflement de la motte pubienne, pour se retrouver ensuite avec une paire de couilles et des pecs bien visibles sous le tee-shirt ? Sans compter que ma vulve, mon vagin et mes ovaires sont restés en place, tout atrophiés qu'ils soient. On ne m'enlèvera pas de la tête que mon intersexuation est le résultat de ma vie sauvage entre adultes indifférents mais bienveillants, vaches placides, poules aventurières, prairies en pente douce, et arbres grinçant sous les assauts du vent. Je suis la preuve vivante que si on laisse les enfants faire et trouver eux-mêmes ce qui leur semble bon, les programmations anatomiques échouent ou bifurquent, l'anarchie s'étend aux organes, et là, bingo, vous n'êtes plus ni go ni gars, mais quelqu'un dans mon genre, c'est-à-dire aucun. Pour avoir un peu réfléchi, je crois pouvoir dire que le troisième sexe est l'avenir de l'homme. Au lieu de crier haro sur des communautés comme Liberty House, on ferait mieux de les déclarer d'utilité publique et les considérer comme les incubateurs de l'Ève future, celle qui mettra fin à six mille ans de patriarcat, de guerre et de tragédie, parce qu'elle sera queer et forcément trans.

Je regarde Arcady, son corps tassé, ses joues grisaillées par la barbe, ses doigts un peu tremblants, tous les signes qu'il donne de son accablement et de son désarroi, et je suis traversée par la joie foudroyante d'une révélation – miracle, apothéose! Après toutes ces années où il m'a guidée, soutenue, aidée à prendre possession de moi-même, c'est désormais à moi de le protéger et de veiller sur lui. Il est temps que mon énergie trouve à s'employer utilement, et sauver Arcady me semble une mission à la hauteur. Hop, je célèbre ma toute nouvelle résolution par une lampée de spumante, j'ai presque envie de trinquer, l'chaim, à la vie, et qu'elle dure cent ans! J'en suis là, grisée par cette vision de moi-même en justicière, et par l'avenir radieux que cette vision fait lever en moi, quand la radio décide d'envoyer du Claude François, *Toi et moi contre le monde entier*, comme un écho ironique à mon nouveau plan de vie – *je suis l'ombre de ta peine, le chagrin de ton chagrin, je te vois gagner la guerre, et je n'ai plus peur de rien...*

– Cloclo, c'est trop pour moi, faut vraiment qu'on se casse !

– C'est vrai que t'es un peu jeune pour aimer ça...

– C'est pas une question d'âge : c'est juste de la merde ! Viens, je te dis !

Il se lève, règle distraitement l'addition, les yeux ailleurs, les mains toujours tremblantes, des mains que j'ai envie d'attraper et de porter fiévreusement à mes lèvres, en souvenir de toutes les fois où elles m'ont donné du plaisir, un plaisir que je n'ai plus jamais retrouvé depuis : parce que j'ai beau aimer la baise avec Maureen, et même l'aimer de plus en plus vu que la lassitude n'est pas dans ma nature, Arcady détient la clef de ma vie érotique.

– J'ai envie de toi.

Il a un sourire, hésitant et bref, rien à voir avec son sourire d'avant, magnifique, généreux et communicatif, mais c'est mieux que rien, et je veux prendre ça pour le début de la fin des emmerdes. Arcady n'est pas fait pour la tristesse et moi non plus : il nous suffit d'un rien pour recouvrer notre optimisme et notre entrain.

– Viens, je t'emmène...

J'ai tellement fermé les yeux, j'ai tellement rêvé, que j'y suis arrivée... Elle est là, la mer de corail, elle scintille pour nos yeux éblouis par la réverbération. Pas besoin d'aller à Hawaii. Arcady a beau dire : je serai plus utile ici qu'à Honolulu. Mais pour l'heure, je n'ai qu'un seul désir, trouver un endroit où faire l'amour.

– Ta voiture ?

– T'es sûre ? T'en as vraiment envie ?

– Mais oui, qu'est-ce que tu crois ? En plus je suis majeure maintenant ! On peut plus nous faire chier là-dessus. Et ça fait longtemps que j'ai échappé à ton autorité et à ton emprise destructrice !

– Emprise destructrice... Tu te rends compte ? Je n'ai jamais voulu avoir d'emprise sur qui que ce soit, moi !

Je suis bien placée pour savoir qu'il nous a bel et bien tenus sous son emprise, mais qu'il n'a effectivement jamais rien fait pour ça. L'emprise était le résultat de son charme et de sa bonté, l'effet inévitable de ses convictions et de sa détermination. Dans un monde où les gens n'ont ni gouvernail ni grappin, n'importe qui peut s'improviser capitaine et traîner tous les cœurs derrière lui. Les individus comme Arcady rencontrent forcément des disciples qui se cherchent un maître. Je le comprends d'autant mieux qu'après avoir été une groupie aussi docile qu'inconditionnelle, je suis devenue à mon tour une meneuse de troupes, un individu alpha au genre flou mais à la domination incontestable sur les bêtas et les gammas frileux.

Comme Arcady se gare dans une rue tranquille et incline les sièges sans se départir de son air sombre, je sens monter l'excitation. C'est la première fois que je baise dans une voiture mais l'idée m'emballe et je m'empresse de défaire la ceinture d'Arcady pour le prendre dans ma bouche. Au moment où sa verge touche mon palais, je me sens traversée d'une joie puissante, un plaisir délicieux qui me dépasse infiniment, une réalité devant laquelle toutes les autres s'évanouissent. Avec la sensation et la saveur familières de son sexe dans ma bouche, c'est tout mon vert paradis qui resurgit, mes plaisirs et mes jours en cet été cruel – ma saison du jouir, à la fois déclenchement merveilleux et commencement du terrible ; avec l'odeur et la moiteur de ses cuisses, je retrouve mon ivresse d'être au monde, mon impatience tandis que je l'attendais sur notre couche nuptiale, herbes écrasées, baldaquin malmené par le vent, ma féerie perpétuelle, ma vie habitée par l'amour, ma vie en son pouvoir, que j'ai cru infinie. Dans cet habitacle si peu fait pour l'extase, je suis sur le point de connaître un nouvel épisode de désagrégation mentale qui risque de m'emmener très loin, et ce n'est que par un effort douloureux que je parviens à me concentrer sur les chairs flaccides d'Arcady. Et comment se fait-il, d'ailleurs, que sa verge reste désespérément inerte en dépit des vigoureux mouvements de succion que je lui imprime ? Arcady ne m'a habituée ni à l'inertie ni à la passivité. Le voir comme ça, tête renversée sur le siège, yeux clos, sans même un début d'érection, voilà qui dépasse l'entendement, et je m'interromps :

– Ça va ?
– Ça n'ira plus jamais, ma chérie. Mais pourquoi tu demandes ça ?
– Ben, tu bandes pas...

Saisissant sa bite entre l'index et le majeur, il semble un instant en éprouver le volume et la fermeté avant de la laisser retomber avec un geste désabusé sur le métal crénelé de sa fermeture éclair.

– Bah... Ça m'arrive en ce moment, le prends pas contre toi.

Il ne s'agit absolument pas d'en faire une affaire personnelle, bien au contraire... Un monde dans lequel Arcady manquerait de désir ou d'énergie est un monde impensable, voire invivable – car la vie a besoin d'un foyer irradiant auquel s'alimenter. Les âmes fortes sont d'utilité publique parce qu'elles savent communiquer aux âmes faibles un peu de ce feu qui leur manque. À ceux qui m'objecteront que la force d'âme n'a rien à voir avec la puissance sexuelle, je répondrai qu'ils n'en savent rien et que chez Arcady les deux ont toujours été inextricablement chevillées.

– Ça t'arrive avec Victor ?
– Oui, avec Victor aussi. Note que ça l'arrange : je le fatiguais, avec mes exigences. Lui-même n'est plus très flambant, depuis quelque temps.

Eh oui, bien sûr. Les faibles s'accommodent très bien de la défaillance des autres, au moins dans un premier temps, parce qu'elle les conforte dans leur existence végétative. Ils ne savent pas à quel point leur simple fonctionnement est tributaire de la beauté exubérante et de la force inépuisable de ceux qui ont choisi de plonger dans le tourbillon de la vie. La débandade d'Arcady est donc une catastrophe mondiale, même si personne n'en mesure les retombées funestes – à part moi, ce qui fait que je passe un quart d'heure à m'escrimer sur la bite d'Arcady avant de jeter l'éponge. Au moins, j'aurai tout essayé : va-et-vient frénétiques, coups de langue, coups de glotte, appels d'air, afflux de salive, accupression, empaumage des testicules, stimulation anale – peine perdue, tout juste un soubresaut, un tressaillement, puis rien.

J'aurais dû comprendre, à ce moment-là – il y a des signes qui ne trompent pas : c'était la fin, même si elle s'avançait masquée sous les airs débonnaires d'une petite panne sexuelle. C'était la fin depuis le début.

34. Dschungel

Nous nous sommes réfugiés à Liberty House parce que le désastre était imminent, parce que la mort dominait la vie et en infiltrait chaque rouage, à coups de particules fines, d'ondes magnétiques, de métaux lourds, d'OGM, de pesticides, de déchets polluants, de pluies acides, de composés organiques volatils, de débris spatiaux ou de gaz de schiste : la liste des dangers s'allongeait chaque jour, et mes pauvres parents avaient perdu tout espoir de retrouver une existence normale. La leur était un exercice de confinement perpétuellement reconduit et une suite de mortifications corporelles qui ne leur évitait aucune angoisse. Arcady lui-même ne nous a jamais parlé d'autre chose que de fin du monde. Mais là où les oiseaux de malheur se bornent à prophétiser la catastrophe, lui nous a promis que nous en réchapperions. Je n'ai jamais vraiment compris quel bunker secret ou quelles mesures prophylactiques nous permettraient de survivre à l'Apocalypse, mais j'ai fait confiance à Arcady pour nous assurer l'âge d'or et le bonheur sans fin.

Sauf que maintenant je sens bien que c'est à mon tour de sauver tout le monde, à moi de défendre ma zone des attaques injustes qu'elle subit, ce feu roulant de calomnies qui ne vise pas seulement Arcady, mais tout notre mode de vie déconnecté. En tant que dernière réserve naturelle de désir sans fin et de plaisir gratuit, nous contrevenons à la marche du monde vers les abysses technologiques ; en tant que derniers représentants de l'espèce humaine, nous faisons tache dans la grande parade posthumaniste. Mais il ne sera pas dit que je resterai sans rien faire tandis qu'on brûle la maison où j'ai grandi. Sitôt rentrée de mon rendez-vous avec Arcady, je commence à mettre au point un plan de bataille, secondée par ma petite amoureuse – que j'ai gagnée à la cause de l'amour global à défaut de la convertir à la décroissance. De toute façon, nous allons utiliser les armes de l'ennemi : à nous les fake news, les fausses bannières et les hashtags percutants : #freearcady, #jlecoeurinfini, #libertéj'écristonnom, #paradispourtous, #sexisallweneed... Daniel est là lui aussi, rentré dare-dare de Palma pour rallier notre comité de campagne, et je sens qu'à nous trois nous allons faire des miracles – the miracle of love.

Daniel a changé. Disparu, le grand escogriffe brun qui me ressemblait comme un frère : il a perdu sa pâleur spectrale au profit d'un bronzage hollywoodien, s'est fabriqué un corps de rêve et a définitivement opté pour le brushing décoloré de George Michael dont il est désormais le sosie parfait, avec sa barbe de trois jours et sa mâchoire carnassière.

– T'as fait des trucs ?
– Quoi comme trucs ?
– Sais pas. Des opérations ? Ton visage est différent. Tes dents...
– Tu aimes ?
– C'est bizarre.
– T'as pas besoin de savoir si j'ai fait des trucs ou pas. C'est moi, Farah, c'est toujours moi, O.K. ?
– Non mais George Michael, quand même, t'es sérieux ?
– Très sérieux. Pourquoi ?
– Ben, t'es comme tous ces dingues, là, tous ces fans d'Angelina Jolie ou de Justin Bieber, qui se font charcuter pour ressembler à leur idole.
– Et si je préfère ressembler à George Michael qu'à moi ? Il est où le problème ?

Il a raison : si son désir à lui, c'est de prendre les traits d'un chanteur mort et de se balader en short en satin des années 1980, il n'y a aucun problème. Il faudra juste qu'on m'explique un jour pourquoi les gens se torturent avec leur apparence physique au lieu d'aimer celle dont la nature les a dotés.

– C'est juste qu'on n'a pas été élevés comme ça, Nello. Arcady nous a toujours dit qu'il fallait s'accepter comme on était.

– Je sais. Et je trouve ça super, vraiment. C'est juste que ça marche pas comme ça pour moi. Je m'accepte beaucoup mieux depuis que j'ai changé deux, trois trucs. Mais maintenant, c'est bon, hein, j'y touche plus, t'inquiète !

– Et Richard ?

– Quoi, Richard ?

– Pourquoi il rentre pas ? Lui aussi, il est mis en examen, non ?

– Ben justement. Vaut mieux qu'il reste à Palma.

J'ai toujours aimé Richard. Presque autant qu'Arcady, dont il avait le charme et la gaieté irrésistibles – à défaut de son honnêteté et de sa constance. Et peut-être l'ai-je aimé précisément pour ce charme trouble et pour cette inconstance, pour sa façon de débarquer chez nous avec ses girlfriends, ses musiques, ses drogues – et de repartir dans la foulée, en nous laissant dans les remous flamboyants de son sillage.

À moi, le souvenir d'une de nos folies. J'ai huit ans, neuf peut-être. Il fait très chaud, comme toujours dans mes souvenirs, comme si ma vie à Liberty House s'était déroulée lors d'un été sans fin. Notre bassin ornemental n'a pas encore été somptueusement agrandi et restauré, mais tel quel, il constitue un point de ralliement pour tous les membres de la communauté, une palmeraie verte et fraîche que cernent les terres pulvérulentes et le chant strident des cigales. Richard est assis au bord de l'eau, et une enceinte balance les riffs obsédants qu'il nous a une fois de plus rapportés d'Ibiza ou de Saint-Barth. Les adultes présents sont clairement défoncés, mais à huit ans, je n'ai aucune idée des effets empathogènes de la MDMA et je me contente de noter que tout le monde a l'air particulièrement heureux et détendu. Accroupi sur la berge, mon père roule stick sur stick de son herbe odorante dont les fumerolles se mêlent aux exhalaisons de l'étang. Tandis que je patauge dans la vase avec Daniel et les jumelles, les adultes entrent silencieusement dans l'eau et Richard monte le son, avant de s'immerger à son tour. Une libellule d'un bleu électrique, probablement grisée par les principes actifs en suspension, trace des arabesques folles au-dessus des nénuphars froissés. Dans les cheveux dénoués de Dadah, Epifanio glisse une fleur flamboyante qu'elle rajuste en minaudant. Comme obéissant à ce signal, les corps se rapprochent, les mains se joignent, les bouches se trouvent et les couples se forment : Epifanio avec Dadah, Arcady avec Victor, Coco avec Vadim, Palmyre avec Salo, Orlando avec Jewel... De son côté, ma mère passe ses jambes autour des hanches de Richard et se laisse aller sur l'onde tandis que ses cheveux se déploient en corolle. La soudaine agitation de l'eau ramène vers le bord de petits bancs d'écume mais aussi des rainettes importunées dans leur propre copulation, suivies par toutes sortes de bestioles translucides, larves, alevins, têtards, qui s'efforcent d'échapper à ce déchaînement de leur biotope. Ce jour-là dans notre mare au diable, tout le monde baise, y compris les membres les moins valides et les plus disgraciés de la communauté : les jambes ondulent en transparence sous l'eau verte tandis qu'à la surface une transe convulsive mêle les bras, les ventres, les poitrines et les visages, version lacustre du pandémonium sous nos yeux d'enfants stupéfaits.

Si je dois être auditionnée dans le cadre d'une enquête préliminaire, je me garderai bien de mentionner cet épisode, de peur qu'il ne soit retenu à charge contre Liberty House. Comment expliquer à un juge d'instruction qu'on peut voir ses parents partouzer sans en concevoir de névrose ou de traumatisme? J'ai appris à huit ans non seulement qu'il n'y a pas d'âge pour l'amour physique mais aussi que nous sommes tous bien assez beaux pour prendre du plaisir et en donner : dois-je le regretter? J'ai vu Dadah s'offrir à Epifanio avec des coquetteries de vahiné; j'ai vu Victor flotter entre les nymphéas, plus léger qu'un bouchon, passant des bras d'Arcady à ceux de Salo; j'ai vu Richard s'insinuer entre les cuisses blanches de ma mère, et j'ai vu mon père y poser sa main mouillée en une tendre caresse d'accompagnement : dois-je leur jeter la pierre à tous, alors qu'ils s'efforçaient simplement de jouir sans entrave et de construire une société meilleure, fondée sur l'amour libre et le désir sans fin ? Je le sais parce que j'y étais. Je le sais parce que ma liberté est fille de la leur et que je n'aurai pas assez de ma vie entière pour me féliciter d'avoir grandi en Arcadie.

— Daniel, tu te souviens de la fois où ils se sont tous mis à faire l'amour dans le bassin ?

— Bien sûr, comment tu veux que j'aie oublié ça ! C'était carrément l'hallu ! Ils étaient tous déf ! Je sais pas ce qu'ils avaient pris : de l'ecsta si ça se trouve.

— Je me rappelle que je me suis dit que ça avait l'air génial d'être adulte, qu'on pouvait faire tout ce qu'on voulait.

— Tu t'es dit ça ? C'est marrant, moi aussi ! Ou un truc du genre... En tout cas je regardais Richard, il baisait avec ton père et ta mère et ils étaient grave beaux tous les trois. Je crois que c'est à ce moment-là que j'ai commencé à m'intéresser à Richard.

— Mais les autres aussi, ils étaient super-beaux.

— Ouais. Mais quand même, Richard, il assurait de ouf.

— Y'a que Fiorentina qu'était pas contente.

— Elle était là ?

— Mais oui, bien sûr ! Elle a d'abord sonné le gong comme une guedin, et puis elle est venue nous dire que le repas était prêt, qu'il fallait venir manger subito. Et ensuite, elle est restée là, à regarder. Tu te rappelles pas?

– Très vaguement. Elle avait vraiment le seum?

– T'imagines? Tout le monde à oilpé dans le bassin pendant que sa polenta refroidissait!

– Pauvre Metallica : je crois qu'elle a jamais compris comment on pouvait préférer une bonne séance de baise à son risotto aux cèpes...

– Si ça se trouve, elle a même jamais su ce qu'était une bonne séance de baise.

– Tu crois qu'il se passait rien avec Titin?

– Au contraire, je crois qu'il se passait plein de trucs avec Titin, mais rien de sexuel.

Heureusement que je peux partager avec Daniel mes souvenirs d'un monde en voie de disparition, parce que sinon ils ne tarderaient pas à prendre le caractère douteux des rêves. Même Maureen ne me croit pas tout à fait quand j'aborde certains aspects de notre vie communautaire, comme la rotation des partenaires, la sexothérapie ou la spiritualité érotique. Maureen a changé, mais pas au point d'accepter que l'amour n'ait rien à voir avec la possession.

De toute façon, l'heure n'est plus à la nostalgie, elle est à l'action directe, elle est à l'inversion subite de tous les rôles, comme un coup de baguette pailletée sur mes épaules et celles d'Arcady. Je vais le sauver, je vais laver son honneur et celui de notre communauté, je vais venger tous les affronts. Il est temps que je rende au centuple ce que j'ai reçu en héritage, cette énergie libre qui pourrait bien embraser le monde et mettre fin au malentendu tragique qu'est devenue la condition humaine. J'ai ça en moi, le sens de la justice et le goût des missions impossibles. J'ai ça en moi : le feu sacré, la folie qui vient des nymphes. Voilà le résultat d'une enfance passée dans les arbres, loin des écrans et des lumières de la ville. J'ai ça en moi : une confiance absolue en mes propres pouvoirs. J'ai été à bonne école, celle des lys des champs et des poules aventurières, mais aussi et surtout, celle d'Arcady, qui m'a enseigné à n'avoir peur de rien et à croire en ma propre capacité d'ensorcellement. Les gens n'attendent que ça. Faites le test : parlez-leur haut et fort, avec dans la voix les accents irrésistibles de la foi, avec dans le regard comme un horizon lumineux, et ils vous suivront jusqu'au bûcher. Je n'ai eu aucun mal à galvaniser Daniel et Maureen, et je me sens à même de recruter d'autres adeptes, bien moins acquis à notre cause – le mariage pour tous, les noces mystiques, le cœur infini. Plus je parle, plus mes projets se précisent et plus je sens monter en moi l'ivresse des hauteurs : non seulement je vais sauver Arcady des griffes d'une justice inique, mais je vais aussi le sauver de lui-même. Quand toute cette affaire sera terminée, je le convaincrai sans peine de faire de Liberty House un centre d'hébergement pour migrants, où nous vivrons tous d'autant plus heureux que nous aurons enfin mis nos actes en accord avec nos principes. Je ne compte pas m'arrêter là, et comme je tiens Daniel et Maureen suspendus à mes lèvres, j'en profite pour leur dévoiler mes espérances visionnaires, mon défi aux désastres :

— Une fois qu'ils seront retapés et qu'on aura régularisé leur situation, bing, on les renvoie à l'extérieur. Mais entre-temps, bien sûr, on les aura convertis et formés à l'amour global, ce qui fait qu'ils seront nos agents, partout où ils iront. Et en moins de deux, on sera des millions à militer pour la sexualité libre et la frugalité volontaire.

Daniel siffle pensivement entre ses dents :

— Ouais, faut faire ça, c'est trop de la balle ton truc !

Voilà comment on conjure à la fois la crise migratoire et les risques de collapsus écologique, mais comme il faut commencer par le commencement, je me rends à la convocation d'un juge d'instruction, qui veut m'entendre dans le cadre de l'affaire Gharineyan – le nom d'Arcady. C'est une femme d'âge moyen qui me reçoit : grande, massive, les cheveux d'une couleur inventée par les coiffeurs, entre cappuccino et marron glacé. Elle s'appelle Mme Torretti et j'ai bonne envie de lui demander si sa sœur est gynéco, mais j'ai l'impression que ça n'arrangerait pas nos affaires – et en plus les noms de famille, on sait bien que c'est à une lettre près sauf dans les pays du Tiers-monde où ils font n'importe quoi. Passé le préambule protocolaire, Mme Torretti attaque, sans plus d'égards que sa sœur qui n'est pas sa sœur :

– M. Gharineyan a-t-il jamais attenté à votre pudeur ?

– Non, jamais.

– Il ne s'est jamais promené nu devant vous ?

– Si, très souvent.

– Vous aviez quel âge quand vous l'avez vu nu pour la première fois ?

– Tout le monde était nu à Liberty House. Enfin tous ceux qui le voulaient.

– Même les enfants ?

– Évidemment.

– Vos parents ?

– Parfois.

– Ça vous faisait quoi, de voir vos parents nus ?

– Absolument rien. La nudité est naturelle. Les vêtements ne font que nous entraver. Et en plus j'ai pas attendu de vivre en communauté pour voir des gens nus : mon premier souvenir, c'est l'anneau clitoridien de ma grand-mère.

Ses yeux restent inexpressifs sous la bogue artificielle de sa frange, mais une légère contracture de la bouche révèle son agacement à être déviée de sa cible :

– Vous preniez vos douches tous ensemble ?

– Tous ensemble ? Non, jamais.

– Ne jouez pas sur les mots : les enfants se douchaient avec les adultes, oui ou non ?

– Nos douches étaient collectives et chacun se douchait quand il avait envie de se doucher. Mais on n'est pas très douche à Liberty House.

– C'est-à-dire ?

– Trop se laver c'est mauvais pour la peau. Et la douche, c'est du gaspillage.

Hop, nouvelle fibrillation des commissures : elle n'a sans doute jamais imaginé qu'on puisse déroger aux ablutions biquotidiennes et c'est sans doute peine perdue que d'essayer de lui démontrer les bienfaits de la crasse.

– Est-ce que les adultes se livraient devant vous à des gestes déplacés ?

– Jamais.

– Vous n'avez jamais vu les adultes de la secte se masturber ou avoir des relations sexuelles en votre présence ?

– Nous ne sommes pas une secte.

– Vous n'avez jamais vu les adultes de votre communauté se masturber ou avoir des relations sexuelles en votre présence ?

– Je n'ai jamais vu personne se masturber. Même pas moi. Je faisais ça sous les draps.

Elle tique de nouveau : mon humour lui déplaît, à moins qu'il ne lui échappe.

– Et les relations sexuelles ?

— Quoi ?

— Mademoiselle Marchesi, je constate que vous ne mettez pas beaucoup de bonne volonté à répondre à mes questions. Vous subissez des pressions, actuellement ?

— Aucune.

— Avez-vous eu des relations sexuelles avec Arcady Gharineyan ?

— Oui.

— Vous avez eu des relations sexuelles avec un homme de trente-cinq ans de plus que vous ?

— Oui. C'est un crime ?

— Le viol est un crime.

— J'étais consentante.

— Vous étiez mineure, non ?

— J'avais presque seize ans.

— Il avait autorité sur vous : c'est une circonstance aggravante.

— Personne n'a jamais eu autorité sur moi. J'étais libre.

Cette fois-ci, le tressaillement gagne son front marmoréen. Mme Torretti ne croit pas une seule seconde qu'on puisse grandir librement, sous la houlette désinvolte de quelques adultes :

— Enfin, vous n'allez pas me faire croire que vous avez été complètement livrés à vous-mêmes !

Si, justement, nous l'avons été, Daniel, Djilali, les jumelles et moi : enfants sauvages sur la colline de l'été, petits Mowgli parcourant à leur rythme un livre de la jungle immémorial, auguste et solennel. Notre seule servitude a été volontaire – et en ce qui me concerne, la servitude m'a été dictée par l'amour : j'ai remis ma vie entre les mains d'Arcady parce que je l'aimais plus que tout et surtout plus que moi-même. Mais allez donc parler d'amour à un juge d'instruction dont les cheveux ont l'acajou d'un coloriste et dont les tics nerveux trahissent l'angoisse montante et le désir irrésistible de surveiller et de punir. De guerre lasse, elle finit par me laisser partir mais je ne suis pas sûre de l'avoir convaincue. J'espère juste que je n'ai pas marqué de points contre mon camp, avec mes harangues sur le naturisme, l'adamisme, le tantrisme, le soufisme, l'échangisme, l'antispécisme, tous les isthmes de notre petit territoire idéologique. Au moment où je m'apprête à quitter son bureau, Mme Torretti me cloue sur le seuil avec une dernière question perfide :

– Farah, au fait : vous êtes une fille ou un garçon ? Parce que si j'en crois l'état civil, vous êtes une fille, mais bon, à vous voir, ce n'est pas si clair...

Crétine. Je suis ce que tu ne t'autoriseras jamais à être : une fille aux muscles d'acier, un garçon qui n'a pas peur de sa fragilité, une chimère dotée d'ovaires et de testicules d'opérette, une entité inassignable, un esprit libre, un être humain intact.

35. Apocalypse now

Tout ce qu'on dit de la vie est vrai ou le devient. Faites le test : braillez n'importe quel aphorisme existentiel et il se vérifiera un jour ou l'autre. La vie est belle, la vie est longue, la vie est un fleuve impassible qui se laisse descendre par les bateaux ivres comme par les coquilles de noix ou les paquebots de croisière. Il est huit heures du matin. J'ai dormi l'âme en paix aux côtés de ma petite amoureuse, dans le parfum légèrement lavandé de nos draps. La voix de Daniel me parvient depuis le salon où il a pris ses quartiers depuis son retour de Palma :

– Farah !

Sans me laisser le temps de lui répondre, il déboule à mon chevet, portable à la main, seulement vêtu de son short bicolore :

– Farah, ils sont morts !

– Qui ? Qui est mort ?

– Ils sont tous morts !

Il me met si brutalement son smartphone sous le nez qu'il manque me le casser.

– *Secte : les cadavres de seize adeptes découverts dans la propriété.* Et regarde, il y a la photo ! Putain, Farah, c'est eux !

Oui, c'est la maison, c'est eux, le doute n'est pas permis, mais mon esprit ne parvient pas à basculer dans la faille de désolation glacée que cette notification vient d'ouvrir dans le monde. Parce que s'ils sont vraiment morts, ils emportent avec eux tout le reste, les aubes d'été, le vent dans les saules, les rires éclatants, la caresse d'être. La vie est affreusement courte et tragiquement dépourvue de sens.

Je m'habille, les mains tremblantes, mais sans pleurer. C'est encore la compassion infinie que je lis dans les yeux de Maureen qui m'affecte le plus. Les alertes infos ne cessent de pleuvoir sur nos portables, et avec elles, des précisions aussi insupportables qu'inutiles. Je n'ai pas besoin des médias pour savoir quels membres de la communauté ont choisi de ne pas survivre au désastre. Je n'ai pas besoin d'eux non plus pour deviner quel tour a pris leur suicide collectif. Ils ont dû s'asseoir sous les pins, fumer l'herbe de mon père et boire du spumante dans nos coupes préférées. Peut-être ont-ils fait jouer le soleil dans les facettes des pieds de cristal, s'envoyant mutuellement des signaux clignotants, tout ira bien, clic, clic, aucune raison de paniquer. Ils avaient d'autant moins de raisons de le faire qu'Arcady était là pour leur assurer que la mort serait douce. Si je connais bien Arcady, et qui le connaît mieux que moi, il a dû, jusqu'au bout, les entourer de sa sollicitude, leur prodiguer son amour infatigable, et même les faire rire – car personne n'était plus joyeux ni plus drôle que lui. Je suis sûre que leurs derniers instants ont été bercés de gaieté et de la chaude certitude que rien de mal ne pouvait leur arriver puisqu'ils étaient ensemble et qu'Arcady veillait encore sur eux.

Je peux me figurer avec précision leur dernier déjeuner sur l'herbe. Je vois Fiorentina s'affairer au-dessus de la nappe de linon blanc et en lisser de l'ongle le motif central, un cœur couronné qui n'a de sens que pour elle. Je vois les paniers renversés, dégorgeant les fruits de notre jardin clos. Je vois le liseré d'or des assiettes, j'entends le cliquetis des couverts, et les voix de Jewel, de Victor, d'Orlando. Je sais qu'ils ont parlé, agitant leurs mains volubiles dans les grands faisceaux de lumière que les pins filtraient jusqu'à eux. Je sais qu'ils ont rompu le pain friable et légèrement anisé que Fiorentina a enfourné tous les jours de sa vie – le pain des morts aurait été de circonstance, avec sa pâte sombre, ses raisins secs, ses noisettes entières et ses zestes confits, mais il était trop tôt dans la saison ; or si je les connais bien, et qui les connaît mieux que moi, ils n'ont pas dû s'écarter beaucoup de leurs habitudes.

J'espère qu'ils se sont allongés pour regarder les branches et les rameaux se détacher sur le bleu du ciel, et qu'ils ont puisé du réconfort à l'idée que ces arbres allaient leur survivre, avec leurs troncs tordus, leur odeur balsamique, et les écailles grises de leurs pignes. J'espère que chiens et chats sont venus réclamer des restes, à coups de langue implorante ou de patte effrontée. Arcady a toujours dit qu'on était l'un ou l'autre : chien délirant de joie à la moindre faveur ou chat persuadé que tout lui était dû. Faites le test avec vos proches et vous verrez que ça marche très bien.

Peut-être ont-ils évoqué les absents, levé leurs verres à la mémoire de nos morts, à commencer par Dadah, dont l'ombre devait encore errer dans les parages, enfin délivrée, enfin arrachée à son fauteuil bionique et ses bonbonnes d'oxygène. Chez nous les morts n'ont jamais été vraiment morts, et c'est ce qui me donne la conviction que ma communauté a pris son dernier repas sans craindre ce qui l'attendait. Dès mon arrivée à Liberty House j'ai moi-même vécu en compagnie de filles mortes au siècle dernier. J'ai entendu leurs cris aigus, je les ai vues refaire leurs tresses à toute vitesse devant les miroirs trumeaux du salon, j'ai enfourché derrière elles la rampe de chêne polie par leurs cuisses d'amazones, je me suis branlée avec sauvagerie en les imaginant sous la douche ou sous leurs couvertures de laine rêche, dans le grand dortoir du dernier étage : je sais que la mort n'est la fin de rien, et Arcady le savait aussi, mais peut-être a-t-il cru bon de le leur répéter. N'ayez pas peur. Ces mots sont les premiers que j'ai entendus de lui, et ma vie en a été changée à jamais. Je dis « ma vie », mais je n'en ai jamais eu une qui soit vraiment à moi : elle a toujours été mêlée à d'autres, mon temps accordé au leur, nos intérêts tissés ensemble. Je sais ce qu'aimer veut dire, je l'ai appris en même temps que j'apprenais tout le reste : identifier une constellation, reconnaître un cèpe d'un bolet, grimper à la cime d'un cèdre, traire une vache rétive, robinsonner dans une bibliothèque – mais aussi, masser des membres arthritiques, coiffer des cheveux clairsemés, pousser un fauteuil dans des ornières boueuses, savonner le corps dru d'un petit garçon, rassurer une mère trop fragile, faire des courriers pour un père illettré, piquer une junkie entre les orteils, seconder dans sa cuisine une gouvernante inflexible, suivre à la lettre ses prescriptions d'airain, puis courir dans l'herbe mouillée pour rejoindre mon amant et me donner à lui. Mais même au plus fort de la passion et de la dépendance sexuelle, alors que la pensée d'Arcady était une ogive nucléaire dans mon cerveau et dans mon ventre, je n'ai jamais perdu de vue que je ne possédais rien, pas même l'ardeur de mon désir. J'ai toujours appartenu à la communauté et je lui appartiens encore : la mort ne change rien à cette appartenance.

Ma grand-mère a survécu, bien sûr. Je n'ai pas attendu son appel pour savoir qu'elle ne figurait pas parmi les suicidés de Liberty House. Dans les secondes de silence qui suivent notre premier échange, nos premières phrases maladroites, je reprends le souffle que la douleur m'a coupé rien que d'entendre sa voix, et à l'arrière-plan, celle de Malika et Djilali.

– Pourquoi ils ont fait ça ? La dernière fois que j'ai vu Arcady, il était mal, mais pas désespéré.

Je ne lui raconte pas que la dernière fois que j'ai vu Arcady, nous avons essayé en vain de faire l'amour. Je garde pour moi cette histoire étonnante, et même incroyable quand on sait que la vie sexuelle d'Arcady n'a jamais connu le moindre raté.

– On était attaqués de toutes parts, tu sais, ça n'arrêtait pas. Mais ce qui a, comment dire, précipité leur décision, c'est l'antenne-relais. On allait cesser d'être une zone blanche. D'ailleurs, c'est fini les zones blanches : le gouvernement a annoncé qu'il n'y aurait plus aucun désert technologique sur le territoire d'ici deux ans.

– Ah bon ? Et les électrosensibles, alors ? Ils vont aller où ?

– Ils vont crever dans d'atroces souffrances. C'est pour ça que pour Bichette, finalement, c'est peut-être mieux.

Sa voix s'étrangle, mais je connais suffisamment ma grand-mère pour savoir qu'elle ne trouve pas complètement anormal de survivre à sa fille. Comme elle aussi me connaît bien, elle ajoute précipitamment :

– C'est Arcady qui a voulu qu'on s'en aille tous les trois, avec le petit. Il n'était pas question que Djilali meure, lui, tu comprends...

Je comprends parfaitement. Je comprends même au-delà de ce qu'elle imagine être ma compréhension. Je comprends qu'elle aurait quitté le navire dans tous les cas, parce que sa loyauté allait d'abord à ses projets personnels, à sa vie de couple avec Malika, et à des espérances qui pouvaient se réaliser ailleurs que dans notre familistère. Je ne reprocherai jamais à ma grand-mère d'avoir cru que le bonheur était encore possible, mais ce qui vaut pour elle ne vaut pas pour moi, et j'aurais dû être là pour les derniers moments que les miens ont passés sur terre. Ils n'auraient pas accepté que je meure à vingt ans mais ils m'auraient laissée faire ce que je sais faire de mieux : leur aplanir des difficultés, leur éviter des souffrances inutiles, leur être dévouée jusqu'au bout, parce que la dévotion est dans ma nature et qu'il n'y a pas de honte à servir par amour. J'aurais pu leur ouvrir une dernière bouteille de prosecco et y verser le poison concocté par mon père – devenu expert en toxicologie à force de cultiver les opiacées dans son jardin clos.

J'aurais pu rassembler les reliefs du repas, secouer la nappe, disperser les chiens, simuler la normalité pour qu'ils partent l'esprit tranquille – surtout Fiorentina, si à cheval sur l'ordre et sur la propreté. Par-dessus tout, j'aurais pu leur dire que cette cérémonie n'était qu'un au revoir. Oui, nous nous reverrons. Il nous suffit d'attendre que les choses empirent, que la civilisation implose, que l'Humanité mène à bien sa folle entreprise de destruction de tout – à commencer par elle-même, bingo, big bang again; il nous suffit d'attendre la fin de la colonisation technologique, celle des smartphones, des tablettes, des compteurs Linky, du wi-fi et de la 4G, le démantèlement du réseau, le grand démaillage des ondes électromagnétiques, l'apocalypse, now.

Tout doit disparaître, sauf nous qui n'avons jamais voulu de mal à personne et ne nous sommes rendus coupables que de vétilles sans commune mesure avec les atrocités perpétrées dans le monde extérieur. Nous méritons d'être épargnés, et c'est pourquoi je ne crois pas une seconde que cette vie soit notre seule modalité d'existence. D'une façon ou d'une autre, nous serons là pour voir l'âge d'or post-colonial et post-apocalyptique promis par Arcady. Maureen, Daniel et moi, bien sûr, mais aussi mes frères et sœurs qui se sont endormis dans l'espérance d'une résurrection. C'est en leur compagnie que je découvrirai un monde débarrassé des centrales nucléaires, des installations industrielles, des réseaux routiers, des exploitations pétrolières et des antennes-relais ; en leur compagnie que j'applaudirai la défaite de nos autres ennemis : les rayonnements ionisants, les nanoparticules, les dioxines, les cyclodiènes chlorés, les PCB, le radon, les perturbateurs endocriniens, tous ces agents pathogènes invisibles dont on a terrorisé ma jeunesse.

Arcady n'a jamais été très précis quant aux conditions de cette énième extinction massive, l'essentiel étant qu'une poignée d'élus en réchappe ou revienne à la vie pour recommencer de zéro dans un monde purgé de ce qui le rendait invivable, c'est-à-dire l'activité humaine. J'entends encore sa voix résonner dans le réfectoire, vibrer de persuasion et de conviction inébranlable pour nous raconter comment nous quitterions la caverne, ses anfractuosités familières, ses concrétions, ses efflorescences de salpêtre, ses cervidés incisés dans la roche, et ses chevaux pansus, stylisés au charbon tout au long de l'hiver nucléaire, pour faire notre entrée dans un temps suspendu, immémorial et retrouvé.

D'abord vacillants et éblouis, nous ne tarderions pas à nous égailler entre les grandes campanules bleues et les genêts d'or. Nous traverserions des clairières envahies de blé dru, et franchirions des rivières cristallines, leurs pierres moussues, leurs flaques de soleil, frôlés sans crainte par les étourneaux, et amicalement reniflés par les chevreuils, les marmottes, ou les chats ensauvagés, toute une faune ayant oublié l'homme et ses superpouvoirs de prédateur. Chemin faisant, nous tomberions peut-être sur le relief adouci d'une ville, ses fondations rasées et ensevelies sous l'herbe tendre, que nous foulerions sans le moindre regret pour ce monde ancien – à quoi bon regretter la violence de ses mégapoles, ses rivieras affreusement bétonnées, et ses concentrations d'êtres humains intoxiqués et amoindris ? Face aux collines échelonnées à perte de vue, face à la course des nuages, leur ombre fuyante et rapide sur les terres neuves, nous marquerions un temps d'arrêt et échangerions des regards émus, reconnaissants, soulagés. Après le long voyage d'hiver, nous aurions trouvé la région où vivre. Notre histoire véritable commencerait là et ce serait une histoire sans fin.

36. *L'insurrection qui vient*

L'âge d'or, c'est bien joli, mais il est encore trop tôt pour l'apocalypse et le retour en gloire des membres de ma confrérie. À vue de nez, j'ai devant moi soixante ans d'espérance de vie – soixante années qui m'en paraîtront mille, sans Arcady et loin du paradis. Où est passé mon enchanteur, mon maître à penser, ma muse, le seul capable de convertir les heures les plus noires en féerie somptueuse et rutilante de promesses ? Quand je pense que j'ai douté de lui et que j'ai failli ne plus l'aimer sous prétexte qu'il ne voulait pas ouvrir nos portes aux migrants et les accueillir décemment... Il avait tort, bien sûr, mais depuis quand les torts sont-ils impardonnables ? Depuis quand constituent-ils une bonne raison d'abandonner les gens, quand il faudrait rester avec eux, au contraire, pour les éclairer et leur montrer l'exemple ? Mais ça m'a servi de leçon et on ne m'y reprendra plus : j'en ai terminé avec la défection.

La chute de notre maison du jouir a déchaîné tout un maelström d'articles, de reportages survoltés, de tweets vengeurs, de commentaires solennels et de témoignages outrés de gens qui disaient nous avoir connus – toutes ces trahisons comme autant d'épines dans mon cœur, Epifanio, Kinbote, Palmyre, et contre toute attente, Jewell ! Jewell non pas morte avec les autres, non pas allongée sous les pins avec eux, mais miraculeusement transformée en rescapée de l'enfer, réhabilitée, méconnaissable, et multipliant les récits délirants. Mais bien qu'il suffise de regarder Jewell une fois pour comprendre qu'elle ne jouit pas de toutes ses facultés, elle a pu calomnier Liberty House impunément des jours durant alors que mon témoignage dépassionné n'intéressait absolument personne.

Il faut dire que tout sensationnel qu'il soit, le finish de Liberty House laissait la meute sur sa faim : avec la mort d'Arcady et de Victor s'achevait aussi une enquête dont on avait espéré des révélations orgiaques et barbares, des viols de vierges, des sacrifices humains, des néonaticides, tout ce par quoi l'humanité assouvit depuis toujours son désir d'exterminer la beauté et d'en finir avec elle-même. Ma lettre au monde, si je l'écris un jour, commencera par ces mots : chère opinion mondiale, il est grand temps de procéder à ton examen de conscience et d'en tirer toutes les conséquences. Cette lettre, je suis prête à la signer de mon sang. Il n'aura pas coulé en vain si j'obtiens une trêve dans la grande fureur anthropophagique, un désarmement de la milice universelle, et une ouverture de la mer Rouge jusqu'aux terres promises, en lieu et place du cimetière marin qu'elle est devenue.

Après des semaines d'agitation policière et médiatique, les cadavres réquisitionnés aux fins d'autopsie ont refait leur apparition. Surgissant du bois, les familles biologiques ont fait valoir leurs droits, chacune repartant avec sa dépouille attitrée. De notre côté, nous avons enterré Bichette et Marqui sans tambour ni trompette, avec Kirsten en maîtresse de cérémonie, drapée de noir et cramponnée à une Malika éplorée mais plus froufroutante que jamais. Mes grands-parents paternels étaient là aussi, et ils ont serré machinalement quelques mains, dont la mienne, sans reconnaître leur petite fille dans le jeune homme que je suis devenue. En quinze ans, ils ont dû venir trois fois à Liberty House et n'ont jamais vraiment compris ce qui s'y passait, alors ce décès collectif et programmé les laissait plus hébétés que tristes. Mon identification laborieuse a été l'information de trop, celle dont ils n'ont su ni que dire ni que faire :

– Alors Farah, vous dites ?
– Farah, mais oui.
– Farah, tu sais...

– Farah.
– Ah...

Leurs propos sont allés en s'amenuisant jusqu'à ce qu'il ne reste entre nous qu'un silence de mort, qui après tout était de circonstance et sur lequel nous nous sommes quittés. Farah, mais oui... J'ai bien compris leur gêne : la dernière fois qu'ils m'ont vue, j'avais treize ans et tout espoir de normalité n'était pas perdu. J'étais juste une enfant brune et trapue, avec un petit visage de batracien sous sa frange lourde. Ils ont dû penser qu'à la puberté, je me féminiserais un peu à défaut de gagner en grâce, mais qui aurait pu imaginer qu'il se produirait exactement l'inverse ? Car la grâce est précisément ce que j'ai gagné en perdant mon identité de genre – une grâce qui n'empêche pas la laideur mais la traverse sans s'y arrêter. Papy et Mamie sont repartis en s'interrogeant sans doute sur notre rencontre du troisième type, mais je doute que ces interrogations aient survécu plus d'un quart d'heure à leurs angoisses séniles concernant le train du retour et la digestion de leurs sandwichs au saumon – et s'ils m'en avaient laissé le temps, j'aurais pu leur donner quelques conseils diététiques, dont celui de ne jamais manger un animal dont la vie et la mort ont été aussi tristes que celles d'un saumon d'élevage.

Je ne sais toujours pas ce que je suis, mais la liste de mes envies est infinie – et celle de mes détestations ne l'est pas moins. Hors de question que je vive comme tout le monde et que je consacre l'essentiel de mon temps à me remplir de nourritures industrielles, d'images ineptes et de musiques dépourvues d'âme. On se résigne toujours trop vite à être une poubelle. Ça m'a amusée quelques mois, le temps de comprendre de quoi il retournait et de quoi était faite la vie des autres, mais ça aussi c'est terminé. J'ai reçu l'amour en héritage, et avec lui, le devoir d'en divulguer la bonne nouvelle, comme une traînée de poudre incandescente dans une société qui ne veut pas d'amour et encore moins d'incandescence, une société qui préfère être une décharge à ciel ouvert, un gigantesque établissement d'hébergement pour personnes malheureuses et cruellement dépendantes de ce qui les tue.

Avec Mor et Nello, je me sens de taille à fonder une nouvelle communauté qui tirerait profit des erreurs de l'ancienne et n'en reproduirait pas le fonctionnement autarcique, les portes refermées, la possession jalouse du bonheur. L'idée, c'est de constituer une brigade volante, une force d'intervention nomade se déplaçant au gré des zones à défendre au lieu d'opérer depuis un relais-château, une citadelle confortablement blottie derrière ses murailles. Liberty House était un paradis, mais désormais nous trimballerons le paradis avec nous et tâcherons de l'établir un peu partout.

L'avantage avec nous trois, c'est que nous ne sommes ni hétéros ni cisgenres. Certes, nous sommes blancs, mais ça peut s'arranger : dès le recrutement de nos premiers disciples parmi les réfugiés qui errent dans la vallée, nous ferons converger les luttes. Rien ne résistera à cette convergence, à cette grande marche des fiertés, à cette vague migratoire d'un genre nouveau, aussi fluide que bigarré, aussi déviant que radical. Mon héritage est là aussi, dans la certitude que l'infraction doit primer sur la norme, dans la conviction qu'il ne peut y avoir de vie qu'irrégulière et de beauté que monstrueuse. Je suis née pour abolir l'ancien testament, qui a toujours légué le monde à ceux qui avaient déjà tout, reconduisant éternellement les mêmes dynasties dans leurs privilèges exorbitants. La guerre des trônes n'a pas eu lieu, elle n'a été qu'un simulacre, un jeu de chaises musicales, un échange de bons procédés entre nantis, qui excluait toujours les forçats de la faim, les captifs, les vaincus – et bien d'autres encore.

 L'avantage avec nous trois, c'est qu'en moins de temps qu'il n'en faut pour le dire, nous serons des millions. Il ne s'agira pas tant de vaincre que de submerger. De toute façon, ça ne m'intéresse pas de vaincre, ni même de combattre. Je tiens ça d'Arcady aussi, que la victoire s'obtient toujours trop chèrement. J'ai trop longtemps vécu en paix pour souhaiter la guerre, et on sait bien que le goût du sang se prend dès l'enfance. L'intérêt d'une confrérie c'est que les ferments toxiques s'y diluent jusqu'à disparaître – alors que le regroupement familial favorise l'ambition, la jalousie, l'aigreur, la lutte à mort. À nous tous, archanges érythréens, hermaphrodites énergumènes, syndromes d'Asperger ou de Rokitanski, Vénus noires, bipolaires dépigmentés, exilés du paradis ou réfugiés de guerre, nous ferons masse, nous l'emporterons en nombre. On m'objectera que les révolutions ne font que concourir au maintien de l'ordre, et que la nôtre, ce grand soulèvement pacifique et pathologique, est mal barrée depuis le début. Tant mieux. Moins on nous prendra au sérieux plus l'effet de surprise jouera à fond. On ne nous verra pas venir, mais le jour viendra où nous serons indispensables et c'est à nous qu'on viendra se recharger en vitalité pour guérir de la pourriture.

Mais j'en reviens aux jours barbares qui ont suivi notre saison finale, l'inhumation de l'un, la crémation de l'autre, terre et cendres sur notre enfance, puisqu'on en fossoyait les témoins les uns après les autres sans même nous en informer, comme si la mort de Victor ou de Fiorentina ne regardait que leurs familles biologiques. Quant aux témoins survivants, Jewell, Epifanio, Palmyre, ils n'étaient bons qu'à brûler ce qu'ils avaient adoré, offrant aux flashs crépitants des visages convulsés et des bouches noires de haine. On ne s'étonnera pas que le cadavre d'Arcady ait profité de ces temps difficiles pour se volatiliser. De chapelle ardente en chambre froide, d'examen externe en autopsie médicolégale, il a fini par disparaître, opérant sa dernière prestidigitation et préludant peut-être à toute une série de miracles, dont son retour parmi nous.

Je n'ai jamais désiré quoi que ce soit plus ardemment mais ma folie ne va pas jusqu'à y croire : je sais que je ne reverrai pas Arcady dans cette vie, mais dans l'éternité pastorale et lumineuse qu'il nous a promise. La mort définitive, c'est bon pour la plupart des gens, mais une architecture psychique aussi sophistiquée que la sienne, une générosité aussi magnifiquement inventive et un tel talent pour la joie n'ont pas vocation à se dissoudre dans le néant – sans parler de moisir dans un sépulcre.

Ma lettre au monde, je l'ai déjà écrite : elle est enfouie six pieds sous terre, dans un pré en pente douce où les vaches paissent en tintinnabulant, et elle traversera le temps aussi sûrement qu'une sonde spatiale ; ma lettre au monde tient en quelques objets : une plume de geai, des coquillages, les effluves chyprés du parfum d'Arcady, une cigale en bakélite, et un noyau de pêche un peu alvéolé mais contenant en germe tout un été sans fin ; ma lettre au monde tient en quelques mots, que mes frères humains n'auront aucun mal à traduire, quoi qu'il soit advenu de la langue dans l'intervalle qui nous sépare de son exhumation : l'amour existe.

Ce livre contient des citations, parfois légèrement modifiées de : Jean Anouilh, Louis Aragon, Christine Arnothy, Antonin Artaud, Charles Baudelaire, Samuel Beckett, René Belletto, Hélène Bessette, Jacques Brel, Lewis Carroll, Blaise Cendrars, Aimé Césaire, Paul Claudel, Dante, Charles Dickens, Emily Dickinson, James Ellroy, Gustave Flaubert, André Gide, Victor Hugo, James Joyce, Marie-Ève Lacasse, Jean de La Fontaine, Patrick Lapeyre, Mathieu Lindon, Stéphane Mallarmé, Daphné du Maurier, Curtis Mayfield, Henri Michaux, Michel de Montaigne, Robert Musil, Alfred de Musset, Vladimir Nabokov, Octave Mirbeau, Marcel Pagnol, Cesare Pavese, Marguerite Porète, Marcel Proust, Jean Racine, Atiq Rahimi, Rainer Maria Rilke, Arthur Rimbaud, Jean-Jacques Rousseau, Sophocle, Anton Tchekhov, Paul Verlaine, Sarah Waters, Oscar Wilde.

Table

1. Il y eut un soir et il y eut un matin : premier jour. 11
2. N'ayez pas peur 19
3. L'adoration perpétuelle 26
4. Le miroir des âmes simples 38
5. Fleurissent, fleurissent 55
6. Les escadrons de l'amour 66
7. Le jardin des supplices 78
8. J'ai quinze ans et je ne veux pas mourir 89
9. L'amour viendra et il aura tes yeux 98
10. Baile sorpresa 119
11. La reine de la fête 128
12. L'autre nom de l'enfance 142
13. Le sermon sur la montagne 147
14. Hodeïdah 157
15. Les rêves de la fin 166
16. Viens t'asseoir sur ma bouche 174

17. Oh les beaux jours	184
18. Une angoisse sans remède	200
19. Who's That Chick?	221
20. Flux instinctif libre	232
21. Au revoir les enfants	244
22. Après l'orage	249
23. Le commencement du terrible	261
24. La santé mentale est une chose fragile	275
25. Hermaphrodite anadyomène	287
26. Incidents de frontière	300
27. À quoi bon l'amour?	318
28. The long goodbye	326
29. Loin du paradis	336
30. Here but I'm gone	349
31. Le dahlia noir	367
Et in Arcadia ego	377
32. Girls in Hawaii	379
33. Pollice verso	386
34. Dschungel	404
35. Apocalypse now	418
36. L'insurrection qui vient	428

Achevé d'imprimer sur Roto-Page
en juin 2019
par l'Imprimerie Floch à Mayenne

N° d'éditeur : 2604 – N° d'édition : 360081
N° d'imprimeur : 94582
Dépôt légal : août 2018

Imprimé en France